suhrkamp taschenbuch 1215

Um verschiedene Formen von Beglückung, ja um nichts weniger als um die Konstruktion des Glücks geht es in diesen drei langen Erzählungen vornehmlich. König Genius, oft von Melancholie und Selbstabscheu geplagt, vermag nur noch in ungewöhnlichen Geschichten Trost zu finden. Darum bestellt er sich beim großen Konstrukteur Trurl gleich drei Erzählmaschinen, die ihm die Zeit vertreiben helfen sollen.

In »Altruizin« und »Experimenta Felicitologica« soll die Welt auf kybernetischem Wege erlöst werden. Für die Weltverbesserung gibt es im Prinzip zwei Richtungen, die schlagartige, revolutionäre und die stufenweise, evolutionäre. Was bei dem löblichen Unterfangen der Weltverbesserung alles schiefgehen kann, beschreibt Lem in einem Feuerwerk von brillanten Einfällen, und je edler die Absicht, desto miserabler ist das Ergebnis.

Wie die Welt noch einmal davonkam. Der Kyberiade erster Teil liegt als suhrkamp taschenbuch 1181 vor.

Stanisław Lem
Altruizin
und andere kybernetische Beglückungen

Der Kyberiade zweiter Teil

Mit Zeichnungen
von Daniel Mróz

Phantastische Bibliothek
Band 163

Suhrkamp

Redaktion und Beratung: Franz Rottensteiner
Titel der Originalausgabe: *Cyberiada*, Kraków:
Wydawnictwo Literackie 1965
Aus dem Polnischen von Jens Reuter
Die Übersetzung wurde vom Autor autorisiert

3. Auflage 2016

Erste Auflage 1985
suhrkamp taschenbuch 1215

Quellennachweise am Schluß des Bandes
Suhrkamp Taschenbuch Verlag

Printed in Germany
Umschlag: hißmann, heilmann, hamburg
ISBN 978-3-518-37715-4

Inhalt

Die Geschichte von den drei geschichtenerzählenden Maschinen des Königs Genius

Eines Tages erschien ein Fremder bei Trurl, und gleich als er aus seinem Photonen-Phaeton stieg, war klar, daß er kein gewöhnliches Wesen war, sondern aus den ganz entlegenen Regionen des Kosmos stammen mußte, denn wo alle von uns Arme haben, hatte er nur eine leichte Brise, und wo sich normalerweise Beine befinden, hatte er nichts als einen schimmernden Regenbogen, und anstelle eines Kopfes trug er einen kostbaren Federhut; seine Stimme kam aus der Mitte des Körpers, denn er war eine vollkommene Kugel, eine Kugel von äußerst gewinnendem Aussehen, ganz umschlungen von einem reich verzierten Plasmagurt. Nachdem er Trurl begrüßt hatte, erzählte er, er bestehe eigentlich aus zwei Wesen, nämlich der oberen und der unteren Halbkugel; die obere hieß Synchronicus, die untere Symphonicus. Trurl war begeistert von dieser genialen Problemlösung bei der Konstruktion intelligenter Wesen und gestand bereitwillig ein, daß er noch nie ein so präzise gearbeitetes Individuum gesehen hatte, geschweige denn eine derart abgerundete Persönlichkeit mit solch geschliffenen Manieren. Der Fremde lobte Trurls ausnehmend schönen Körperbau seinerseits in den höchsten Tönen und brachte das Gespräch nach diesem Austausch von Höflichkeiten auf den eigentlichen Zweck seines Besuchs. Als guter Freund und treuer Diener des berühmten Königs Genius sei er zu Trurl gekommen, um bei ihm drei geschichtenerzählende Maschinen zu bestellen.

»Mein allergnädigster Herr und König«, sagte er, »hat sich schon längst von allen Regierungsgeschäften und herrscherlichen Pflichten zurückgezogen, zu diesem Verzicht hat ihn die Weisheit gebracht, die er durch sorgfältiges Studium des Laufs der Welten erworben. Nachdem er sein Königreich verlassen hatte, zog er sich in eine trockene und luftige Höhle zurück, um sich ganz seinen Meditationen hinzugeben. Oftmals jedoch wird er von Melancholie und Widerwillen gegen sich selbst heimgesucht, und dann vermag ihn nichts anderes zu trösten als spannende und ungewöhnliche Geschichten. Jedoch die wenigen von uns, die treu an seiner Seite geblieben sind, haben ihm schon längst keine neuen Geschichten mehr zu erzählen. Und so wissen wir denn keinen anderen Rat, als uns an dich zu wenden, verehrter Konstrukteur, damit du uns mit den Maschinen, die du so trefflich zu bauen verstehst, dabei hilfst, dem König die Sorgen zu vertreiben.«

»Das kann ich tun«, sagte Trurl. »Aber weshalb wollt ihr gleich drei Maschinen?«

»Wir möchten«, antwortete Symchrophonicus und drehte sich dabei leicht bald in die eine, bald in die andere Richtung, »wir möchten, daß die erste lehrreiche, jedoch heitere, die zweite witzige und spritzige und die dritte tiefgründige und erschütternde Geschichten erzählt.«

»Mit anderen Worten, die erste soll der Schärfung des Geistes, die zweite der Zerstreuung und die dritte der moralischen Erbauung dienen«, sagte Trurl. »Ich verstehe. Wollen wir über die Bezahlung gleich oder erst später sprechen?«

»Sowie du die Maschinen gebaut hast, reibe diesen Ring«, war die Antwort, »und das Phaeton wird vor dir erscheinen. Steige mitsamt deinen Maschinen ein, und es wird dich sogleich zur Höhle von König Genius bringen. Dort trage deine Wünsche vor, er wird tun, was er kann, um sie zu erfüllen.«

Er verbeugte sich, gab Trurl einen Ring, erstrahlte in blendendem Glanz und rollte zum Phaeton zurück, das sich blitzschnell in eine Wolke gleißenden Lichts hüllte, und im nächsten Augenblick stand Trurl mit dem Ring in der Hand allein vor seinem Haus, nicht sehr zufrieden mit dem, was sich soeben zugetragen hatte.

»Tun, was er kann!« brummte er wütend. »Oh, wie ich das hasse, wenn sie das sagen! Ich weiß nur zu genau, was das bedeutet: Sobald es ans Bezahlen geht, ist es vorbei mit all den Höflichkeiten, Artigkeiten und sonstigen Fisimatenten, dann gibt es nichts als Scherereien, sogar mit Prügeln muß man rechnen . . .«

Da begann der glänzende Ring in seiner Hand zu vibrieren und sagte:

»Die Redewendung ›tun was er kann‹ beruht nur darauf, daß König Genius in Anbetracht des Verlusts seines Königreichs nur noch begrenzte Mittel zur Verfügung stehen. Er wendet sich an dich, verehrter Konstrukteur, sozusagen als ein Weiser an den anderen; und offensichtlich hat er sich nicht geirrt, denn, wie ich sehe, versetzen dich Worte, ausgesprochen von einem Ring, absolut nicht in Erstaunen. Sei daher auch nicht erstaunt über die angespannten finanziellen Verhältnisse des Königs, denn du wirst eine reichliche Belohnung erhalten, wenn auch vielleicht nicht in Gold. Doch nicht jeder Hunger auf der Welt kann mit Gold gestillt werden.«

»Was willst du mir da erzählen, mein lieber Ring?« gab Trurl zurück. »Als Weiser an einen Weisen, schön und gut, doch die Elektrizität, die Ionen, Atome und andere Kostbarkeiten, die zum Bau von Maschinen verwendet werden, sind höllisch teuer geworden. Deswegen liebe ich klare Verträge, in denen alles durch Paragraphen geregelt ist, mit Unterschriften, Stempeln und Siegeln. Ich bin wirklich nicht hinter jedem Groschen her, aber ich liebe Gold, besonders in großen Mengen, und ich schäme mich nicht, das zuzugeben. Sein Funkeln, sein goldener Schimmer, seine süße Schwere in der Hand; das begeistert mich, wenn ich zwei Säcke blitzender Dukaten auf den Fußboden schütte, um mich darin zu wälzen. Dann wird mir warm ums Herz, und in meiner Seele wird es so hell, als hätte jemand die Sonne in ihr entzündet. Zum Teufel noch mal, ich liebe mein Gold!« schrie er, berauscht von seinen eigenen Worten.

»Aber weshalb muß es das Gold sein, das dir andere bringen? Kannst du dir nicht selbst davon soviel herstellen, wie du willst?« fragte der Ring und erstrahlte vor Staunen.

»Ich weiß zwar nicht, wie weise König Genius ist«, erwiderte Trurl, »du aber bist, wie ich sehe, ein völlig ungebildeter Ring. Meinst du im Ernst, ich sollte mir mein Gold selber machen? Hat man so etwas je gehört? Lebt ein Schuster davon, daß er sich selbst die Schuhe schustert, kocht ein Koch seine eigene Mahlzeit oder kämpft sein Soldat seine Kämpfe? Und dann die Selbstkosten, hast du noch nie davon gehört? Im übrigen, falls es dich interessiert, meine größte Liebe ist das Gold, meine zweitgrößte, mich zu beschweren. Doch halt mich nicht länger mit deinem Gerede auf, ich muß mich an die Arbeit machen!«

Und er legte den Ring in eine alte Blechbüchse, krempelte die Ärmel hoch und baute drei Maschinen in drei Tagen, ohne auch nur ein einziges Mal die Werkstatt zu verlassen. Dann dachte er darüber nach, welche äußere Form er ihnen geben sollte, damit sie seiner ausgeprägten Neigung zur Schlichtheit und Funktionalität entsprächen. Er probierte nacheinander die verschiedenartigsten Gehäuse aus, und jedesmal gab der Ring seinen Senf dazu, so daß er die Blechbüchse verschließen mußte, um nicht durch unqualifizierte Bemerkungen gestört zu werden.

Zum Schluß strich er die Maschinen an, die erste weiß, die zweite azurblau und die dritte schwarz; dann rieb er den Ring, belud das Phaeton, das sogleich erschienen war, mit sämtlichen Maschinen, stieg schließlich selbst ein und wartete, was geschehen würde. Ein Heulen und Zischen ertönte, eine Staubwolke erhob sich, und als sie sich verzogen hatte, schaute Trurl aus dem Fenster und sah, daß er sich in einer geräumigen Höhle befand, deren Boden mit weißem Sand bestreut war; zunächst bemerkte er einige hölzerne Regale, die sich unter der Last zahlreicher Bücher und Folianten bogen, sodann eine Reihe prächtig leuchtender Kugeln. In der einen erkannte er den Fremdling wieder, der die Maschinen bestellt hatte, in der mittleren Kugel, die größer als alle anderen war und bereits die Patina des Alters trug, vermutete er den König. Er stieg aus und verbeugte sich tief vor ihr. Der König begrüßte ihn freundlich und sagte:

»Es gibt zwei Arten von Weisheit: Die erste neigt zur Aktivität, die zweite zur Inaktivität. Bist du nicht auch der Meinung, ehrenwerter Trurl, daß die zweite die größere ist? Denn sicherlich vermag sogar ein sehr weit in die Zukunft schauender Geist nicht die letzten Konsequenzen seines gegenwärtigen Handelns vorherzusehen, somit sind die Konsequenzen derart ungewiß, daß sie das Handeln selbst problematisch machen. Und somit liegt die Vollkommenheit in der Abstinenz von jeglichem Handeln – und eben dadurch unterscheidet sich die Weisheit vom bloßen Intellekt, daß sie zu solchen Differenzierungen fähig ist.«

»Die Worte Eurer Majestät«, erwiderte Trurl, »kann man auf zweierlei Art deuten. Einerseits können sie eine subtile Anspielung enthalten, die darauf abzielt, den Wert meiner Arbeit herabzusetzen und damit meinen beharrlichen Fleiß, der es erst ermöglichte, daß dort im Phaeton die drei bestellten Maschinen bereitliegen. Eine solche Interpretation fände ich höchst unerfreulich, denn sie würde gewissermaßen auf eine mangelnde Bereitschaft hindeuten, was die Frage meines Honorars anbelangt. Oder aber es geht lediglich um die Doktrin der Inaktivität, von der wir sagen können, daß sie in sich widersprüchlich ist. Um dem Handeln entsagen zu können, muß man zunächst zum Handeln fähig sein. Derjenige, der darauf verzichtet, Berge zu versetzen, weil ihm die Mittel dazu fehlen, und diese Abstinenz damit erklärt, sie sei durch Weisheit diktiert, macht sich mit solch wohlfeiler Philosophie nur lächerlich. Inaktivität ist gewiß, aber das ist auch alles, was sich an Positivem über sie sagen läßt. Das Handeln ist ungewiß, und darin liegt sein Reiz. Was die weiteren Konsequenzen des Problems anbelangt, so kann ich – falls dies der Wille Eurer Königlichen Majestät sein sollte – eine entsprechende Maschine bauen, die es bis in die letzten Verästelungen verfolgt.«

»Die Frage des Honorars wollen wir ganz an den Schluß der erfreulichen Begleitumstände stellen, die dich zu uns geführt haben«, sagte der König und verbarg die Heiterkeit, in die ihn Trurls Worte versetzt hatten, hinter einer rollenden Bewegung seines Körpers. »Und jetzt, edler Konstrukteur, geruhe mein Gast zu sein! Nimm inmitten treuer Freunde an dieser bescheidenen Tafel Platz und erzähle uns von den Taten die du vollbracht, aber auch von denen, die du wohlweislich unterlassen hast.«

»Euer Majestät sind zu gütig«, antwortete Trurl. »Ich fürchte jedoch, daß es mir dazu an Eloquenz mangelt, doch diese drei Maschinen, die ich mitbrachte, werden mich ausgezeichnet vertreten, was mit dem Vorzug verbunden wäre, daß Majestät sie bei dieser Gelegenheit ausprobieren könnten.«

»Es soll sein, wie du sagst«, stimmte der König zu.

Jedermann nahm eine Haltung größter Aufmerksamkeit und Erwartung an. Trurl holte die erste – die weißlackierte – Maschine aus dem Phaeton, drückte auf einen Knopf und nahm zur Rechten von König Genius Platz. Und schon begann die Maschine zu sprechen:

»Dies ist die Geschichte von den Vielianern, ihrem König Mandrillion, seinem Perfekten Ratgeber sowie Trurl, dem Konstrukteur, der den Ratgeber zunächst schuf und ihn später vernichtete. Wenn ihr die Geschichte noch nicht kennt, hört mir zu!

Das Reich der Vielianer ist berühmt wegen seiner Bewohner, die sich dadurch auszeichnen, daß sie so viele sind. Eines Tages, als der Konstrukteur Trurl durch die safrangelben Regionen des Sternbilds Deliria streifte, kam er vom Wege ab und erblickte einen Planeten, der in unablässiger Bewegung zu sein schien. Als er näher heranflog, sah er, daß dieses Phänomen durch die ungeheuren Massen verursacht wurde, die seine Oberfläche bevölkerten. Er landete, nachdem er unter großen Mühen ein paar Quadratmeter relativ freien Feldes entdeckt hatte. Die Eingeborenen liefen herbei, drängten sich um ihn und riefen immer wieder: »Wir sind viele, wir sind schrecklich viele!« Da sie jedoch alle durcheinanderschrien, konnte Trurl lange Zeit nicht ausmachen, worum es ihnen eigentlich ging. Als er schließlich verstanden hatte, fragte er:

»Seid ihr wirklich so viele?«

»Ja, wirklich!« schrien sie und platzten fast vor Stolz. »Wir sind unzählige!«

Und andere riefen:

»Wir sind wie die Fische im Meer!«

»Wie die Sterne am Himmel!«

»Wie Sandkörner am Strand! Wie Atome!«

»Angenommen, das stimmt«, sagte Trurl. »Was habt ihr davon, daß ihr so viele seid? Zählt ihr euch denn unablässig, und macht euch das Vergnügen?«

»Oh, ungebildeter Fremdling!« war ihre Antwort. »Wenn wir mit den Füßen stampfen, dann erzittern die Berge, wenn wir husten oder prusten, so entsteht ein Wirbelsturm, der

Bäume knickt, als wären es Streichhölzer, und wenn wir uns dicht zusammensetzen, dann bleibt kaum Raum zum Atmen.«

»Aber warum sollten Berge erbeben und Wirbelstürme Bäume knicken, und weshalb sollte kein Raum zum Atmen bleiben?« fragte Trurl. »Ist es nicht besser, wenn die Berge still an ihrem Platz stehen, wenn der Wind nicht weht, und jeder genug Raum zum Atmen hat?«

Die Vielianer waren äußerst empört über diesen Mangel an Respekt gegenüber ihrer mächtigen Zahl und zahlenmäßigen Macht, und daher stampften sie mit den Füßen, husteten und prusteten und setzten sich dicht zusammen, um Trurl zu beweisen, wie viele sie waren, und welche Konsequenzen das hatte. Ein furchtbares Erdbeben entwurzelte die Hälfte aller Bäume, die herabstürzend siebenhunderttausend Eingeborene unter sich begruben; Wirbelstürme knickten den Rest des Waldes wie Streichhölzer, was weitere siebenhunderttausend Opfer forderte, während den Überlebenden kaum Raum zum Atmen blieb.

»Gütiger Himmel!« schrie Trurl, der zwischen den sitzenden Vielianern eingepfercht war wie ein Ziegel in einer Backsteinmauer. »Was für eine Katastrophe!«

Wie sich sogleich erwies, hatte er sie mit diesen Worten nur noch mehr gegen sich aufgebracht.

»Unwissender und barbarischer Fremdling!« riefen sie. »Was kann schon der Verlust von einigen Hunderttausend für die Vielianer bedeuten, deren Myriaden nicht zu zählen sind?! Was unbemerkt verlorengeht, hat den Namen Verlust doch gar nicht verdient. Wir haben dir nur gezeigt, wie mächtig wir sind, wenn wir stampfen, husten oder prusten und eng zusammensitzen. Stell dir vor, was erst passieren würde, wenn wir größere Dinge in Angriff nähmen!«

»Tatsächlich«, sagte Trurl, »ihr dürft nicht denken, daß mir eure Denkweise völlig unbegreiflich ist. Es ist ja wohlbekannt, daß alles, was groß und zahlreich ist, die allgemeine Aufmerksamkeit erregt. So ruft z. B. abgestandenes Gas, das träge über dem Boden eines alten Fasses kreist, niemandes Bewunderung hervor, wenn aber genug davon vorhanden ist, um einen galaktischen Nebelfleck entstehen zu lassen, dann sind gleich alle völlig aus dem

Häuschen. Und doch handelt es sich um ein und dasselbe abgestandene und absolut gewöhnlich Gas, nur daß es in großen Mengen auftritt.«

»Was du da sagst, gefällt uns nicht!« schrien sie. »Von abgestandenem Gas wollen wir nichts hören!«

Trurl sah sich verstohlen nach der Polizei um, aber die Menge stand viel zu dicht gedrängt, als daß auch nur ein einziger Ordnungshüter hätte durchkommen können.

»Liebe Vielianer«, sagte er, »erlaubt mir, euren Planeten zu verlassen, denn ich teile euren Glauben an den unsterblichen Ruhm großer Zahlen nicht, solange hinter einer Zahl nichts als eine Zahl steht.«

Sie aber nickten sich nur zu und schnippten mit den Fingern, was eine solch gewaltige Druckwelle auslöste, daß Trurl in die Atmosphäre geschleudert wurde, sich mehrfach überschlug, nach längerer Luftfahrt auf beide Beine fiel und sich im Garten des königlichen Palasts wiederfand. In diesem Augenblick näherte sich ihm Mandrillion der Größte, Herrscher aller Vielianer; er hatte Trurls Flug und Landung amüsiert beobachtet und sagte jetzt:

»Wie ich höre, Fremdling, hast du der zahlenmäßigen Stärke meines Volkes nicht die gebührende Reverenz erwiesen; Schuld daran dürfte dein umwölkter Verstand sein. Wenngleich du von höheren Dingen nichts verstehst, besitzt du offensichtlich eine gewisse Geschicklichkeit in den niederen Künsten, was sich gut trifft, denn ich brauche einen Perfekten Ratgeber, und du wirst ihn mir bauen.«

»Welche Fähigkeiten soll dieser Ratgeber haben, und was bekomme ich, wenn ich ihn baue?« fragte Trurl und klopfte sich den Staub aus den Kleidern.

»Er soll einfach alles können, das heißt: Auf jede Frage eine Antwort wissen, jedes Problem lösen, den absolut besten Rat geben, mit anderen Worten, die höchste Weisheit ganz in meinen Dienst stellen. Wenn du ihn konstruiert hast, schenke ich dir hundert- oder zweihunderttausend meiner Untertanen; falls du ein paar tausend mehr haben willst, so wollen wir darüber nicht streiten.«

»Mir scheint es eine gefährliche Sache, wenn denkende

Wesen im Überfluß vorhanden sind, denn dann bedeuten sie nicht mehr als Sand; dieser König trennt sich ja leichter von einem ganzen Schwarm seiner Untertanen als ich mich von einem Paar alter Schuhe!« dachte Trurl.

Laut jedoch sagte er:

»Majestät, mein Haus ist klein, und ich wüßte nicht, was ich mit Hunderttausenden von Sklaven anfangen sollte.«

»Hab keine Sorge, einfältiger Fremder, ich habe Spezialisten, die dich über die endlosen Vorteile aufklären werden, die mit dem Besitz einer großen Horde von Sklaven verbunden sind. Man kann sie zum Beispiel in Trachten unterschiedlicher Farben kleiden, damit sie sich auf einem großen Platz zu einem Mosaik formieren oder lebende und höchst lehrreiche Inschriften bilden. Man kann sie zu Bündeln zusammenbinden und die Berge hinunterrollen, man kann auch einen großen Hammer bauen – fünftausend genügen für den Hammerkopf und dreitausend für den Stiel –, um damit einen Felsblock zu spalten oder einen Wald niederzureißen. Man kann sie zu einem Tau flechten und künstliche Schlingpflanzen oder Gehänge herstellen, wobei die zuunterst über dem Abgrund Schwebenden durch die possierlichen Verrenkungen ihrer Körper, durch ihr hilfloses Strampeln und Quietschen ein Spektakel bieten, das Auge wie Ohr schmeichelt und die Seele aufjauchzen läßt. Oder nimm zehntausend junge Sklavinnen, laß sie alle auf einem Bein stehen und befiehl ihnen, mit dem rechten Arm eine Acht und mit dem linken Kreise zu beschreiben – das ist ein Schauspiel, auf das du niemals mehr verzichten möchtest, ich weiß, was ich sage, ich spreche aus Erfahrung!«

»Majestät!« erwiderte Trurl. »Mit Wäldern und Felsblökken werde ich mit Hilfe meiner Maschinen fertig, und was Mosaiken und Inschriften anbelangt, so ist es nicht meine Gewohnheit, sie aus Wesen zu formen, die eine andere Verwendung möglicherweise vorziehen würden . . .«

»Was, dreister Fremdling«, sagte der König, »willst du dann für deinen Ratgeber haben?«

»Einhundert Sack Gold, Majestät.«

Mandrillion war absolut nicht geneigt, sich von soviel Gold zu trennen, doch dann kam ihm plötzlich eine äußerst raffinierte Idee; die aber behielt er wohlweislich für sich und sagte: »Es soll sein, wie du sagst.«

»Ich werde mich bemühen, Euer Majestät zufriedenzustellen«, versprach Trurl und ging zum Turm des Schlosses, den ihm Mandrillion zur Werkstatt bestimmt hatte. Und bald erscholl dort das Fauchen der Gebläse, der helle Klang der Hämmer und das Knirschen der Säge. Der König hatte Spione ausgesandt, die das Werk überwachen sollten; die aber kehrten fassungslos vor Staunen zurück, denn Trurl hatte überhaupt keinen Ratgeber, sondern ein ganzes Ensemble von Schmiede-, Schweiß- und Verkabelungsmaschinen gebaut. Als nächstes setzte er sich hin und stach mit einem Nagel solange winzige Löcher in einen endlosen Papierstreifen, bis er das exakte Programm des Ratgebers fertiggestellt hatte; dann ging er spazieren, während sich die Maschinen im Turm die ganze Nacht abrackerten, und am Morgen des folgenden Tages war die Arbeit getan. Am Vormittag betrat Trurl den Prunksaal des Schlosses mit einer riesigen Puppe, die zwei Beine, aber nur einen winzigen Arm hatte, und erklärte dem König, dies sei der Perfekte Ratgeber.

»Mal sehen, ob er etwas taugt . . .«, sagte Mandrillion und befahl, den Marmorfußboden augenblicklich mit Zimt und Safran zu bestreuen, so stark war der Geruch von heißem Eisen, den der Ratgeber verströmte, denn er kam ja frisch aus dem Ofen und glühte noch an einigen Stellen. »Du kannst gehen«, sagte der König zu Trurl, »komm am Abend wieder, dann wollen wir sehen, wer wem wieviel schuldet.«

Trurl ging hinaus und dachte, daß die letzten Worte Mandrillions nicht gerade von übermäßiger Freigebigkeit zeugten, ja vielleicht lagen hinter ihnen sogar irgendwelche bösen Absichten verborgen. Deshalb war er doppelt froh, daß er die Universalität des Ratgebers mit einer winzigen, jedoch wesentlichen Einschränkung versehen hatte: Das Programm des künstlichen Weisen enthielt die strikte Instruktion, daß er bei allem, was er tun werde, niemals die Vernichtung seines Schöpfers zulassen dürfe.

Alleingeblieben mit dem Ratgeber sprach der König:

»Wer bist du und was kannst du?«

»Ich bin der Perfekte Ratgeber des Königs«, erwiderte

dieser mit einer Stimme, so dumpf, als käme sie aus einem hohlen Faß, »und ich kann die besten aller möglichen Ratschläge geben.«

»Gut«, sagte der König. »Und wem schuldest du Gehorsam und Treue, mir oder deinem Konstrukteur?«

»Treue und Gehorsam schulde ich nur Eurer Königlichen Majestät«, dröhnte es aus dem Ratgeber.

»Gut«, brummte der König, »für den Anfang, das heißt ... nun ja ... ich möchte natürlich nicht, daß mein erster Wunsch an dich den Eindruck erweckt, daß ich geizig oder knauserig wäre ... bis zu einem gewissen Grade jedoch geht es mir einfach ums Prinzip, verstehst du?«

»Eure Königliche Hoheit haben noch nicht geruht zu sagen, was eigentlich dero Wille ist«, erwiderte der Ratgeber und stützte sich auf ein drittes Bein, das er mit einer geschickten Bewegung aus seinem Rumpf herausklappte, denn er hatte Schwierigkeiten mit dem Gleichgewicht.

»Ein Perfekter Ratgeber sollte in der Lage sein, die Gedanken seines Herrn und Meisters zu lesen!« knurrte Mandrillion wütend.

»Natürlich, aber doch nur auf ausdrücklichen Befehl, sonst würde er ja eine Indiskretion begehen«, gab der Ratgeber zurück, öffnete eine kleine Klappe in seinem Bauch und drehte an einem kleinen Knopf mit der Aufschrift »Telepathograph«. Dann lächelte er verständnisvoll und sagte:

»Eure Königliche Hoheit möchten Trurl keinen roten Heller geben, nicht wahr?«

»Wenn du irgendjemandem auch nur ein Wort davon erzählst, dann lasse ich dich in die große Mühle werfen, deren Steine dreißigtausend meiner Untertanen auf einmal zermahlen können«, drohte der König.

»Keiner Seele werde ich etwas erzählen!« versicherte der Ratgeber. »Eure Majestät haben nicht den Wunsch, für mich zu bezahlen, nichts leichter als das. Wenn Trurl wiederkommt, so sagt Ihr ihm einfach, von Euch werde er kein Gramm Gold sehen, und er solle gefälligst seiner Wege gehen.«

»Du bist ein Idiot, aber kein Ratgeber!« sagte der König wutschnaubend. »Ich will nicht bezahlen, aber es muß so aussehen, als sei das einzig und allein Trurls Schuld. Als stünde ihm absolut nichts zu, verstehst du?«

Der Ratgeber schaltete den Apparat zum Lesen der königlichen Gedanken ein, schwankte leicht hin und her und sagte: »Eure Majestät möchte den Eindruck erwecken, daß Sie gerecht und in völliger Übereinstimmung mit Ihrem einmal gegebenen Wort handeln, während Trurl als schändlicher Schuft und Scharlatan dastehen soll . . . Ausgezeichnet. Mit Erlaubnis Eurer Majestät werde ich mich jetzt auf Höchstderoselbst stürzen, Euch bei der Kehle packen und würgen, wenn Hoheit dann bitte die Liebenswürdigkeit hätten, entsprechend laut zu schreien und um Hilfe zu rufen . . .«

»Bist du verrückt geworden?« sagte Mandrillion. »Weshalb solltest du mich würgen, und weshalb sollte ich um Hilfe rufen?«

»Damit Ihr Trurl anklagen könnt, weil er mit meiner Hilfe versucht hat, das Verbrechen des Königmords zu begehen!« erklärte der Ratgeber strahlend. »Wenn Eure Hoheit ihn dann auspeitschen und von den Zinnen des Schlosses in den Burggraben werfen lassen, so wird jedermann sagen, daß dies ein Akt höchster Gnade war, denn gewöhnlich wird solch ein Verbrechen durch Rädern und Vierteilen gesühnt, nach voraufgegangener Folter, versteht sich. Mich hingegen, als das unwissende Werkzeug in Trurls Händen, werden Eure Majestät von aller Schuld freisprechen und begnadigen, und jedermann wird die Großherzigkeit und Güte des Königs rühmen, und alles wird ganz so sein, wie Eure Majestät es wünschen.«

»Na schön, dann würg mich, aber vorsichtig, du Schuft!« sagte der König.

Und alles geschah genau so, wie es der Perfekte Ratgeber vorausgesagt hatte. Der König wollte eigentlich, daß man Trurl die Beine ausriß, bevor man ihn in den Burggraben warf, aus irgendeinem Grunde aber kam es dazu nicht. Schuld daran waren meine unklaren und etwas verworrenen Befehle, dachte der König voller Bedauern, in Wirklichkeit war es jedoch der Ratgeber, der diesen barbarischen Akt durch eine diskrete Intervention verhindert hatte. Der König begnadigte den Ratgeber wie geplant und setzte ihn wieder in all seine Rechte bei Hofe ein. Trurl hingegen, den man ausgepeitscht und jämmerlich verprügelt hatte, humpelte inzwischen von Schmerzen geplagt nach Hause. Gleich nach seiner Rückkehr begab er sich zu Klapauzius, erzählte ihm die ganze Geschichte und sagte:

»Dieser Mandrillion ist ein viel größerer Schurke, als ich gedacht habe. Er hat mich nicht nur schändlich betrogen, sondern er hat sogar den von mir gebauten Ratgeber dazu benutzt, um einen niederträchtigen Anschlag gegen mich auszuhecken und mich um meinen Lohn zu prellen! Er täuscht sich jedoch, wenn er meint, daß ich das Spiel verloren gebe. Der Rost soll mich total zerfressen, wenn ich jemals die Rache vergesse, die ich diesem Tyrannen schuldig bin!«

»Was also willst du tun?« fragte Klapauzius.

»Vor Gericht werde ich ihn bringen, er wird mein Honorar auf Heller und Pfennig zahlen! Und das ist erst der Anfang, denn er schuldet mir weit mehr als Gold für all die Schmerzen und Mißhandlungen.«

»Das ist eine schwierige juristische Frage«, sagte Klapauzius, »ich schlage vor, du suchst dir einen guten Anwalt, bevor du irgendetwas unternimmst.«

»Weshalb sollte ich zu einem Anwalt gehen?« gab Trurl zurück. »Ich werde mir selbst einen machen.«

Und Trurl ging nach Hause, schüttete sechs gehäufte Löffel Transistoren in einen Topf, gab die gleiche Menge an Kondensatoren und Widerständen dazu, goß noch etwas Elektrolyt hinein, rührte gut um und deckte das Ganze mit einem Deckel zu, dann legte er sich schlafen, und innerhalb von drei Tagen hatte sich die Mischung selbst organisiert und war ein erstklassiger Anwalt geworden. Trurl war zu faul, ihn aus dem Topf herauszunehmen, denn er brauchte ihn ja nur für diesen einen Fall, also stellte er den Topf auf den Tisch und fragte:

»Wer bist du?«

»Ich bin niedergelassener Anwalt und Notar«, sagte der Topf in glucksendem Ton, denn durch ein Versehen war etwas zuviel Elektrolyt hineingeraten. Trurl trug die ganze Sache vor, woraufhin der Topf sagte:

»Du hast das Programm des Ratgebers mit der Einschränkung versehen, daß er deine Vernichtung in keinem Fall zulassen darf?«

»Ja, damit er mich nicht vernichten konnte, mehr habe ich wirklich nicht hineinprogrammiert.«

»Damit hast du den Vertrag nicht hundertprozentig erfüllt, denn der Ratgeber sollte ja alles können, ohne Ausnahme. Da er dich aber nicht zerstören konnte, war er auch nicht perfekt.«

»Und wenn er mich vernichtet hätte, wer hätte dann das Honorar in Empfang nehmen sollen?«

»Das ist ein gesondertes Problem und eine andere Sache, die im Lichte der Paragraphen betrachtet werden muß, die im Hinblick auf eine strafrechtliche Verantwortlichkeit Mandrillions heranzuziehen wären, deine Forderung hingegen hat eindeutig zivilrechtlichen Charakter.«

»Das wird ja immer schöner. Nun will mich schon ein Topf Zivilrecht lehren!« schrie Trurl zornig. »Wessen Anwalt bist du eigentlich, meiner oder der von diesem Strolch, dem König?«

»Deiner, aber der König war im Recht, als er dir die Bezahlung verweigerte.«

»War er etwa auch im Recht, als er mich von den Zinnen in den Burggraben werfen ließ?«

»Das ist ein anderer, ein strafrechtlicher Fall und ein gesondertes Problem«, gab der Topf zurück.

Trurl bebte vor Zorn.

»Da macht man aus einem Bündel alter Drähte, Spulen und Widerstände ein intelligentes Wesen und bekommt statt eines vernünftigen Rats nichts als Ausflüchte zu hören! Du schäbiger elektronischer Winkeladvokat, ich werde dir zeigen, daß mit mir nicht zu spaßen ist!«

Und er stülpte den Topf um, schüttete den ganzen Inhalt auf den Tisch und demontierte ihn so rasch, daß dem Anwalt keine Zeit blieb, gegen diesen Schritt Berufung einzulegen.

Trurl machte sich erneut an die Arbeit und baute einen zweistöckigen *Juris Consilarius*, vierfach verstärkt im Hinblick auf das Bürgerliche und das Strafgesetzbuch, um aber ganz sicher zu gehen, schloß er ihn zusätzlich an das

Verwaltungs- und Völkerrecht an. Dann schaltete er den Strom ein, trug seinen Fall vor und fragte:

»Wie kann ich zu meinem Recht kommen?«

»Der Fall ist kompliziert«, sagte die Maschine, »du mußt mir in beschleunigtem Verfahren oben noch fünfhundert und an der Seite zweihundert Transistoren einbauen.«

Trurl kam diesem Wunsch sogleich nach, woraufhin die Maschine sagte:

»Zu wenig! Ich bitte um einen Zusatzverstärker und zwei extrastarke Spulen.«

Danach sprach sie wie folgt:

»Der *Casus* als solcher ist interessant; jedoch sind hier zwei Dinge zu berücksichtigen: zum einen die Gründe für die Klage – und da wäre sehr viel zu machen –, zum anderen das Verfahren selbst und die Frage nach der zuständigen Instanz. Es kommt überhaupt nicht in Betracht, den König in einem Zivilprozeß vor irgendein Gericht zu zitieren, denn das stünde im Widerspruch zum internationalen wie auch zum interplanetarischen Recht. Meine endgültige Meinung zu dem Fall werde ich dir mitteilen, wenn du mir versprichst, daß du mich hernach nicht gleich in sämtliche Einzelteile zerlegst.«

Trurl gab sein Wort und sagte:

»Aber wie bist du nur auf den Gedanken gekommen, daß dir die Demontage droht, falls du mich nicht zufriedenstellst?«

»Ich weiß auch nicht, ich hatte einfach so ein dumpfes Gefühl.«

Trurl erriet, daß diese Ängste wohl auf die Tatsache zurückzuführen waren, daß er zum Bau seines Gegenübers Teile des Kochtopfadvokaten verwendet hatte. Spuren der Erinnerung an diesen Vorfall mußten in den neuen Schaltkreisen zurückgeblieben sein und dort eine Art unterbewußten Komplex verursacht haben.

»Nun, und deine endgültige Meinung?«

»Die lautet so: Da es keine zuständigen Tribunale gibt, kann es auch kein Verfahren geben. Der Prozeß kann weder gewonnen noch verloren werden.«

Trurl sprang auf und drohte dem maschinellen Anwalt mit

der Faust, sein gegebenes Wort aber mußte er halten und so tat er ihm nichts Böses. Er ging zu Klapauzius und erzählte ihm alles.

»Ich habe gleich gewußt, daß die Sache hoffnungslos ist, aber du wolltest mir ja nicht glauben«, sagte Klapauzius.

»Der Schurke wird nicht ungestraft davonkommen«, gab Trurl zurück, »wenn ich auf gerichtlichem Wege keine Genugtuung bekommen kann, so werde ich mich auf andere Weise an diesem königlichen Halunken rächen!«

»Ich bin neugierig, wie du das machen willst. Du gabst dem König den Ratgeber, und welche Not und Plagen oder welches Unglück du immer über den König und sein Reich heraufbeschwören magst, er wird sie alle abwehren. Ja, Trurl, davon bin ich fest überzeugt, denn ich habe volles Vertrauen zu deinen Fähigkeiten als Konstrukteur!«

»Du hast recht. Es sieht ganz so aus, als hätte ich mich selbst durch den Bau des Perfekten Ratgebers jeder Möglichkeit beraubt, mit diesem Scheusal von König abzurechnen. Aber auch in dieser Festung muß irgendwo ein schwacher Punkt stecken, und ich werde weder ruhen noch rasten, bis ich ihn gefunden habe!«

»Was willst du tun?« fragte Klapauzius, aber Trurl zuckte nur mit den Achseln und machte sich auf den Heimweg. Lange Zeit ging er nicht aus dem Haus, sondern saß da und meditierte; bald durchblätterte er in der Bibliothek Hunderte von Bänden, bald führte er im Laboratorium geheimnisvolle Experimente durch. Klapauzius besuchte ihn von Zeit zu Zeit und staunte über die Verbissenheit, mit der Trurl versuchte, sich selbst zu besiegen, denn der Ratgeber war ja in gewissem Sinne ein Teil von ihm, er hatte ihm schließlich all seine Weisheit verliehen. Eines Nachmittags kam Klapauzius zur gewohnten Zeit, traf Trurl jedoch nicht zu Hause an. Die Tür war verschlossen, die Fensterläden verriegelt, vom Hausherrn keine Spur. Klapauzius gelangte zu dem Schluß, Trurl habe mit seinen Operationen gegen den Herrscher der Vielianer begonnen, und er sollte sich nicht getäuscht haben.

Mandrillion genoß indessen seine Macht wie nie zuvor, denn wenn es ihm an guten Ideen fehlte, dann brauchte er nur den Ratgeber zu fragen, der davon einen unerschöpflichen Vorrat zu besitzen schien. Der König hatte weder Hofintrigen und Palastrevolutionen noch einen äußeren Feind zu fürchten, er regierte mit eiserner Hand, und im Süden des Landes reiften nicht soviele Weinreben heran wie Gehenkte an den Galgen des Reiches schaukelten.

Der Ratgeber besaß inzwischen vier Kisten voll mit Orden, die ihm der König für seine erfolgreiche Tätigkeit verliehen hatte. Ein Mikrospion, den Trurl ins Land der Vielianer entsandt hatte, kehrte mit der Neuigkeit zurück, der König habe den Ratgeber in aller Öffentlichkeit als seinen »Herzbruder« bezeichnet. Soviel Wohlwollen hatte sich der Ratgeber mit der Idee verdient, eine große Parade zu veranstalten, bei der die Untertanen als Konfetti benutzt wurden.

Trurl ging jetzt ohne Zaudern und Zögern vor, denn sein Aktionsplan war fertig ausgearbeitet; er setzte sich also hin und schrieb auf cremefarbenem Papier, geschmückt mit der Freihandzeichnung einer Erdbeerpflanze einen Brief an den Ratgeber. Der Inhalt des Briefs war simpel:

Lieber Ratgeber! Ich hoffe, daß es Dir ebenso gut geht wie mir, vielleicht sogar noch besser. Ich habe gehört, daß Dir Dein Monarch sein ganzes Vertrauen schenkt, und daher bitte ich Dich im Hinblick auf diese große Verantwortung vor der Geschichte und der Staatsraison, Deine Pflichten gewissenhaft und unter Anspannung aller Kräfte zu erfüllen. Solltest Du einmal Schwierigkeiten haben, einen Wunsch des Königs zu erfüllen, so wende die Extra-Spezial-Methode an, die ich Dir seinerzeit bis ins letzte Detail erklärt habe. Falls Du Lust hast, schreib mir bitte ein paar Zeilen, doch nimm es mir nicht übel, wenn ich nicht gleich antworte, ich bin zur Zeit sehr beschäftigt, weil ich gerade einen Ratgeber für König D. baue. Mit einem Gruß an Dich und den untertänigsten Empfehlungen an Deinen Herrn bin ich Dein Konstrukteur
Trurl

Dieser Brief erregte natürlich das Mißtrauen der vielianischen Geheimpolizei und wurde peinlich genau untersucht.

Man fand jedoch keinerlei geheime Chemikalien im Papier, und auch die sorgfältige Prüfung der die Erdbeerpflanze darstellenden Zeichnung im Hinblick auf darin verborgene Zahlen blieb ergebnislos. Dieser Umstand rief ungeheure Aufregung im Hauptquartier der Polizei hervor, der Brief wurde mehrfach photographiert, kopiert und von Hand abgeschrieben, das Original jedoch erhielt ein funkelnagelneues Siegel und wurde dem Adressaten zugestellt. Der Ratgeber las das Schreiben und war bestürzt, denn er begriff sehr wohl, daß dies ein Schachzug Trurls war, der ihn kompromittieren, wenn nicht gar ruinieren sollte. Daher erzählte er dem König sogleich von dem Brief und stellte Trurl als üblen Schurken hin, der es darauf abgesehen habe, ihn in den Augen des Königs zu diskreditieren; dann versuchte er, die Botschaft zu dechiffrieren, denn er war sicher, daß die unschuldigen Worte nur eine Maske waren, hinter der die finstersten Scheußlichkeiten verborgen lagen.

Plötzlich unterbrach der schlaue Ratgeber seine Arbeit, legte den Kopf schief und dachte nach; dann stand er auf und teilte dem König mit, er wolle Trurls Brief dechiffrieren, um dessen perfide Intentionen zu entlarven. Dazu besorgte er sich die notwendige Menge an Stativen, Filtern, Trichtern, Reagenzgläsern und Chemikalien, um eine äußerst komplizierte Analyse des Kouverts und des Briefpapiers vorzunehmen. All das wurde genauestens von der Geheimpolizei überwacht, die in die Wände seiner Gemächer die üblichen Horch- und Spähapparaturen eingebaut hatte. Als die Chemie versagte, machte sich der Ratgeber an die Kryptoanalyse des Textes selbst, indem er ihn zunächst unter Zuhilfenahme der Logarithmentafel und elektronischer Rechenmaschinen in endlose Zahlenkolonnen verwandelte. Er ahnte nicht, daß die besten Spezialisten der Polizei, angeführt vom Code- und Feldmarschall selbst, jede seiner Operationen nachvollzogen. Je länger die vergeblichen Anstrengungen der Spezialisten dauerten, desto unruhiger wurde man im Hauptquartier der Polizei, denn allen Fachleuten war klar, daß der, der allen Versuchen ihn zu knacken widerstand, zu den raffiniertesten gehören mußte, die jemals angewandt wurden. Der Marschall sprach davon zu einem Höfling, der den Ratgeber schon seit langem um die Gunst des Königs beneidete. Dieser Höfling, dem an nichts mehr gelegen war, als im Herzen des Königs Zweifel zu säen, erzählte Mandrillion, sein erklärter Favorit habe sich eingeschlossen und verbringe ganze Nächte damit, den verdächtigen Brief zu studieren. Der König lachte und sagte, darüber sei er bestens informiert, denn der Ratgeber habe ihm selbst davon Mitteilung gemacht. Der neidische Höfling verstummte verwirrt und hinterbrachte die Nachricht sogleich dem Marschall.

»Oh!« stöhnte der hochbetagte Kryptographologe, »er hat es sogar dem Monarchen erzählt? Das ist doch der Gipfel der Perfidie! Und was muß das für ein teuflischer Code sein, wenn er es wagt, so offen darüber zu sprechen!«

Dann befahl er den Brigaden, ihre Anstrengungen zu verdoppeln. Als nach einer Woche noch immer keine Resultate vorlagen, wurde der berühmteste Experte auf dem Gebiet der Geheimschriften hinzugezogen – Professor Occulticus, Entdecker der unsichtbaren Zeichensprache. Nachdem der Gelehrte den inkriminierten Brief sowie sämtliche Berichte der Spezialisten studiert hatte, erklärte er, man müsse die trial-and-error-Methode anwenden, wozu allerdings Computer von astronomischem Format erforderlich seien.

Nach Operationen von gigantischem Ausmaß stellte sich heraus, daß man den Brief auf dreihundertachtzehn verschiedene Arten lesen konnte.

Die ersten fünf Varianten lauteten: »Der Kakerlak von Melkersdorf ist heil angekommen, aber der Bettpfanne ist eine Sicherung durchgebrannt.« – »Roll die Tante der Lokomotive zu Kalbsschnitzeln!« – »Die Verlobung der Butter wird nicht stattfinden, denn die Schlafmütze ist vernagelt.« – »Wer gehabt hat, ist gewesen, wer gelacht hat, wird gelesen.« – »Aus Erdbeeren unter der Folter kann man eine ganze Menge herausholen.« Professor Occulticus hielt die fünfte Variante für den Schlüssel des Codes; nach dreihunderttausend Rechenvorgängen kam er zu dem Ergebnis, man müsse lediglich sämtliche Buchstaben des Briefes addieren, von dieser Summe die Parallaxe der Sonne plus die jährliche Produktion von Regenschirmen subtrahieren, sodann die Kubikwurzel aus der Restsumme ziehen, und schon ergebe sich ein einziges Wort, nämlich »kruzafix«. Im Adreßbuch fand man einen Untertanen namens »Kruzafux«. Occulticus erkannte mit einem Blick, daß die Vertauschung eines einzigen Buchstabens nur zu dem Zweck erfolgt sein konnte, Spuren zu verwischen, und Kruzafux wurde verhaftet. Es genügte ein wenig Überzeugungsarbeit unter Anwendung des sechsten Grades, und der Verbrecher gestand, er sei tatsächlich im Komplott mit Trurl gewesen, der ihm einen vergifteten Nagel und einen Hammer schicken wolle, damit er dem Monarchen den Garaus machen könne. Nachdem der Code- und Feldmarschall die Beweise des Hochverrats schwarz auf weiß in Händen hielt, legte er sie unverzüglich dem König vor; Mandrillion aber besaß noch soviel Vertrauen zu seinem Ratgeber, daß er ihm die Möglichkeit gab, sich zu rechtfertigen.

Der Ratgeber leugnete nicht, daß man den Brief durch Umstellung der Buchstaben in einer ganzen Reihe von Varianten lesen konnte. Wie er sagte, hatte er selbst weitere hunderttausend Varianten entdeckt, das allein beweise jedoch gar nichts, in Wirklichkeit sei der Brief überhaupt nicht verschlüsselt, denn schließlich könne man die Buchstaben eines jeden Textes so rekombinieren, daß sich ein neuer Sinn oder der Schatten eines Sinns ergäbe, das ganze bezeichne man dann als Anagramm. Derartige Probleme seien der Gegenstand der Permutations- und Kombinationstheorie. Trurl, sagte der Ratgeber, wolle ihn kompromittieren und diskreditieren, indem er die Fiktion eines Codes aufrechterhalte, obwohl in Wirklichkeit keiner existiere. Der arme Teufel Kruzafux sei völlig unschuldig; sein Geständnis sei ihm von den professionellen Überzeugern im Hauptquartier der Polizei in den Mund gelegt worden, die ja keine geringe Übung in der sanften Kunst der Überredung und darüber hinaus Verhörmaschinen mit einer Ausgangsleistung von einigen tausend Kiloschlag besäßen. Die Kritik an der Polizei nahm der König sehr übel, und als er dann weitere Erklärungen verlangte, begann der Ratgeber, in immer komplizierteren Wendungen von Anagrammen und Permutationen, Codes, Ziffern, Symbolen, Signalen und der allgemeinen Informationstheorie zu sprechen; schließlich wurden seine Ausführungen derart unverständlich, daß der König in heftigen Zorn geriet und ihn in den tiefsten Kerker werfen ließ. Bald darauf traf eine Postkarte von Trurl mit folgendem Inhalt ein:

Lieber Ratgeber! Vergiß die himmelblauen Schrauben nicht, sie könnten noch von Nutzen sein. Dein Trurl

Der Ratgeber wurde unverzüglich gefoltert, gestand jedoch nichts, sondern wiederholte beharrlich, all das seien nur finstere Intrigen von Trurl; als man ihn nach den himmelblauen Schrauben fragte, schwor er, solche weder zu besitzen, noch von ihnen zu wissen. Folglich mußte man ihn im Interesse einer gründlichen Untersuchung auseinandernehmen. Der König gab die Erlaubnis, und die Schmiede machten sich an die Arbeit. Die Panzerung des Ratgebers barst unter ihren Hämmern, und bald darauf wurden dem König zwei winzige, öltriefende Schräubchen vorgelegt, deren Farbe unbestreitbar himmelblau war. Und obwohl der Ratgeber im Laufe der sorgfältigen Nachforschungen völlig zerstört worden war, hatte der König angesichts dieser Beweisstücke keine Gewissensbisse mehr.

Eine Woche später erschien Trurl selbst vor den Toren des Palasts und bat um eine Audienz beim König. Mandrillion wollte ihn eigentlich auf der Stelle enthaupten lassen, doch verblüfft durch ein solches Maß an Unverfrorenheit befahl er, den Konstrukteur vor sein Angesicht zu bringen.

»Mein lieber König!« sagte Trurl, kaum daß er den Thronsaal, in dem sich die Höflinge drängten, betreten hatte. »Ich habe dir einen Perfekten Ratgeber gebaut, und du hast ihn dazu benutzt, mich um meinen verdienten Lohn zu prellen, wobei du nicht zu Unrecht annahmst, das geistige Potential, das ich dir überließ, werde ein perfekter Schutzschild gegen alle Angriffe sein und jeden Versuch, mich zu rächen, zum Scheitern verurteilen. Doch dadurch, daß ich dir einen intelligenten Ratgeber gab, erhöhte ich ja nicht deine eigene Intelligenz, und genau hier lag der Ansatzpunkt für meine Aktion; denn nur wer selbst ein wenig Verstand besitzt, ist in der Lage, vernünftige Ratschläge zu befolgen. Auf subtile, scharfsinnige oder raffinierte Weise konnte ich den Ratgeber nicht vernichten. Also mußte ich unvorstellbar primitive und plumpe, ja geradezu dumme Mittel einsetzen. Die Briefe waren nicht chiffriert; der Ratgeber war dir bis zum Schluß treu; von den himmelblauen Schräubchen, die sein Ende bedeuteten, wußte er nichts. Sie waren in einen Eimer mit Farbe gefallen, als ich den Ratgeber zusammenbaute; zufällig erinnerte ich mich später an dieses Detail und machte es mir zunutze. So konnten Dummheit und Mißtrauen Weisheit und Loyalität vernichten, und du selbst warst das Instrument deiner Niederlage. Und jetzt gib mir die hundert Sack Gold, die du mir schuldest sowie weitere hundert für die Zeit, die ich damit verschwenden mußte, mir mein Honorar zu erkämpfen. Tust du das nicht, so wirst du mit deinem ganzen Hof zugrundegehen, denn du hast den Ratgeber nicht mehr an deiner Seite, der dich vor mir schützen könnte!«

Der König brüllte vor Wut und gab den Wachen ein Zeichen, die sich auf Trurl stürzten, um dem unverschämten Eindringling auf der Stelle den Garaus zu machen. Aber ihre fauchenden Hellebarden durchschnitten die Gestalt des Konstrukteurs, als sei sie aus Luft, und sie wichen voller Entsetzen zurück. Trurl lachte und sagte:

»Ihr könnt auf mich einhauen, soviel ihr wollt, denn ich bin nur ein Trugbild, hervorgebracht durch ferngesteuerte Spiegel, in Wirklichkeit schwebe ich hoch über eurem Planeten in einem Raumschiff, und solange ich mein Gold nicht habe, werde ich todbringende Raketen auf den Palast abfeuern.«

Er hatte noch nicht zu Ende gesprochen, da gab es einen Knall, und eine furchtbare Explosion erschütterte den ganzen Palast; die Höflinge flohen in Panik, und der König, vor Scham und Wut einer Ohnmacht nahe, mußte Trurl auf Heller und Pfennig bezahlen.

Als Klapauzius nach Trurls Rückkehr von dieser Wendung der Dinge erfahren hatte, fragte er seinen Freund und

Gefährten, weshalb er eine derart primitive, seinen eigenen Worten nach dumme Methode angewendet habe, wo er doch die Möglichkeit hatte, einen Brief zu schreiben, der tatsächlich einen Code enthielt.

»Das Vorhandensein eines Codes hätte der Ratgeber dem König leichter erklären können als das Nichtvorhandensein«, erwiderte der weise Konstrukteur. »Es ist immer leichter, sich zu einer bestimmten Tat zu bekennen, als zu beweisen, daß es eine solche Tat nicht gegeben hat. In diesem Fall wäre das Vorhandensein eines Codes eine simple Sache gewesen, sein Nichtvorhandensein aber führte zu Komplikationen, denn es ist tatsächlich so, daß man jeden Text zu einem anderen, einem Anagramm, rekombinieren kann, und es kann sehr viele derartiger Rekombinationen geben. Um nun all diese Zusammenhänge zu erklären, mußte der Ratgeber auf absolut richtige, jedoch höchst verwickelte Argumente zurückgreifen, die – dessen war ich mir sicher – den beschränkten Horizont des Königs übersteigen würden. Es ist einmal gesagt worden, daß man nur einen festen Punkt benötigt, um die Welt aus den Angeln zu heben, und so mußte auch ich bei meinen Bemühungen, einen Verstand zu überlisten, der perfekt war, einen festen Punkt finden, ich fand ihn in der Dummheit.«

Hiermit beendete die erste Maschine ihre Geschichte, verbeugte sich tief vor König Genius und zog sich bescheiden in einen Winkel der Höhle zurück.

Der König äußerte seine Zufriedenheit über diese lehrreiche Geschichte und fragte Trurl:

»Sag uns bitte, mein lieber Konstrukteur, erzählt die Maschine nur, was du sie gelehrt hast, oder liegt die Quelle ihres Wissens außerhalb von dir? Erlaube mir auch zu bemerken, daß die Geschichte, die wir gehört haben, so lehrreich und unterhaltsam sie auch ist, dennoch unvollständig zu sein scheint, denn wir haben nichts über das weitere Schicksal der Vielianer und ihres törichten Königs erfahren.«

»Majestät«, sagte Trurl, »die Maschine berichtet nichts als die Wahrheit, denn bevor ich hierher kam, habe ich ihre Informationspumpe an mein Gehirn angeschlossen und sie damit befähigt, aus meinen Erinnerungen zu schöpfen. Das aber tat sie selbständig, folglich weiß ich nicht, welche Auswahl sie aus meinen Erinnerungen getroffen hat, und daher läßt sich auch nicht sagen, daß ich sie absichtlich bestimmte Dinge gelehrt habe, ebensowenig jedoch kann man sagen, daß die Quelle ihres Wissens außerhalb meiner Person liegt. Was die Vielianer angeht, so berichtet uns die Geschichte tatsächlich nichts über ihr weiteres Schicksal; denn man kann zwar alles erzählen, doch nicht alles fügt sich gut zusammen. Wenn das, was hier und jetzt geschieht, nicht die Wirklichkeit, sondern nur eine Fabel übergeordneten Ranges wäre, in der die Geschichte von den Maschinen enthalten ist, dann könnte sich ein Leser sehr wohl fragen, weshalb du und deine Freunde wie Kugeln geformt sind, da ja eure Kugelförmigkeit in der Erzählung keine Funktion zu erfüllen scheint und eher wie eine völlig überflüssige Verzierung wirkt . . .«

Die Freunde des Königs staunten über den Scharfblick des Konstrukteurs, der König selbst aber sagte mit breitem Lächeln: »Deine Worte entbehren nicht einer gewissen Logik. Was nun unsere äußere Gestalt anbelangt, so will ich dir erzählen, wie es dazu kam. Vor langer, langer Zeit sahen wir, d. h. natürlich unsere Vorfahren, gänzlich anders aus; erstmals konstruiert wurde mein Volk von den sogenannten weichen Bleichlern, und diese feuchten und schwammigen Wesen formten es nach ihrem eigenen Bilde; daher hatten unsere Vorfahren Arme, Beine, einen Kopf und einen Rumpf, der all diese Glieder miteinander verband. Nachdem sie sich aber von ihren Schöpfern befreit hatten, wollten unsere Altvorderen die Spuren ihrer unrühmlichen Herkunft gänzlich tilgen, und deshalb nahm jede Generation gewisse Veränderungen an ihrer Gestalt vor, bis schließlich die Form einer vollkommenen Kugel erreicht war; ob das nun zum Guten oder Schlechten geschah, möchte ich offenlassen, in jedem Falle sind wir Kugeln.«

»Majestät«, sagte Trurl, »vom Standpunkt des Konstrukteurs betrachtet, hat die Kugelförmigkeit ihre guten wie ihre schlechten Seiten; doch unter allen anderen Gesichtspunkten ist es besser, wenn ein denkendes Wesen seine Gestalt nicht verändern kann, weil eine solche Freiheit sehr rasch zur schrecklichen Qual wird. Denn wer so bleiben muß, wie er geschaffen ist, kann sein Schicksal zwar verfluchen, vermag es aber nicht zu ändern; wer aber in der Lage ist, seine eigene Gestalt zu verändern, der kann niemanden auf der Welt für seine körperlichen Mängel verantwortlich machen; ist er mit sich selbst unzufrieden, so trägt er allein die Schuld daran. Ich bin jedoch, mein König, nicht hierher gekommen, um Euch eine Vorlesung über die Allgemeine Theorie der Selbstkonstruktion zu halten, sondern um Euch meine geschichtenerzählenden Maschinen vorzuführen. Seit ihr bereit, wollt ihr die nächste hören?«

Der König war einverstanden, und nachdem bauchige Amphoren mit schäumendem Ionenmet die Runde gemacht hatten, lehnten sich die Zuhörer zurück und machten es sich bequem. Die zweite Maschine näherte sich, verbeugte sich tief vor dem König und sagte:

»Erhabener König! Hier ist die vielfach in sich verschachtelte Geschichte von Trurl dem Konstrukteur und seinen wunderbar nichtlinearen Abenteuern!

Einmal geschah es, daß König Daumenschraub der Dritte, Herrscher von Tyrannien, den Großen Konstrukteur Trurl zu sich rufen ließ, weil er von ihm erfahren wollte, wie man es zur Vollkommenheit bringen könne, und welche technischen Änderungen an Geist und Körper dazu erforderlich seien. Trurl antwortete ihm auf folgende Weise:

»Einmal landete ich zufällig auf dem Planeten Legaria; ich stieg, wie es meiner Gewohnheit entspricht, in einem Gasthof ab und war fest entschlossen, mein Zimmer solange nicht zu verlassen, bis ich Geschichte, Sitten und Bräuche der Legarianer im Interplanetarischen Baedeker gründlich studiert hatte. Es war Winter, draußen heulte ein eisiger Wind, und ich wähnte mich allein in dem düsteren Gebäude, bis ich plötzlich ein Klopfen am Tor hörte. Als ich hinausspähte, erblickte ich vier in spitze Kapuzen gehüllte Gestalten, die schwere, schwarze Koffer aus einer gepanzerten Karosse luden; danach verschwanden sie im Inneren des Gasthofs. Am nächsten Tag um die Mittagszeit erklangen höchst merkwürdige Geräusche aus dem Zimmer nebenan – Pfeifen und Zischen, Hämmern, Feilen, das Splittern von Glas, und durch all diesen Lärm dröhnte ein mächtiger Baß, der pausenlos schrie:

»Schneller, Söhne der Rache! Schneller! Gießt die Elemente durch das Sieb! Aber gleichmäßig, gleichmäßig, sage ich! Jetzt in den Trichter damit! Und walzen! So ist es gut, und nun gebt mir diesen Blechschinder, Rostfott, Westentaschenmanipulator und Datenpfuscher, diesen schäbigen Rest von einem Möchtegern-Intellektroniker, der sich feige im Grabe versteckthält! Der Tod selbst soll ihn nicht vor unserer gerechten Rache bewahren! Reicht ihn mir rüber, mit seinem ekelhaften Hirn und seinen spindeldürren Beinen! Und jetzt modelliert seine Nase, aber macht sie schön dick und fleischig, damit wir bei der Exekution etwas zu packen haben! Und laßt die Blasebälge zischen, Jungs! In den Schraubstock mit ihm! Und jetzt die unverschämte Visage zusammennieten! Jawohl, gebt's ihm! Und noch einmal! Sehr gut! Genau so! Nicht so lahm mit dem Hammer! Eins, zwei – eins, zwei! Und zieht mir die Nervenstränge gut an – er darf nicht gleich in Ohnmacht fallen, wie der von gestern! Er soll unsere Rache bis zum letzten auskosten! Eins, zwei – eins, zwei! Nicht nachlassen!«

Das Brüllen und Donnern des mächtigen Basses wurde nur vom Fauchen der Blasebälge und dem dumpfen Klang der Hammerschläge beantwortet. Danach war plötzlich ein heftiges Niesen zu hören, und ein gewaltiges Triumphgeheul brach aus vier Kehlen hervor; jenseits der Wand wurde etwas hin und hergeschleift und ich hörte, wie dort die Tür geöffnet wurde. Als ich durch den Türspalt spähte, sah ich, wie die vermummten Fremdlinge in den Flur hinausschlichen; ich zählte sie und wollte meinen Augen nicht trauen, denn es waren plötzlich fünf. Sie gingen die Treppe hinunter, schlossen sich im Keller ein und verweilten dort sehr lange, erst gegen Abend kehrten sie – jetzt wieder zu viert – still und schweigsam in ihr Zimmer zurück, so als kämen sie von einer Beerdigung. Ich setzte mich wieder an meinen Baedeker, doch die mysteriöse Geschichte war mir unter die Haut gegangen, und so beschloß ich, nicht zu ruhen, bis ich sie enträtselt hätte. Am nächsten Tag, etwa um die gleiche Zeit gegen Mittag, legten die Hämmer wieder los, die Blasebälge fauchten, und der markerschütternde Baß schrie mit sich überschlagender Stimme:

»Los jetzt, Söhne der Rache! Schneller, meine wackeren Elektrorecken! Die Schultern ans Rad! Nicht so müde! Werft die Protonen und das Jod hinein! Und jetzt her mit diesem schlappohrigen Großmaul, dem Pseudophilosophen, falschen Propheten und unverbesserlichen Schurken, ich möchte ihn an seiner Knollennase packen und nach Herzenslust auf ihm herumtrampeln, damit er einen möglichst langen Todeskampf genießen kann! Laßt die Blasebälge zischen, Jungs!«

Erneut ein Niesen, dann ein erstickter Schrei, und wieder verließen sie den Raum auf Zehenspitzen; wieder zählte ich fünf, als sie in den Keller hinuntergingen, jedoch nur vier, als sie von dort zurückkehrten. Mir war klar, daß ich dem Geheimnis nur an Ort und Stelle auf die Spur kommen würde. Also bewaffnete ich mich mit einer Laserpistole und schlich mich im Morgengrauen hinunter in den Keller, wo ich jedoch außer ein paar verkohlten Blechresten und Metallsplittern nichts fand. Ich setzte mich in die dunkelste Ecke, verbarg mich hinter einem Strohballen und wartete; etwa gegen Mittag hörte ich die mir inzwischen vertrauten Geräusche: Rufen und Schreien und den dumpfen Klang von Hämmern. Dann wurde die Tür geöffnet, und vier Legarianer kamen herein, zusammen mit einem fünften, der an Händen und Füßen gefesselt war.

Dieser fünfte trug ein Wams von altmodischem Schnitt, hellrot mit weißer Halskrause, sowie einen Federhut; er hatte ein pausbäckiges Gesicht mit einer riesigen Knollennase, sein angstverzerrter Mund stammelte ständig unverständliche Worte. Nachdem die Legarianer die Tür verriegelt hatten, befreiten sie den Gefangenen auf ein Zeichen ihres Anführers von seinen Fesseln und fingen an, ihn furchtbar zu verprügeln, wobei sie nacheinander schrien:

»Nimm den für die Prophezeiung der Glückseligkeit! Und den für die Vollkommenheit des Seins! Der ist für die blaue

Blume des Glücks! Und der für den Rosengarten hienieden! Der ist fürs Schlaraffenland! Nimm den für die Altruistische Gemeinschaft! Und den für den Höhenflug des Geistes!«

Sie traktierten ihn mit Fäusten und gingen dabei so gnadenlos zu Werke, daß er mit Sicherheit seinen Geist aufgegeben hätte, wäre ich nicht mit drohend erhobener Waffe hinter meinem Strohballen hervorgekommen. Nachdem sie von ihrem Opfer abgelassen hatten, fragte ich, weshalb sie denn ein Individuum derart mißhandelten, das offensichtlich weder ein Räuber noch ein gemeiner Lump sei, denn sein Halskragen und die Farbe seines Wamses ließen doch den Schluß zu, daß es sich um einen Gelehrten handle. Die Legarianer waren unschlüssig und warfen sehnsüchtige Blicke auf ihre Gewehre, die sie am Eingang zurückgelassen hatten. Als ich jedoch den Hahn spannte und äußerst finster dreinschaute, besannen sie sich eines besseren, stießen sich mit den Ellenbogen in die Seite und baten ihren Anführer, den mit dem mächtigen Baß, für sie alle zu sprechen.

»Du mußt wissen, unbekannter Fremdling«, sagte er und wandte sich mir zu, »daß du es hier nicht mit Sadistikern, Maltraitisten oder anderen Degeneratoren der Spezies Roboter zu tun hast, denn wenngleich ein Keller kaum der Ort für rechtschaffene Taten zu sein scheint, so ist doch alles, was hier geschieht, in höchstem Maße schön und lobenswert!«

»Schön und lobenswert!?« rief ich aus. »Was erzählst du mir da, niederträchtiger Legarianer? Habe ich denn nicht mit eigenen Augen gesehen, wie ihr euch selbfünft auf den armen Kerl im roten Wams gestürzt und ihn mit derart heftigen Schlägen traktiert habt, daß euch das Öl aus den Gelenken spritzte? Und ihr habt die Stirn, das schön zu nennen?«

»So Euer Fremdländische Gnaden fortfahren, mich zu unterbrechen«, antwortete der Baß, »wird sie nichts begreifen, daher bitte ich selbige höflich, ihre geschätzte Zunge im Zaum zu halten und Sorge zu tragen, daß dem offenbar mühsam zu schließenden Gehege ihrer Zähne kein weiteres Wort entflieht, da ich ansonsten des weiteren Dialogs mit Eurer Alienität entraten muß. Wisse denn, Fremdling, vor dir stehen unsere besten Physizi, sämtliche Kybernisten und Elektrizisten von Rang, mit einem Wort, die ganze Pleiade meiner brillanten und stets wachsamen Schüler, die größten Geister Legarias; ich selbst aber bin Vendetius Ultor de Amentia, Professor der Materie – sowohl der positiven wie der negativen –, Schöpfer der omnigenerativen Rekreatistik, und mein Leben habe ich dem heiligen Werk der Rache gewidmet. Mit Hilfe meiner treuen Jünger räche ich Schmach und Elend meines Volkes an dem dort knienden rotbewamsten Ausbund an Niedertracht, diesem Halunken – verflucht sei sein Name für ewige Zeiten – Malaputz vel Malapusticus Chaoticus, der auf schändliche, schurkische und niederträchtige Weise nicht wiedergutzumachendes Unheil über alle Legarianer gebracht hat! Denn mit allerlei Zauber und Blendwerk sowie mit diabolistischer Phantorhetorik führte er sie in das detrimentale Katastrophaos, er aber stahl sich ins Grab davon, um den ernsten Konsequenzen zu entgehen, wohl in der irrigen Meinung, dortselbst könne ihn die strafende Hand der Rächer niemals erreichen!«

»Das ist nicht wahr, Euer Erhabene Alienität! Das habe ich nie gewollt! Es sollte doch alles ganz anders kommen . . . !« jammerte die kniende Knollennase im hellroten Wams. Ich starrte sie verständnislos an, der Baß aber donnerte mit volltönender Stimme:

»Gargomanticus, mein lieber Schüler, hau diesem pausbäckigen Mistkerl eins in die Visage!«

Der gehorsame Schüler tat sogleich wie ihm geheißen, und zwar mit solcher Wucht, daß der Keller erdröhnte. Daraufhin sagte ich:

»Bis zum Ende aller hier zu gebenden Erklärungen sind sämtliche Schläge oder Mißhandlungen kraft der Autorität dieser Laserpistole strengstens verboten, und nun, Professor Vendetius Ultor, haben Sie das Wort und dürfen fortfahren!«

Der Professor brummte und murrte, sagte aber schließlich: »Damit Ihr begreift, unbekannter Fremdling, wie unser großes Unglück über uns gekommen ist und wie wir vier den Dingen dieser Welt entsagend den Heiligen Orden der Schmiede der Auferstehung gegründet und den Rest unserer

Tage süßer Rache geweiht haben, will ich Euch die Geschichte unserer Gattung seit Anbeginn der Schöpfung erzählen ...«

»Müssen wir wirklich soweit zurückgehen?« fragte ich besorgt, denn ich fürchtete, meine Hand würde das Gewicht der Pistole nicht mehr lange halten können.

»Es geht mitnichten anders, Euer Alienität! So gebt fein acht und spitzt die Ohren ... Wie Ihr wißt, gibt es sehr alte Legenden von den Bleichlingen, die das Geschlecht der Roboter in Retorten zusammengebraut haben sollen, doch uns Akademici ist natürlich bekannt, daß dies eine gemeine Lüge oder bestenfalls ein Mythos ist ... sintemalen im Anfang nichts war denn die gestaltlose Finsternis, und in dieser Finsternis der Magnetismus, der die Atome in Bewegung setzte, ein tanzendes Atom stieß gegen das andere, und so entstand Der Urstrom und mit ihm Das Allererste Licht ... durch das die Sterne entzündet wurden ... dann kühlten die Planeten ab, und in ihrem Innern bildeten sich die mikroskopisch kleinen Urmaschen, aus diesen gingen die Urmaschinchen hervor, aus denen der Odem der Heiligen Statistizität dann die Ersten Primitiven Maschinen entstehen ließ. Sie konnten noch nicht rechnen, ja nicht einmal zwei und zwei zusammenzählen, geschweige denn plus und minus unterscheiden, doch dank der Evolution und der natürlichen Auslese steigerten sie sich Bit für Bit und waren bald in der Lage, zu multiplizieren und zu dividieren, und so gingen aus ihnen nach und nach die Multistaten und Omnistaten hervor, von denen bekanntlich unser Urvater, der Automatus Sapiens, abstammt ...

Später gab es dann die Höhlenroboter, und noch später die nomadisierenden Roboter, die sich rasch vermehrten und so den Grundstein für die Roboterstaaten legten. Die Roboter der Antike mußten ihre lebenspendende Elektrizität von Hand erzeugen, d. h. durch Reiben, was natürlich eine üble Plackerei war. Jeder Feudalherr hatte zahlreiche Vasallen, die Vasallen wiederum hatten hörige Bauern, folglich war das Reiben hierarchisch strukturiert, es nahm seinen Ausgang im gemeinen Volk und pflanzte sich bis in den Adel und die hohe Geistlichkeit fort. Diese manuelle

Arbeit wurde durch Maschinen ersetzt, als Zacharias Voltkofel den Reiberator erfand, und später Ictus von Fulmenbach die BLANWÜ (blitzanziehende Wünschelrute) . . . So begann die Batterie-Ära, eine harte Zeit für alle, die keine eigenen Akkumulatoren besaßen, ihr Schicksal hing jetzt vom Himmel ab, denn wenn sich dort kein Wölkchen zum Anzapfen zeigte, mußten sie die notwendige Energie Watt für Watt zusammenbetteln. Schwere Zeiten waren das damals, denn wer vergaß, sich zu reiben oder die Wolken zu melken, ging bald an vollständiger Entladung kläglich zugrunde. Dann trat ein Gelehrter auf den Plan, eine wahre Ausgeburt der Hölle, ein Kombinator und Rationalisator, der es mit Sicherheit nur dem Eingreifen des Teufels selbst zu verdanken hatte, daß man ihm nicht schon in seiner Kindheit den Schädel eingeschlagen hatte. Dieser Intellektriker begann zu lehren und zu predigen, die traditionelle elektrische Schaltung – nämlich die parallele – sei völlig wertlos, die Legarianer müßten sich von nun an nach einem neuen Schema zusammenschalten, nämlich in Reihe, d. h. hintereinander. Denn wenn in der Reihe einer reibe, würden alle anderen – auch in großer Entfernung – sogleich mit Strom versorgt, bis schließlich jeder Roboter bis zum Bersten mit Ohm und Volt gesättigt sei. Er präsentierte seine Pläne und malte uns den Garten Elektreden so herrlich aus, daß die guten alten Stromkreise – parallel und unabhängig wie sie waren – einfach abgeschaltet und durch das elektrotechnische System des Chaoticus ersetzt wurden.« Hier schlug der Professor ein paar Mal mit dem Kopf gegen die Wand, verdrehte die Augen und fuhr schließlich fort. Jetzt begriff ich, weshalb die Oberfläche seiner knorrigen Stirn mit kleinen Beulen übersät war. »Und so geschah es, daß jeder zweite Roboter einfach die Hände in den Schoß legte und sagte: »Weshalb sollte ich reiben, wenn mein Nachbar reibt, es kommt ja doch auf ein und dasselbe hinaus.« Sein Nachbar aber verhielt sich ebenso, und der Spannungsabfall wurde derart beängstigend, daß man für jeden Legarianer einen Aufseher bestellen mußte, sowie Oberaufseher für die Aufseher. Ein Schüler von Malaputz, Fallazius Pseudologos, ging einen Schritt weiter und sagte, ein jeder solle nicht sich selbst, sondern seinen Nachbarn reiben; nach ihm entwickelte Rustikus Altruizius sein Programm des flagellatorischen Sadistomasochistorismus, und nach ihm kam Frotto van Kneteman, der dringend zu obligatorischen Massagekursen riet, und bald nach diesem erschien ein neuer Theoretiker, namens Ignatius von Gorgonzola, der sagte, man dürfe die Wolken nicht mit Gewalt melken, sondern nur leicht kitzeln, damit sie Strom geben; und auf ihn folgte Polthasar von Leiden, und auf ihn Skrofulos Ignotus, der zur Installation sogenannter Selbstreiber, auch genannt Knetautomaten oder Autofrotteusen, riet; dann kam Fratzlaw Indolenski, der empfahl, anstatt zu reiben, stets elektrisiert zu bleiben. Aus derart tiefgreifenden Meinungsverschiedenheiten erwuchsen zwangsläufig Reibereien und Spannungen, die zu Bannflüchen und Exkommunikationen führten, welche ihrerseits wiederum Blasphemie und Häresie im Gefolge hatten; und am Ende wurde Paris Purdeflax, Prinz und Thronerbe aller Blechlinge, fürchterlich verprügelt, und so kam es zum Großen Legarianischen Krieg zwischen den Kupronen vom Stamm der Kupferköpfe und dem kryogenen Kaiserreich aller Kaltschweißer – und der dauerte achtunddreißig Jahre und noch zwölf dazu, denn als er zu Ende ging, konnte man unter den Massen von Schutt und Trümmern nicht ausmachen, wer eigentlich gewonnen hatte, so geriet man sich erneut in die Haare und setzte den Kampf fort. Es regierten Chaos, Mord und Brand, allgemeine Stromlosigkeit und Entwattisierung sowie ein empfindlicher Rückgang der lebensnotwendigen Spannung oder, wie das einfache Volk sagte, es herrschte die »totale Malaputzie« – und all das hat uns dieser niederträchtige Teufel da mit seinen dreimal verfluchten Ideen eingebrockt!!!«

»Meine Intentionen waren nur die allerbesten! Das schwöre ich bei meinem Leben, Euer Laserität! Stets hatte ich nur das allgemeine Wohl im Auge!« schrie der kniende Malaputz mit vor Erregung zitternder Knollennase. Doch der Professor versetzte ihm einen kräftigen Rippenstoß und fuhr fort:

»All das hat sich vor zweihundertfünfundzwanzig Jahren ereignet. Und wie du vielleicht schon erraten hast, ist

Malaputz Chaoticus lange vor dem Ausbruch des Großen Legarianischen Krieges, lange vor dem allgemeinen Jammer und Elend – nachdem er eine Unmenge von Abhandlungen und Traktaten geschrieben, in denen er sein verlogenes und verderbliches Gewäsch lang und breit dargelegt hat – gestorben, bis ans Ende seiner Tage höchst zufrieden mit sich selbst und gänzlich unbehelligt. Ja, er war von seinen Verdiensten so überzeugt, daß er in seinem Testament schrieb, er hoffe zuversichtlich, man werde ihm dermaleinst den Titel ›Größter Wohltäter Legarias‹ zuerkennen. Als aber alles so gekommen war, wie es kommen mußte, da gab es niemanden mehr, den man hätte zur Rechenschaft ziehen und ein wenig in den Schraubstock spannen können, um ihm das Blech streifenweise vom Leibe zu ziehen. Doch ich, Euer Erlaucht, der ich die Reduplikationstheorie entdeckt habe, studierte die Schriften des Malaputz solange, bis ich in der Lage war, aus ihnen seinen Algorithmus zu extrahieren, und selbiger, eingespeist in eine Maschine namens Recreator Atomarius, produziert *ex atomis oriundum gemellum*, d.h. ein identisches Individuum, in diesem Falle den Malapuzius Chaoticus in höchsteigner Person. Und so halten wir jeden Abend in diesem Keller Gericht über ihn, und nachdem wir ihn ins feuchte Grab zurückgestoßen haben, rächen wir unser Volk am nächsten Tag von neuem, und so wird es sein bis in alle Ewigkeit, amen!«

Von Entsetzen gepackt platzte ich heraus:

»Ihr habt wohl völlig den Verstand verloren, Euer Gnaden, wenn Ihr meint, daß dieses Individuum, das so unschuldig wie eine nagelneue Maschine ist und von euch tagtäglich aus Atomen zusammengehämmert wird, daß dieses Duplikat für Taten zur Verantwortung gezogen werden kann – so schlimm sie auch gewesen sind –, begangen von einem Gelehrten, der vor dreihundert Jahren gestorben ist!«

Woraufhin der Professor sagte:

»Wer zum Teufel ist dann diese kniende Knollennase, die sich doch selbst Malapuzius Chaoticus nennt? . . . Komm, sag deinen Namen, du niederträchtiger Schrotthaufen!«

»Ma . . . Malapuzius . . . Cha . . . oticus, Euer Gnadenlosigkeit . . .«, stotterte die Knollennase.

»Dennoch, er ist nicht derselbe«, sagte ich.

»Wie, nicht derselbe?«

»Wahrlich, habt Ihr nicht selbst gesagt, Professeurliche Gnaden, daß Malaputz nicht mehr lebt?«

»Aber wir haben ihn doch wieder zum Leben erweckt!«

»Einen Zwilling vielleicht, ein exaktes Duplikat, aber doch nicht dasselbe, einzigartige Individuum!«

»Das müßt ihr uns beweisen, Fremder!«

»Ich brauche überhaupt nichts zu beweisen«, sagte ich, »solange ich diese Laserpistole in meiner Hand halte; ansonsten bin ich mir sehr wohl bewußt, Professor, daß es ein schier aussichtsloses Unterfangen wäre, wollte ich tatsächlich den von Euch geforderten Beweis führen, denn die Nichtidentität einer identischen *recreatio ex atomis individui modo algorytmico* ist bekanntlich nichts anderes als das berühmte Paradoxon Antinomicum oder Labyrinthum Lemianum, das in den Werken dieses berühmten Robophilen beschrieben wird, der auch unter dem Namen Advocatus Laboratoris bekannt ist. Und nun laßt den Knollennasigen augenblicklich frei, ohne Beweise, doch kraft der Autorität dieses Lasers, und wehe, ihr wagt es noch ein einziges Mal, ihn zu mißhandeln!«

»Danke, vielen Dank, Euer Großherzigkeit!« rief der Gelehrte im roten Wams und gab seine kniende Haltung auf.

»Wie es der Zufall will, habe ich genau hier«, fügte er hinzu und schlug auf seine Brusttasche, »eine völlig neue Formel, absolut narrensicher diesmal, die den Legarianern paradiesische Zustände und vollkommene Seligkeit garantiert. Es ist ein Stromkreis mit Rückkopplung und Überstromrelais, aber selbstverständlich nicht mit Serienschaltung, ich verstehe bis heute nicht, wie sich dieser Fehler vor dreihundert Jahren in meine Berechnungen einschalten konnte. Ich darf natürlich keine Sekunde zögern, ich muß diese großartige Entdeckung in die Tat umsetzen!«

Und tatsächlich, er griff bereits nach der Türklinke, während wir ihn noch fassungslos anstarrten. Ich ließ die Pistole sinken, wandte mich ab und sagte leise zum Professor: »Ich ziehe meine Einwände zurück . . . Tut, was ihr tun müßt!!!«

Die vier stürzten sich mit heiserem Gebrüll auf Malaputz, warfen ihn zu Boden und rechneten so gründlich mit ihm ab, daß kein Blech auf dem anderen blieb.

Immer noch nach Luft ringend klopften sie den Staub von ihren Kutten, verbeugten sich steif vor mir und verließen den Keller im Gänsemarsch, ich aber blieb allein mit der schweren Laser in meiner Hand, verwirrt und voll schwarzer Gedanken.«

Mit diesen Worten beendete Trurl seine Geschichte zur Belehrung und Erbauung König Daumenschraubs von Tyrannia, der ihn eigens zu diesem Zweck hatte rufen lassen. Als der König jedoch weitere Erklärungen im Hinblick auf die Erlangung nichtlinearer Vollkommenheit forderte, sagte Trurl:

»Als ich einmal auf dem Planeten Kretinia weilte, hatte ich Gelegenheit, die Resultate eines Fortschritts kennenzulernen, der ganz und gar durch das perfektionistische Prinzip bestimmt war. Die Kretiniden hatten schon vor langer Zeit einen anderen Namen angenommen, nämlich den der Hedophagen, d. h. Glück-Esser oder in der Kurzform Glückser. Als ich dort ankam, herrschte gerade die Schlaraffen-Ära. Jeder Kretinide oder Glückser saß in seinem eigenen Palast (den ihm seine Automatin gebaut hatte, denn so nannten sie ihre räderwerktätigen Sklavinnen) – in Wohlgerüche getaucht, von kostbarsten Essenzen umhaucht, elektrisch massiert, tadellos frisiert, geduscht, geschniegelt und gestriegelt, in Samt und Seide gekleidet, von Robo-Göttern beneidet, watend durch Ströme von Brillanten, verwöhnt mit Gold und Diamanten, durch Schatzkammern spazierend, durch Marmorhallen flanierend, von Fanfaren umtost, von Huris liebkost, und trotz alledem seltsam unzufrieden, ja fast ein wenig deprimiert. Dabei hatte er alles, was man sich nur wünschen konnte. Auf diesem Planeten rührte niemand auch nur den kleinen Finger, denn statt selbst einen Spaziergang, eine Reise, einen Jux oder Liebe zu machen, übertrug er diese Tätigkeiten eigens dafür konstruierten Spazierern, die spazierten, Reisern, die reisten, Juxern, die juxten usw., ja, für einen Glückser war es sogar unmöglich, eine Pause zu machen, denn auch dafür gab es einen speziellen Apparat. Und so in allem ausgezeichnet durch Maschinen ersetzt und vertreten, überschüttet mit Orden und Sklavinnen, die ihm vollautomatische Dekorierer und Kuppler zwischen fünf- und fünfzehnmal pro Minute verliehen und zuführten, umschwirrt vom goldglänzenden Schwarm zahlloser Mechanunculi und Maschineretten, die ihn mit Puder bestäubten, mit Essenzen betäubten, ihn hätschelten und tätschelten, ihm schmeichelten, ihn streichelten, ihre Demut bezeugten, vor ihm das Knie beugten und unermüdlich alles küßten, was er ihnen zum Kusse bot – schwelgte der Glückser *vel* Hedophage *vel* Kretinide den lieben langen Tag in maschinellen Genüssen, während weit entfernt, ganz am Rande des Horizonts, mächtige Fabrifakturen unter Donnergetöse arbeiteten und Elfenbeinthrone, Hochfrequenznervenkitzler, perlenbestickte Schuhe und Kinderlätzchen, Zepter und Reichsäpfel, Karossen, Epauletten, Spinelle und Spinette, Zimbeln, Pianolas sowie Millionen anderer Instrumente und Wunderwerke zur vergnüglichen Unterhaltung produzierten. Als ich meines Weges ging, hatte ich mich ständig der Maschinen zu erwehren, die ihre Dienste anboten; die aufdringlichsten, die mir ihre Wohltaten aufzwingen wollten, mußte ich mit kräftigen Schlägen gegen Kopf und Gehäuse vertreiben. Meine Flucht vor dem lästigen Schwarm dienstbarer Geister hatte mich in die Berge verschlagen, und dort erblickte ich eine Unmenge goldener Maschinen, gruppiert um den Eingang einer Höhle, der durch einen Felsblock versperrt war; durch einen Spalt in diesem Fels erblickte ich die wachsamen Augen eines Kretiniden, der hier vor der allgemeinen Glückseligkeit Zuflucht gesucht hatte. Als die Maschinen meiner ansichtig wurden, begannen sie unverzüglich, meine Person zu massieren und zu frottieren, mir Märchen vorzulesen und übers Haar zu streichen, mir Königreiche zu versprechen und meine Hände zu küssen, gerettet wurde ich einzig und allein durch den Burschen in der Höhle, der den Felsblock gnädig beiseite wälzte und mir Einlaß gewährte. Er war halb durchgerostet, was ihn jedoch zu freuen schien, und er erzählte mir, er sei der letzte Philosoph unter allen Kretiniden; natürlich brauchte er mir nicht zu erklären, daß Wohlstand, zumal im Übermaß, bedrückender als Not empfunden wird, denn was ist noch möglich, wenn alles möglich ist? Und wahrhaftig, wie sollte ein denkendes Wesen, überwältigt durch eine Flut von Paradiesen, betäubt durch eine Überfülle an Möglichkeiten, gründlich verwirrt durch die unverzügliche und automatische Erfüllung all seiner Träume, noch eine Auswahl oder Entscheidung treffen? Ich unterhielt mich mit dem Weisen, der sich Pardauzius Trisuvius nannte, und wir kamen zu dem Schluß, daß man riesige, glücksabweisende Schutzschilde sowie einen Deperfektor-Komplikator installieren müsse, da der Untergang ansonsten unausweichlich sei. Trisuvius sah die Komplikatorik von jeher als die ultima ratio zur Erleichterung des Daseins an, ich klärte ihn jedoch über seinen Irrtum auf, der darin bestand, daß er einfach Maschinen mit Hilfe anderer Maschinen beseitigen wollte, und zwar mit sogenannten Schrottsaugern, Quälarmaturen, Frakturbinen, ferngesteuerten Reißwölfen und Schraubenschreddern. Doch das hieße nur, den Teufel mit dem Beelzebub auszutreiben und wäre lediglich eine Vereinfachung, aber keine Komplikatorik, denn bekanntlich ist die Geschichte irreversibel, und zurück zu den guten alten Zeiten führen nur Träume und Erinnerungen.

Gemeinsam wanderten wir durch eine weite Ebene, versanken bis an die Knie in goldschimmernden Dukaten und Dublonen, wobei wir ganze Schwärme lästiger Beatifikatoren mit dem Stock abwehren mußten; wir erblickten einige Kretiniden-Hedophagen, die besinnungslos dalagen, ihren Elektrorausch ausschliefen und sich so voll Glück gesogen hatten, daß sie einen leichten Schluckauf bekamen. Beim Anblick dieser allzu entwickelten Entwicklung und des übermäßigen Übermaßes mußte sich selbst dem hartgesottensten Roboter das Herz vor Mitleid zusammenkrampfen. Es gab Bewohner der automatisierten Paläste, die plötzlich den wilden Kyberserker spielten oder sich hemmungslos anderen Elektroexzentritäten hingaben; einige hetzten Maschinen auf Maschinen, einige zerschmetterten Vasen und Kleinodien von unschätzbarem Wert, weil sie die allseitige Glückseligkeit nicht länger ertragen konnten; sie schossen mit Kanonen auf Brillanten, guillotinierten Ohrringe, ließen Diademe aufs Rad flechten und ihnen sämtliche Steine brechen oder sie suchten in Dachkammern und Trockenböden Schutz vor der Süße des Daseins, ließen sich von Maschinen auspeitschen oder taten all diese Dinge auf einmal respektive abwechselnd. Doch all das half absolut nichts, sie waren im Begriff, bis auf den letzten Mann an einem Übermaß an Wonne und Verhätschelung zugrundezugehen. Ich riet Trisuvius davon ab, die Fabrifakturen einfach stillzulegen, denn der Mangel an Gütern ist ebenso gefährlich wie deren Überfülle; doch anstatt die ontologische Komplikatorik gründlich zu studieren, machte er sich unverzüglich daran, die Automatinnen in die Luft zu sprengen. Ein schrecklicher Fehler, denn nun herrschte heulendes Elend, das er jedoch nicht mehr erleben mußte, denn ein Schwarm von Aerokokotten stieß auf ihn herab, Velovamps saugten sich an ihm fest und Supersukkuben entführten ihn in ein Oskulatorium; sie umschlangen ihn und raubten ihm mit ihren Kyberküssen so gründlich die Sinne, daß der arme Trisuvius nur noch einen erstickten Hilfeschrei ausstoßen konnte, bevor er leblos zusammenbrach; später lag er, begraben unter Dukaten, in der Einöde, die schäbige Rüstung versengt und geschwärzt durch Flammen mechanischer Lust ... Das also, Königliche Hoheit, war das Ende eines Weisen, der nicht weise genug war!« – so beendete Trurl seine Erzählung, als er jedoch merkte, daß diese Worte König Daumenschraub noch immer nicht befriedigten, fügte er hinzu:

»Was wünschen Hoheit denn nun wirklich von mir?«

»Edler Konstrukteur!« antwortete Daumenschraub. »Du sagst, deine Geschichten seien belehrender Natur, doch ich kann das nicht finden. Sie sind jedoch, wie ich zugeben muß, erheiternd, und daher ist es mein Wunsch, daß du mir mehr und mehr erzählst und gar nicht wieder aufhörst.«

»Mein König!« antwortete Trurl. »Du wolltest von mir erfahren, was Vollkommenheit ist, und wie man sie erlangen kann, erweist dich jedoch als unempfänglich für die tiefen Gedanken und Wahrheiten, von denen meine Geschichten erfüllt sind. Wahrlich, du suchst Erheiterung, nicht Weisheit

– doch wenn du mir gut zuhörst, so werden meine Worte deinen Geist nach und nach durchdringen, bis sie in ihm die Wirkung einer Zeitbombe entfalten. Erlaube mir, daß ich dir in dieser Hoffnung von einem ebenso verwickelten wie ungewöhnlichen und beinahe wahren Ereignis berichte, aus dem auch deine königlichen Ratgeber nützliche Lehren ziehen können.

Wohlan, edle Herren, so hört denn die Geschichte von Voluptikus, König der Kymbern, Deutonen und Halbgargoten, den seine Lüsternheit ins Verderben stürzte. Voluptikus entstammte dem großen Geschlecht der Gewindianer, das in zwei Hauptzweige gespalten war: Die Rechtsdrehenden Gewindianer, die an der Macht waren, und die Linksdrehenden, die von selbiger ausgeschlossen und daher von Haß gegen ihre herrschenden Vettern erfüllt waren. Voluptikus' Erzeuger, Cholerion, war eine morganatische Ehe mit einer ganz gewöhnlichen Maschine eingegangen, die Brandsohlen an Stiefelschäfte nähte, und so hatte der König von der mütterlichen Linie eine Passion für das Schusterhandwerk geerbt, von der väterlichen hingegen Furchtsamkeit, gepaart mit einem ausgeprägten Hang zur Sinnenfreude. Den Feinden des Throns, den Linken Gewindianern, blieb das nicht verborgen, und so sannen sie über Mittel und Wege nach, um ihm seine eigenen lüsternen Neigungen zum Verhängnis werden zu lassen. Und daher schickten sie einen Kybernerianer zu ihm, einen Seeleningenieur namens Perfidolin, den der König rasch so liebgewann, daß er ihn zum Thaumaturgen und Apotheotiker der Krone ernannte. Der listige Perfidolin ersann verschiedene Mittel, um Voluptikus' zügellose Leidenschaften zu befriedigen, wobei er insgeheim hoffte, den König so zu schwächen und von Kräften zu bringen, daß der Thron am Ende verwaist sein würde. Er baute ihm einen Techtelmechtel-Tempel und ein Erotodrom, veranstaltete eine Kyborgie nach der anderen, doch die eiserne Natur des Königs hielt allen Strapazen dieses wüsten Treibens stand. Die Linken Gewindianer wurden ungeduldig und verlangten von ihrem Agenten, er möge all seine Listen und Ränke in die Waagschale werfen, um das heißersehnte Ziel so rasch wie möglich zu erreichen.

»Wollt ihr«, fragte er sie bei einem konspirativen Treffen in den Katakomben des Schlosses, »daß ich den König kurzschließe oder sein Elektronengehirn entmagnetisiere, damit er völlig den Verstand verliert?«

»Niemals!« sagten sie. »Niemand darf eine Handhabe besitzen, um uns den Tod des Königs anzulasten. Möge Voluptikus an seinen eigenen Gelüsten ersticken, mag ihn die Wollust zugrunderichten und töten, doch nicht wir!«

»Gut«, sagte Perfidolin. »Er wird in eine Schlinge hineintappen, gewoben aus Träumen; zunächst soll ihn ein Köder locken, den er begierig schlucken wird, ist das geschehen, wird er aus eigenem Antrieb Trugbildern und Hirngespinsten nachjagen, und wenn er in die Träume eingetaucht ist, die in den Träumen lauern, so werde ich ihn so gründlich mit kyberotischen Fieberphantasien umgarnen, daß er lebendig nie mehr in die Wirklichkeit zurückfindet!«

»Sehr gut«, sagten sie. »Doch prahle nicht, Kyberneriainer, denn es sind nicht Worte, sondern Taten, die wir brauchen, auf daß Voluptikus zum Autoregizida, d. h. zum Mörder seiner selbst wird!«

Und der Kybingenieur Perfidolin machte sich ans Werk und arbeitete ein ganzes Jahr an seinem furchtbaren Plan, wobei er aus der königlichen Schatzkammer immer neue Barren von Gold, Silber und Platin sowie Edelsteine ohne Zahl anforderte; als Voluptikus gegen diese Verschwendung protestierte, erzählte er, er baue etwas für ihn, was kein anderer Monarch auf der ganzen Welt besitze.

Nachdem ein Jahr vergangen war, wurden drei riesige Schränke in feierlicher Prozession aus Perfidolins Werkstatt getragen; man mußte sie im kleinen Saal vor den königlichen Privatgemächern aufstellen, denn sie paßten nicht durch die Tür. Alarmiert durch dumpfes Poltern und den schweren Schritt der Träger, kam Voluptikus heraus und erblickte die Schränke an der Wand, prunkvoll und massiv, vier Klafter hoch, zwei Klafter breit, mit Edelsteinen besetzt. Der erste, auch der Weiße Schrein genannt, war ganz mit Perlmutt und funkelnden Albiten inkrustiert, der zweite, schwarz wie die Nacht, ganz mit Agaten und Morionen, der dritte hingegen, beschlagen mit Rubinen und Spinellen, erglühte in dunklem

Rot. Jeder hatte Füße, geschmückt mit geflügelten Greifen, aus purem Gold, und einen polierten Pilasterrahmen, im Innern aber steckte ein Elektronengehirn voll von Träumen, die sich selbst träumten, ohne dazu jemanden als Zeugen oder Teilhaber zu benötigen. Der König war sehr erstaunt, als er diese Erklärungen hörte und rief aus:

»Was erzählst du da, Perfidolin? Träumende Schränke? Was, zum Teufel, soll mir das? Welchen Nutzen habe ich davon? Und woher weiß man überhaupt, daß sie tatsächlich etwas träumen?«

Da verbeugte sich Perfidolin ehrerbietig und zeigte ihm Reihen kleiner Löcher, die im Rahmen jedes Schranks von oben nach unten liefen; neben jedem Loch war ein Perlmuttäfelchen mit einer Inschrift eingelassen, und der verblüffte König las:

»Kriegerischer Traum mit Zitadellen und Demoisellen« – »Durch Liebesessenz zur Schraubenpotenz« – »Traum vom Ritter Flinkian und der schönen Trotteleide, Tochter des Hetärikus« – »Traum vom Kybermariechen und ihrem Kybermariner« – »Prinzessin Hopsalas Himmelbett« – »Der alte Soldat oder die Kanone ohne Pulver und Blei« – »Salto erotale oder amouröse Akrobatik« – »Süßer Traum in den achtfachen Armen der zärtlichen Oktopauline« – »Perpetuum amorobile« – »Kommt die Fastenzeit herbei, schmeckt uns auch der Kohl aus Blei« – »Frühstück mit Jungfrauen und Musik« – »Wie man die Sonne in ein Watt-Meer verwandelt, damit sie holde Wärme ausstrahlt« – »Königin Blödianas Hochzeitsnacht« – »Traum vom Schrott im Brot« – »Traum vom doppelten Korn« – »Von Samt, Seide und Häschen« – »Kyborgien und andere Schäferspiele oder Feigen ohne Blätter und andere verbotene Früchte« – »Wie Lachtäubchen und Weintäubchen einander so lieb hatten« – »Traum voller Wollust und Liederlichkeit mit Röstzwiebeln« – »Mona Lisa oder das Labyrinth der süßen Unendlichkeit«.

Der König ging zum zweiten Schrank und las unter der Überschrift »Traumspielchen zur Zerstreuung und Unterhaltung«: »Galgenstrick und Galgenstrickerin« – »Das scharfe Salz- und Pfefferspiel« – »Klopstock und Kritiker« – »Jungfrauenspiel, viechisch-römisch« – »Immer in die

Schnauze« – »Bettdecke und Ventilator« – »Back die Kontemplätzchen« – »Noch einmal, immer in die Schnauze« – »Von Fürsten im Bett und Bürsten im Fett« – »Kopfabspiel oder eins, zwei, drei, wer hat das Beil?« – »Hol dich der Kyberkuckuck!« – »Kyborgott und Kyborgöttin« – »Eene, meene, muh, ins Glas schaust du!« – »Kybajadere« – »Kyberber und Kybernante« – »Haremsrennen«.

Perfidolin, der Seeleningenieur, beeilte sich zu erklären, daß sich jeder Traum von ganz allein träume, sobald aber jemand den an einer Uhrkette befestigten Stecker in die beiden dazugehörigen Löcher stöpsele, schalte er sich unverzüglich in den im Schrank laufenden Traum ein, und er werde so eins mit dem Traum, daß er ihn als Realität ansehe und ihn beim besten Willen nicht mehr von der Realität unterscheiden könne. Voluptikus griff, neugierig geworden, nach der Uhrkette, schaltete sich ohne lange nachzudenken in den Weißen Schrein ein, direkt in den Traum »Frühstück mit Jungfrauen und Musik« – und fühlte plötzlich, wie auf seinem Rücken ein stachliger Kamm sproß, wie sich dort riesige Flügel entfalteten, wie sich seine Hände und Füße in Klauen mit furchtbaren Krallen verwandelten und wie sein mit sechs Reihen messerscharfer Zähne bewaffneter Rachen Feuer und Schwefel spie. Der König war höchst erstaunt und wollte sich räuspern, doch ein brüllender Donner entfuhr seiner Kehle und ließ die Erde erzittern. Das verblüffte ihn noch mehr, seine Pupillen weiteten sich, und in der Dunkelheit, erleuchtet durch seinen feurigen Atem, sah er, wie man ihm Jungfrauen in riesigen Schüsseln servierte, vier in einer jeden, garniert mit grünem Salat und so verführerisch duftend, daß ihm das Wasser im Munde zusammenlief. Schon war der Tisch gedeckt, auch Salz und Pfeffer standen bereit, er fuhr mit der Zunge über seine Reißzähne, setzte sich bequem zurecht und stopfte eine Jungfrau nach der anderen ins Maul, als wären es Erdnüsse; dabei schmatzte und grunzte er vor Vergnügen, die letzte Jungfrau war so saftig und lecker, daß er mit der Zunge schnalzte, sich übers schuppige Bäuchlein strich und gerade nach einer weiteren Portion verlangen wollte, als alles vor seinen Augen zu flimmern begann, und er aufwachte. Er rieb sich die Augen –

er stand am gleichen Platz wie zuvor, im kleinen Saal, der an seine Privatgemächer angrenzte.

»Wie waren die Jungfrauen?« fragte Perfidolin.

»Nicht schlecht. Aber wo war die Musik?«

»Das Glockenspiel klemmte«, erklärte der Seeleningenieur. »Wünschen Königliche Hoheit vielleicht einen anderen leckeren Traum?«

Natürlich wollte der König, doch diesmal aus einem anderen Schrank. Er ging daher zum Schwarzen Schrein und schaltete sich in den Traum mit dem Titel »Vom Ritter Flinkian und der schönen Trotteleide, Tochter des Hetärikus« ein.

Er blinzelte – und sah, daß hier gerade das elektroromantische Zeitalter herrschte, er selbst stand in stählerne Rüstung gekleidet in einem Birkenhain, einen frischgetöteten Drachen zu seinen Füßen; das Laub raschelte, eine leichte Brise wehte, und nicht weit von ihm murmelte ein Bächlein. Er schaute ins Wasser, sah sein Spiegelbild und begriff, daß er niemand anders als Flinkian war, ein Ritter unter Hochspannung und ohne Furcht und Tadel. Die ganze Geschichte seiner ritterlichen Laufbahn war an seiner narbenübersäten Rüstung abzulesen, und er erinnerte sich an jede Einzelheit. Das Visier an seinem Helm hatte ihm Morbidor im Todeskampf mit bloßer Faust verbogen, bevor er Flinkians Behendigkeit zum Opfer fiel; die gebrochenen Scharniere an der rechten Beinschiene – sie waren das Werk des seligen Voltasar Schlagetot; und die Nieten am linken Achselstück hatte ihm Ohmagnus der Schädelspalter zertrümmert, bevor er seinen Geist aufgab; das Gitter an der Brünne hatte Monsterix Brunstantin eingedrückt, ehe er für immer niedergestreckt wurde; auch Beinharnische, Armkacheln und Muscheln, vorderer und hinterer Plattenschurz, Haubert, Unterarmröhren, Kniekacheln und Eisenschuhe trugen Spuren härtester Kämpfe. Er betrachtete seinen Schild, der die Narben zahlloser Hiebe trug, dessen Innenseite jedoch in jungfräulichem und rostfreiem Glanz erstrahlte, denn noch nie hatte er beim Zweikampf dem Gegner den Rücken zugewandt. Dennoch war ihm sein Ruhm, um die Wahrheit zu sagen, vollkommen gleichgültig. Doch da erinnert er sich an die schöne Trotteleide, springt auf seinen Kyberrappen und beginnt, den ganzen Traum nach ihr abzusuchen.

Er erreicht die Burg ihres Vaters, des Fürsten Hetärikus; die Bohlen der Zugbrücke erdröhnen unter Roß und Reiter, und der Fürst selbst kommt ihm mit offenen Armen entgegen, um ihn zu begrüßen und über die Schwelle zu geleiten.

Den Ritter zieht es mit Macht zur schönen Trotteleide, doch es ziemt sich nicht, sogleich nach ihr zu fragen; indessen erzählt ihm der alte Fürst, daß ein fremder Ritter im Schlosse zu Gast sei, ein gewisser Vinidur vom edlen Geschlecht der Polymerowinger, ein Fechtmeister und Elastiker, der von nichts anderem träume, als sich mit Flinkian selbst im Zweikampf zu messen. Und schon erscheint Vinidur, federnd und elastisch, und spricht folgende Worte:

»Wisse denn, Ritter, daß ich die stromlinienförmige Trotteleide begehre, Trotteleide mit den hydraulischen Schenkeln, deren Busen selbst ein Diamant nicht zu ritzen vermag, und deren Blick magnetisiert. Dir ist sie versprochen, allein ich fordere dich zum tödlichen Kampf, auf daß sich zeigen möge, wer von uns ihr Herz und ihre Hand gewinnt!«

Und er wirft den schneeweißen Fehdehandschuh, aus Nylon.

»Sogleich nach dem Turnier wollen wir Hochzeit halten!« fügt der alte Fürst hinzu.

»Wohlan, ich bin bereit!« sagt Flinkian, doch Voluptikus in ihm denkt bei sich: Tut nichts, ich kann sie auch nach der Hochzeit nehmen und erst dann aufwachen. Diesen Vinidur jedoch hat der Teufel hierher geschickt!

»Noch heute, mein Ritter«, sagte Hetärikus, »wirst du mit Vinidur, dem Polymerowinger, in die Schranken treten, zum Zweikampf beim Fackelschein! Einstweilen aber magst du in deine Kemenate gehen und ruhen!«

Jetzt ist Voluptikus alias Flinkian doch ein wenig beunruhigt, doch was soll er tun? Er begibt sich in sein Gemach, doch nach einer Weile hört er ein leises Klopfen an seiner Tür, eine alte Kyberhexe schleicht auf Zehenspitzen herein, blinzelt ihm aus runzligen Äuglein zu und sagt:

»Fürchte nichts, viel edler Ritter, du sollst die Minne der

schönen Trotteleide gewinnen, und wahrlich ehe Mitternacht vorbei, wird sie dein Haupt in ihrem silbernen Schoße wiegen. Von dir allein träumet sie, am Tag wie in der Nacht! Doch mögest du nicht vergessen, bedräng ihn muthesreich und gib der Kräfte alle, Vinidur soll dir kein Leid zufügen, dir ist der Sieg allein!«

»Das sagt sich leicht daher, mein Kyberhexchen!« antwortete der Ritter. »Und wenn es doch ganz anders kommt? Was, wenn ich strauchle oder nicht zur rechten Zeit parieren kann? Nein, nein, es bleibt ein großes Risiko! Doch vielleicht kennst du einen Zauber von unfehlbarer Wirkung?«

»Hi, hi!« kichert die Kyberhexe. »Was führt Ihr da für Reden, viel edler und stählerner Herre!? Des Zaubers gibt es nicht, doch könnt Ihr seiner wohlgemuth entraten, denn wahrlich, ich sage Euch, der Sieg wird Euer sein!«

»Ein Zauber wäre in jedem Falle sicherer«, antwortete der Ritter, »besonders in einem Traum . . . doch höre, Alte, hat dich vielleicht Perfidolin geschickt, um meinen Mut zu stärken?«

»Ich weiß von keinem Perfidolin«, antwortete sie, »auch nicht, von welchem Traum Ihr sprecht. Nein, dies ist Wirklichkeit, mein Herr von Stahl, wie du verspüren mögest, wenn Trotteleide dir Huld erweist und minniglich dich in die Arme schließt.«

»Seltsam«, murmelt Voluptikus und nimmt nicht wahr, daß die Kyberhexe das Gemach so still und heimlich verlassen hat, wie sie gekommen ist. »Ist dies nun ein Traum oder nicht? Ich hatte den Eindruck, es war einer. Hm . . . in jedem Falle sollte ich doppelt auf der Hut sein!« Doch jetzt erschallen die Trompeten, man hört das Klirren von Rüstungen, auf der Galerie drängt sich die Menge und erwartet begierig die Kontrahenten. Flinkian tritt in die Schranken, mit weichen Knien, er fühlt das Auge der schönen Trotteleide huldvoll auf sich ruhen, doch jetzt ist nicht die Zeit für süße Blicke! Vinidur tritt in den Ring, vom Fackelscheine hell erleuchtet, und ihre Schwerter treffen mächtig aufeinander. Jetzt ist Voluptikus im Ernst erschrocken und tut sein Bestes, um endlich aufzuwachen; er versucht es und versucht es, allein es geht nicht – die Rüstung ist zu schwer, der Traum gibt ihn nicht frei, und der Feind bedrängt ihn fürchterlich! Immer schneller und heftiger hageln die Schläge auf ihn ein, die Kraft verläßt ihn, sein Arm sinkt herab, doch da schreit der Gegner voll Entsetzen auf, die Klinge seines Schwertes ist zerbrochen; Flinkian will ihm den Garaus machen, aber Vinidur flieht aus dem Ring, und seine Knappen reichen ihm ein neues Schwert. In diesem Augenblick sieht Flinkian die alte Kyberhexe nahen, sie drängt sich durch die Menge und flüstert ihm ins Ohr:

»Herre von Stahl! Sobald Ihr nahe bei dem offenen Tore seid, welches auf die Brücke führt, wird Vinidur sein Schwert sinken lassen, dann aber attackieret ihn mit hohem Muthe, denn selbiges wird das Zeichen Eures sicheren Sieges sein!«

Mit diesen Worten verschwindet sie, und schon stürmt sein Rivale neugewappnet auf ihn ein. Sie kämpfen, Vinidur schlägt wild um sich, wütet wie ein Dreschflegel, doch dann lassen seine Kräfte nach, er pariert die Schläge immer schwächer und weicht zurück, jetzt scheint die Zeit reif und der Moment gekommen, doch noch immer furchteinflößend glänzt das Schwert in seiner Hand, also rafft sich Flinkian auf und denkt: Zum Teufel mit der schönen Trotteleide und all ihren Reizen! – er macht auf dem Absatz kehrt, flieht ins Dunkel der Nacht und rennt stampfenden Schrittes über die Zugbrücke, daß die Bohlen erdröhnen. Verfolgt von lauten Schmäh- und Schimpfrufen stürzt er in den Wald und prallt so heftig mit der Stirn gegen einen Baumstamm, daß ihm schwarz vor Augen wird, er blinzelt, und siehe da, er steht im kleinen Saal des Palastes, gleich vor dem Schwarzen Schrein der selbstträumenden Träume, und neben ihm Perfidolin, der Seeleningenieur, ein schiefes Lächeln im Gesicht. Schief, weil Perfidolin seine Enttäuschung nur mühsam verbarg; denn der Flinkian-Trotteleide-Traum war in Wirklichkeit eine Falle, in die der König tappen sollte; wäre Voluptikus dem Rat der alten Kyberhexe gefolgt, so hätte ihn Vinidur, der seine Schwäche nur vortäuschte, sogleich mit dem Schwert durchbohrt. Diesem Schicksal war der König nur durch seine außerordentliche Furchtsamkeit entgangen.

»Habt Ihr den holden Reiz der schönen Trotteleide genossen, Euer Liebden?«

»Keineswegs! Darauf habe ich verzichtet, denn sie war nicht schön genug!« sagte Voluptikus. »Noch dazu kam es da zu einer Art von Kampf. Mich aber gelüstet es nach kampf- und waffenlosen Träumen, hast du verstanden?«

»Ganz wie Euer Majestät wünschen«, gab Perfidolin zurück. »Trefft Eure Wahl nur frei, denn in all diesen Schrankträumen erwarten Euch nur selige Genüsse, keine Kämpfe ...«

»Wir werden sehen«, sagte der König und schaltete sich in den Traum mit dem Titel »Prinzessin Hopsalas Himmelbett« ein. Er befand sich in einem Schlafgemach von zauberhafter Schönheit, das ganz in Goldbrokat erstrahlte. Durch kristallene Fensterscheiben strömte das Licht hinein wie Wasser von der reinsten Quelle, und dort, an ihrem mit Perlen besetzten Toilettentisch, stand die Prinzessin, gähnte herzhaft und traf ihre Vorkehrungen zur Nachtruhe. Voluptikus war über diesen unerwarteten Anblick sehr erstaunt, er wollte sich vernehmlich räuspern, um ihr seine Anwesenheit kundzutun, doch kein Laut wollte über seine Lippen kommen – war er am Ende geknebelt? Er wollte mit dem Finger seinen Mund ertasten, doch es ging nicht, er versuchte, seine Beine zu bewegen, aber nein, er vermochte es nicht; er hielt verzweifelt nach einem Plätzchen Ausschau, um sich niederzusetzen, denn vor Schrecken war er einer Ohnmacht nahe, doch er fand keins. Inzwischen gähnte die Prinzessin einmal, zweimal und ein drittes Mal, dann ließ sie sich von Müdigkeit überwältigt so heftig auf das Bett fallen, daß König Voluptikus vom Kopf bis zu den Zehenspitzen durchgerüttelt wurde, denn er selbst, in höchsteigener Person, war Prinzessin Hopsalas Himmelbett! Offensichtlich wurde die edle Jungfer von unruhigen Träumen geplagt, sie wälzte sich hin und her, stieß den König dabei mit ihren spitzen Ellenbogen und trat ihn mit ihren zierlichen Füßchen so heftig, daß Seine Hoheit (durch diesen Traum in ein Himmelbett verwandelt) von schrecklichem Zorn gepackt wurde. Der König kämpfte gegen seine neue Natur und strengte sich dabei so gewaltig an, daß die Nähte im Himmel platzten, die Sprungfedern zersprangen und die Füße an allen vier Ecken abbrachen; die Prinzessin schrie entsetzt auf, als sie auf dem Fußboden landete, er selbst aber, durch den eigenen Zusammenbruch jäh geweckt, befand sich wieder im kleinen Saal, und neben ihm stand der Seeleningenieur Perfidolin und verbeugte sich unterwürfig.

»Verfluchter Pfuscher!« schrie der König. »Was erlaubst du dir? Wie kannst du es wagen? Ein Bett soll ich sein, dazu für jemand anderen als für mich? Du vergißt dich, elender Lump!«

Perfidolin, zu Tode erschrocken über den Zorn des Königs, flehte ihn an, er möge es mit einem anderen Traum versuchen, bat vielmals um Vergebung für den Irrtum und redete solange auf den Monarchen ein, bis Voluptikus, endlich besänftigt, den Stecker nahm und sich in den Traum mit dem Titel »Seligkeit in der achtfachen Umarmung der süßen Oktopauline« einstöpselte. Er stand inmitten einer dichtgedrängten Menge von Neugierigen auf einem großen Platz, und ein prächtiger Festzug passierte sie mit wehenden Gewändern aus Samt und Seide, mechanischen Elefanten, Sänften aus Ebenholz geschnitzt; die in der Mitte funkelte wie ein Schrein aus purem Gold, und darin saß, mit acht Schleiern verhüllt, eine weibliche Gestalt von bezaubernder Schönheit, ein Engel mit strahlendem Antlitz, galaktischem Blick und Hochfrequenz-Ohrringen; der König, der vor Erregung am ganzen Leibe zitterte, wollte gerade fragen, wer denn diese himmlische Erscheinung sei, als er hörte, wie ein Raunen ehrfürchtiger Bewunderung durch die Menge ging: »Oktopauline! Oktopauline kommt!«

Tatsächlich feierte man gerade mit höchstem Pomp und Prunk die Verlobung der Königstochter mit einem ausländischen Ritter, namens Somnophil.

Der König war ein wenig enttäuscht, daß nicht er dieser Ritter war, und als der Festzug hinter den Toren des Palasts verschwunden war, begab er sich mit anderen aus der Menge in ein nahegelegenes Wirtshaus; dort erblickte er Somnophil, angetan mit nichts als Damaszener Pluderhosen, die mit goldenen Nägeln beschlagen waren; er hielt einen halbleeren Krug mit Iontophorese in der Hand, kam auf Voluptikus zu, legte den Arm um ihn, drückte ihn an seine Brust und flüsterte ihm mit heißem Atem ins Ohr:

»Hör zu, ich habe heute ein Rendezvous mit Prinzessin Oktopauline, hinter dem Palast, im Hain der Stacheldrahtsträucher, nahe beim Quecksilberbrunnen, um Mitternacht, doch ich wage nicht, dort zu erscheinen, nicht in diesem Zustand, ich habe zuviel getrunken, du verstehst schon – und daher flehe ich dich an, edler Fremdling, der du mir doch aufs Haar gleichst, geh an meiner Stelle, küsse der Prinzessin die Hand und nenne dich Somnophil, und bei meiner Ehr, ich werde dir dafür ewigen Dank wissen!«

»Warum nicht?« sagte der König nach kurzem Nachdenken. »Ich denke, das kann ich tun. Soll ich jetzt gleich gehen?«

»Ja, sofort, wir haben keine Zeit zu verlieren, es ist fast Mitternacht, doch denke daran, der König weiß nichts davon, niemand weiß etwas, nur die Prinzessin und der alte Torhüter, und falls der dir den Weg versperrt, hier ist ein Säckchen voll Dukaten, die gibst du ihm, er wird dich anstandslos passieren lassen.«

Der König nickte, nahm den Beutel mit den Dukaten und lief in höchster Eile zum Schloß, denn schon sprangen die gußeisernen Käuzchen aus ihren Uhrkästen und kündigten mit langgezogenem »Huh-Huh« die Mitternacht an. Er rannte über die Zugbrücke, warf einen kurzen Blick in die gähnende Tiefe des Burggrabens, bückte sich rasch, schlüpfte unter den Eisenspitzen des vom Torbogen herabhängenden Fallgatters hindurch – hetzte quer über den Hof zu den Stacheldrahtbüschen und zu dem Brunnen, der Quecksilber spie, und dort im bleichen Mondlicht erblickte er die göttliche Gestalt der Prinzessin Oktopauline, schöner als in seinen kühnsten Träumen und so bezaubernd, daß er vor Verlangen erbebte.

Als Perfidolin den zitternden und bebenden Monarchen im Vestibül des Palastes beobachtete, lachte er schadenfroh und rieb sich die Hände, diesmal völlig sicher, daß das Schicksal des Königs besiegelt war, denn er wußte, sobald Oktopauline den unglücklichen Liebhaber mit ihren achtfachen Armen umschlungen hatte, gab es kein Entrinnen mehr. Er wußte, sie würde ihn mit ihren zärtlichen Saugarmen in die tiefsten Tiefen des Traums hinabziehen, und von dort führte kein Weg zurück an die Oberfläche der Wirklichkeit! Und tatsächlich schien alles so zu kommen. Voluptikus, der auf die süße Umarmung der Prinzessin brannte, rannte die Mauer im Schatten der Kreuzgänge entlang und strebte der engelsgleichen, vom Mondlicht übergossenen Schönheit zu, als plötzlich der alte Torhüter auftauchte und ihm mit seiner Hellebarde den Weg versperrte. Der König hob bereits die Hand mit dem Beutel voller Dukaten, doch als er deren angenehme Schwere in der Hand spürte, fiel es ihm furchtbar schwer, sich von ihnen zu trennen, denn war es nicht jammerschade, solch ein Vermögen für eine einzige Umarmung zu verschwenden?

»Hier hast du einen Dukaten«, sagte er und öffnete den Beutel, »und nun laß mich passieren!«

»Ich will zehn!« antwortete der Torhüter.

»Was? Zehn Dukaten für eine Umarmung?« lachte der König höhnisch. »Du bist wohl nicht bei Trost?«

»Zehn Dukaten!« sagte der Torhüter. »Das ist der Preis!«

»Kannst du mir nicht einen Dukaten nachlassen?«

»Keinen einzigen, edler Herr!«

»So steht es also!« schrie der König, der eine Neigung zum Jähzorn besaß. »Na gut, du Schuft, dann bekommst du eben gar nichts!« Woraufhin ihm der Torhüter einen solch mächtigen Schlag mit der Hellebarde versetzte, daß ihm der Kopf dröhnte und sich alles um ihn zu drehen begann, die Kreuzgänge, der Brunnen, die Zugbrücke; dann stürzte Voluptikus mitsamt dem Traum ins Nichts, um in der nächsten Sekunde die Augen aufzuschlagen und an der Seite Perfidolins, gleich neben dem Träumenden Schrank, aufzuwachen. Der Kybernerianer war zutiefst bestürzt, denn es schoß ihm durch den Kopf, daß seine Pläne schon zum zweiten Mal gescheitert waren, zunächst an der Feigheit und nun an der Habgier des Königs. Doch Perfidolin machte gute Miene zum bösen Spiel und bat den König höflich, sein Herz an einem anderen Traum zu erfreuen.

Diesmal wählte Voluptikus den Traum »Durch Liebesessenz zur Schraubenpotenz«. Er verwandelte sich augenblicklich in Debilitus Paralysius, Herrscher von Epilepont und

Malazien, einen uralten Tattergreis und unverbesserlichen Wüstling, dessen Seele nach bösen Taten lechzte. Doch was konnte er noch Böses tun mit seinen morschen Gelenken, zitternden Händen und von der Gicht verkrüppelten Füßen? Vielleicht gibt es noch etwas, das mich wieder auf die Beine bringt, dachte er und befahl seinen Degenerälen, Eklampton und Torturius, einen Feldzug zu unternehmen, nach Herzenslust zu morden und zu brennen und soviel Gefangene und Beute zu machen wie nur irgend möglich. Sie taten, wie ihnen geheißen, und sprachen nach ihrer Rückkehr folgende Worte:

»Herr und Gebieter! Wir haben mit Feuer und Schwert gewütet, geplündert und gebrandschatzt, und hier sind die Gefangenen und die Kriegsbeute: die wunderschöne Adoradora, Jungfräuliche Königin der Entianer und Pentianer, mit all ihren Schätzen!«

»Häh? Was sagt ihr da? Mit ihren Schätzen?« krächzte der König zitternd vor Gier. »Aber wo ist sie? Ich sehe nichts! Und was knistert und raschelt da so?«

»Das kommt vom königlichen Kronsofa, Majestät!« brüllten die Degeneräle im Chor. »Das Knistern wird dadurch hervorgerufen, daß sich die Sklavin, die obenerwähnte Königin Adoradora, auf der perlenbesetzten Decke des Kronsofas hin- und herwirft. Das, was raschelt, ist ihr goldbesticktes Gewand, sie wird von Weinkrämpfen geschüttelt, weil ihr große Demütigung und Erniedrigung bevorsteht!«

»Wie? Demütigung, sagt ihr? Erniedrigung? Das ist gut, sehr gut! Bringt sie her, ich will das arme Ding gleich schänden und entehren!«

»Das dürfen Majestät nicht tun, mit Rücksicht auf die Staatsraison!« unterbrach ihn der Erste Hofmedikus und Königliche Leibarzt.

»Wie? Ich darf ihr nicht Gewalt antun, sie nicht entehren? Ich, der König? Bist du von Sinnen? Hab ich denn je im Leben etwas anderes getan?«

»Gerade deswegen, Königliche Hoheit!« beschwor ihn der Hofmedikus. »Die Gesundheit Eurer Majestät hat unter diesen Exzessen bedenklich gelitten!«

»Ist das wirklich wahr? Nun ... so gebt mir die Axt dort, ich werde ihr den Kopf abschlagen.«

»Mit Verlaub, Majestät, auch das scheint mir nicht angezeigt. Schon die geringste Aufregung ...«

»Himmeldonnerwetter! Was habe ich dann noch von meinem ganzen Königtum?!« krächzte der König voller Verzweiflung. »Heilt mich auf der Stelle! Macht mich wieder jung und kräftig, damit ich ... damit es wieder so wie früher wird ... Denn sonst lasse ich euch alle ...«

In Angst und Schrecken versetzt stürzten alle Höflinge, Degeneräle und Hofmedizi aus dem Saal und suchten fieberhaft nach Mitteln und Wegen, wie man Seine Majestät verjüngen könnte; schließlich rief man den Großen Kalkulon zur Hilfe, einen Weisen von unendlicher Weisheit. Der trat vor den König und fragte:

»Was ist nun eigentlich Euer Majestät Begehr?«

»Häh? Begehr? Das ist gut! Ich will dir sagen, was mein Begehr ist!« sagte der König mit heiserer Stimme. »Ich will fortfahren mit Ausschweifungen, wüsten Gelagen und Unzucht aller Art, insbesondere aber will ich Königin Adoradora, die ich im Augenblick gefangenhalte, nach allen Regeln der Kunst entehren!«

»Zu diesem Behufe gibt es zwei Wege und zwei Mittel«, sagte Kalkulon. »Entweder geruhen Königliche Majestät, ein entsprechend geeignetes Individuum auszuwählen, das *per procuram* genau das tun wird, was sich Eure Majestät wünschen, wobei Ihr selbst mit diesem Individuum durch einen dünnen Draht verbunden seid, dank dessen Ihr alles, was dieses Individuum tut, so am eigenen Leibe spürt, als hättet Ihr es selbst getan. Oder man muß die alte Kyberhexe rufen, die draußen im Walde in einer Hütte auf drei Beinen wohnt; denn sie ist eine geriatrische Hexe und behandelt ausschließlich die Gebresten hochbetagter Leute!«

»So? Nun gut, zuerst wollen wir die Sache mit dem Draht probieren!« sagte der König. Das war rasch getan; die königlichen Elektriker legten eine Leitung zwischen dem Hauptmann der Garde und dem König, und der König befahl ihm unverzüglich, den Weisen Kalkulon in der Mitte durchzusägen, denn diese Tat schien ihm ausnehmend schändlich, und nach anderen hatte seine Seele kein Verlangen. Flehentliche Bitten und Jammern halfen dem Weisen nichts; doch die Isolation an einem der Drähte wurde beim Sägen aufgerissen, folglich konnte der König nur die erste Hälfte der Exekution miterleben.

»Eine miserable Methode! Dieser Pseudo-Weise hatte es wahrlich verdient, unter die Säge zu kommen!« krächzte Seine Majestät. »Und jetzt holt mir die alte Kyberhexe aus ihrer Hütte mit drei Beinen!«

Die Höflinge nahmen die Beine in die Hand und rannten in den Wald, und es dauerte nicht lange, da hörte der König einen Singsang, der mehr oder weniger so klang:

»Alte Leute heile ich! Ich kuriere, renoviere, mach die Alten rasch gesund, helfe selbst bei Knochenschwund, ich schmiere Gelenke, nehme Geschenke, wer halbgelähmt und rostgeplagt, der hat mich nie umsonst gefragt, Sklerotiker und Tattergreise verjünge ich auf meine Weise, auch gegen Gicht und Zipperlein setz ich meinen Zauber ein!«

Die alte Kyberhexe hörte sich die Klagen des Königs geduldig an, verbeugte sich bis zum Boden und sagte:

»Herr und Gebieter! Fern hinter dem blauen Horizont, am Fuße des Kahlen Berges, entspringt eine kleine Quelle, und aus der Quelle fließt ein Brünnlein, ein Brünnlein aus Öl, welches Rizinus genannt wird; daraus wird eine Essenz bereitet, welche höchste Schraubenpotenz verleiht und mächtig verjüngt – ein Eßlöffel davon löscht siebenundvierzig Jahre! Doch mußt du fein achtgeben, daß du nicht zuviel von der Essenz nimmst, denn eine Überdosis macht dich so jung, daß du im Nu im Mutterleib verschwindest! Und jetzt, mein Herr und Gebieter, laß mich dir diese erprobte und bewährte Medizin bereiten!«

»Wunderbar!« rief der König. »Man soll Königin Adoradora auf alles vorbereiten, mag sie nur wissen, was sie erwartet, hi, hi!«

Und er versuchte mit zitternden Händen, seine losen Schrauben festzuziehen, wobei er fortgesetzt brabbelte und an mehreren Stellen zugleich krampfhaft zusammenzuckte, denn er war schrecklich senil geworden, wenngleich dies seiner Leidenschaft für alles Böse keinerlei Abbruch getan hatte.

Inzwischen ritten Ritter an den fernen blauen Horizont, an die Quelle, wo Rizinus sprudelte, und später wallten die Dämpfe und kräuselte sich der Rauch über dem Kessel der alten Kyberhexe, in dem ein Gebräu brodelte und zischte. Nach getaner Arbeit eilte sie vor den Thron, fiel auf die Knie und reichte dem König einen Becher, der glitzerte und schimmerte wie Quecksilber, sie selbst aber sagte mit lauter Stimme: »König Paralysius, hier ist die verjüngende Essenz, sie bringt deinen Schrauben Potenz! Belebend und stärkend, genau das richtige für kühne Abenteuer und Liebesspiele auf Leben und Tod! Hast du diesen Becher geleert, so gibt es für dich in der gesamten Galaxis nicht genug Städte zu plündern und Jungfrauen zu entehren! Nun trink, und wohl bekomms!«

Der König nahm den Becher, verschüttete jedoch einige Tropfen auf seinen Fußschemel, der augenblicklich senkrecht in die Höhe fuhr, schnaubte und sich auf Degeneral Eklampton stürzte, wild entschlossen, ihn zu entehren und zu schänden. Im Handumdrehen hatte er ihm die Hälfte seiner neunundneunzig Orden abgerissen.

»Trink, Königliche Majestät, trink!« ermunterte die Kyberhexe. »Du siehst ja selbst, wie wunderbar es wirkt!«

»Trink du zuerst!« sagte der König mit kaum hörbarem Flüstern, denn er alterte wirklich in atemberaubendem Tempo. Die Kyberhexe wurde bleich, wich zurück und wollte nicht trinken, doch auf ein Nicken des Königs packten sie drei Soldaten und flößten ihr mit Hilfe eines Trichters einige Tropfen des glitzernden Gebräus ein. Ein Blitz, ein Donner, und Rauch überall. Die Höflinge schauten, der König schaute – weit und breit keine Spur von der Kyberhexe, nur ein pechschwarzes Loch gähnte im Fußboden, und durch dieses konnte man ein weiteres Loch entdecken, ein Loch im Traum selbst, in dem in aller Deutlichkeit ein Fuß sichtbar wurde – elegant beschuht, wenngleich der Strumpf versengt und die Silberspange ganz schwarz geworden war, als sei sie von Säure zerfressen. Natürlich gehörte der Fuß samt Strumpf und Schuh niemand anderem als Perfidolin, dem Hofthaumaturgen und Apotheotiker der Krone. Denn so stark war das Gift, das die Kyberhexe als Liebesessenz für mehr Schraubenpotenz bezeichnet hatte, daß es nicht nur sie selbst und den Fußboden durchbohrt hatte, sondern glatt bis zur Wirklichkeit durchgedrungen war, wo es Perfidolins Schienbein erreichte und dort einen häßlichen Brandfleck hinterließ. Der König war zu Tode erschrocken und versuchte aufzuwachen, aber zum Glück für Perfidolin gelang es Degeneral Torturius noch, dem König (ausgerechnet mit seinem Zepter) einen mächtigen Schlag gegen die Stirn zu versetzen; dank dessen vermochte Voluptikus, als er wieder zu sich kam, sich an nichts, aber auch gar nichts zu erinnern, was ihm im Traum widerfahren war. Und dennoch hatte er die Pläne des listigen Seeleningenieurs zum dritten Mal vereitelt, indem er aus dem tödlichen Traum entkommen war, diesmal wegen seines grenzenlosen Mißtrauens, das er allen entgegenbrachte.

»Irgendetwas habe ich geträumt, aber was, das weiß ich nicht mehr«, sagte der König, als er wieder vor dem Träumenden Schrank stand. »Doch weshalb, Perfidolin, hüpfst du eigentlich auf einem Fuß umher und hältst dir den anderen?« »Es ... es ist nichts, Majestät, mein Rhombotismus macht mir zu schaffen ... es gibt wohl einen Wetterumschwung«, stöhnte der listige Thaumaturg und Apotheotiker der Krone und fuhr dann fort, den König zu beschwatzen, er möge es doch mit einem neuen Traum versuchen. Voluptikus dachte eine Weile nach, las sich das »Inhaltsverzeichnis der Träume« durch und wählte schließlich »Prinzessin Blödianas Hochzeitsnacht«. Und schon träumte er, wie er am Kaminfeuer saß und in einem alten Folianten mit prächtigen Kupferbeschlägen las, der mit wohlgesetzten Worten und karmesinroten Buchstaben auf vergilbtem Pergament von Prinzessin Blödiana erzählte, die vor fünfhundert Jahren im Lande Dandelia herrschte; von ihrem Eiswald, Schneckenturm, ihrem Vogelhaus mit Wiehern und ihrem Schatz mit den hundert Augen, von allem aber von ihrer außergewöhnlichen Schönheit und Tugend. Und Voluptikus sehnte sich nach ihrer Schönheit mit großem Sehnen, und ein unbändiges Verlangen loderte in ihm auf und entzündete seine Seele, daß seine Augäpfel glänzten wie Leuchtfeuer, und er machte sich auf, um Blödiana in der Tiefe und in sämtlichen Ecken des Traums zu suchen, doch sie war nirgends zu finden; er fragte überall herum, doch nur die allerältesten Roboter hatten jemals von der Prinzessin gehört. Müde von der langen Wanderung kam Voluptikus schließlich ins Zentrum der königlichen Wüste, wo selbst die Dünen vergoldet waren. Dort erblickte er eine armselige Hütte und als er sich ihr näherte, sah er einen würdigen Alten in schneeweißem Gewand, der sich bei seinem Anblick erhob und folgende Worte sprach:

»Du suchst Blödiana, Unglücklicher! Dabei weißt du sehr wohl, daß sie schon seit fünfhundert Jahren nicht mehr unter den Lebenden weilt und wie vergeblich und fruchtlos deine Leidenschaft somit ist. Es gibt nur eins, was ich für dich tun kann, du sollst sie sehen, zwar nicht in Fleisch und Blut, doch als wohlgestaltetes, informationales Faksimile, als Modell, welches nicht physikalisch, sondern stochastisch, nicht plastisch, sondern ergodisch und doch erotisch ist ... ich habe es in meiner freien Zeit aus allerlei Wüstenabfällen zusammengebastelt!«

»Ach, zeig sie mir! Zeig sie mir doch!« schrie Voluptikus.

Der Alte nickte, las aus dem Folianten die Koordinaten der Prinzessin ab, programmierte Blödiana und das gesamte Mittelalter auf Lochkarten, schaltete den Strom ein, öffnete den Deckel der Black Box und sagte:

»Nun schau sie an und schweig fein still!«

Bebend vor Verlangen neigte sich der König über die Box und erblickte tatsächlich das Mittelalter, nichtlinear und binär codiert, und mitten darin lag das Land Dandelia, mit seinem Eiswald, dem königlichen Palast, dem Schneckenturm, dem Vogelhaus mit Wiehern und dem Schatz mit den hundert Augen; und da war Blödiana selbst zu sehen, wie sie einen stochastischen Spaziergang durch ihren simulierten Lustgarten machte; und ihre Stromkreise erglühten abwechselnd in tiefem Rot und strahlendem Gold, als die modellierte Prinzessin modellierte Gänseblümchen pflückte und dazu ein modelliertes Liedchen summte. Voluptikus, der sich nicht länger bezähmen konnte, sprang auf die Black Box und versuchte, von holdem Wahnsinn gepackt, in die computerisierte Welt hineinzuklettern. Doch der würdige Alte schaltete rasch den Strom ab, brachte den König mit sanfter Gewalt auf den Boden der Tatsachen zurück und sagte:

»Wahnsinniger! Du verlangst Unmögliches, denn kein Wesen aus realer Materie vermag jemals ins Innere jener Welt vorzudringen, die nichts ist als das Kreisen und Pulsieren binär codierter Elemente in alphanumerischer, nichtlinearer und diskreter Modellierung!«

»Aber ich muß! Ich muß!« schrie Voluptikus völlig außer sich und trommelte mit beiden Fäusten so heftig gegen die Black Box, daß tiefe Beulen im Blech entstanden.

»Wenn dein Verlangen wirklich so heiß und dein Wille unabänderlich ist, so will ich dir einen Weg zeigen, der dich mit Prinzessin Blödiana vereint, allerdings mußt du zunächst von deiner gegenwärtigen Gestalt für immer Abschied nehmen, denn ich werde deine persönlichen Koordinaten vermessen und dich selbst Atom für Atom modellieren, dann programmiere ich dich, und dank dessen wirst du ein Teil jener mittelalterlichen und modellierten Welt, und du wirst es bleiben, solange Elektronen durch diese Drähte fließen und von Kathode zu Anode hüpfen. Doch du, so wie du jetzt vor mir stehst, wirst annihiliert und kannst in keiner anderen Form weiterleben als in der bestimmter Felder und Potentiale, somit statistisch, heuristisch und stochastisch!«

»Wie kann ich dir glauben?« fragte Voluptikus. »Woher weiß ich, daß du mich modellierst und nicht jemand anderen?«

»Gut, wir machen einen Probelauf!« sagte der Alte; dann schaute er sich den König von allen Seiten genau an und nahm maß, wie das ein Schneider tut, jedoch mit sehr viel größerer Präzision – schließlich mußte er jedes einzelne Atom vermessen und abwiegen – dann speiste er das Programm in die Black Box ein und sagte: »Sieh her!«

Der König schaute ins Innere der Box und sah, wie er selbst am Kamin saß und einen uralten Folianten über Prinzessin Blödiana las, wie er aufbrach, um sie zu suchen, wie er überall herumfragte und schließlich inmitten der vergoldeten Wüste auf eine armselige Hütte und einen schneeweißen Alten traf, der ihn mit den Worten begrüßte: »Du suchst Blödiana, Unglücklicher!« Und so weiter.

»Jetzt bist du wohl überzeugt!« sagte der Alte. »Ich werde dich also ins Mittelalter hineinprogrammieren, an die Seite der wunderschönen Blödiana, damit du einen niemals endenden Traum mit ihr träumst, binär codiert, simuliert und nichtlinear ...«

»Ich verstehe«, sagte der König, »aber das ist doch nur mein Ebenbild und nicht ich, denn ich selbst bin ja hier und nicht in irgendeiner Box!«

»Bald wird es dich auch hier nicht mehr geben«, antwortete der Alte. »Das laß nur meine Sache sein!«

Mit diesen Worten zog er einen Hammer unter dem Bett hervor, schwer und handlich. »Sobald du in den Armen deiner Geliebten ruhst, werde ich dafür sorgen, daß es dich nicht mehr zweimal gibt, einmal hier, und einmal dort in der Box – und zwar werde ich mich einer Methode bedienen, die ein wenig alt und primitiv, jedoch sehr zuverlässig ist, also tu mir die Liebe und neige dein Haupt ein wenig!«

»Zuerst mußt du mir noch einmal Blödiana zeigen«, sagte der König, »denn ich will sehen, ob deine Methode auch wirklich vollkommen ist ...«

Der Alte zeigte ihm Blödiana durchs Schauglas der Black Box. Der König schaute und schaute und sagte schließlich:

»Die Beschreibung in dem alten Wälzer ist stark übertrieben. Sie ist nicht übel, gewiß, doch bei weitem nicht so schön, wie die Chroniken sagen. Auf Wiedersehen, Alter ...«

Und er wandte sich zum Gehen.

»Was tust du? Wohin, Wahnsinniger?!« schrie der Alte und griff nach dem Hammer, denn der König war schon beinahe zur Tür hinaus.

»Überall hin, nur nicht in die Box!« sagte Voluptikus, doch genau in diesem Moment platzte der Traum unter seinen Füßen wie eine Seifenblase, und er fand sich im Vestibül des Palastes wieder und erblickte den bitter enttäuschten Perfidolin, enttäuscht, weil der König so nahe daran gewesen war, in der Black Box eingeschlossen zu werden, aus der ihn der Thaumaturg und Apotheotiker der Krone niemals wieder herausgelassen hätte ...

»Hör zu, mein Seeleningenieur«, sagte der König, »in

deinen Träumen mit Prinzessinnen gibt es zu viele Schwierigkeiten. Entweder verschaffst du mir jetzt einen, in dem ich Sinnesfreuden nach Herzenslust genießen kann – ohne Tricks und Fisimatenten – oder du verschwindest mir sofort aus dem Palast, und zwar mitsamt deinen Schränken!«

»Herr und Gebieter!« antwortete Perfidolin. »Ich habe den richtigen Traum für Euch, von bester Qualität und maßgeschneidert. Probiert ihn nur und Ihr werdet sehen, wie recht ich habe!«

»Was ist das für ein Traum, den du so anpreist?« fragte der König.

»Dieser hier, Majestät!« sagte der Apotheotiker der Krone und deutete auf das kleine Perlmuttäfelchen mit der Inschrift: »Mona Lisa oder das Labyrinth der süßen Unendlichkeit«.

Und bevor der König ja oder nein sagen konnte, griff Perfidolin nach dem Stecker, der an der Uhrkette des Monarchen hing, und er tat es rasch, denn er sah, daß die Dinge schlecht standen: Voluptikus war der ewigen Gefangenschaft in der Black Box entgangen, ohne Zweifel, weil er zu wenig sensibel war, um den Reizen der bezaubernden Blödiana für immer zu erliegen.

»So warte doch«, sagte der König. »Ich will es selbst tun.« Er steckt den Stecker hinein und schlüpft ins Innere des Traumes, nur um zu sehen, daß er immer noch er selbst, Voluptikus, ist, im Vestibül des Palasts stehend, Perfidolin den Kybernerianer an seiner Seite, der ihm erklärt, daß »Mona Lisa« mit Abstand der liederlichste und ausschweifendste aller Träume sei, weil sich in ihm die Unendlichkeit des schöneren Geschlechts eröffne; Voluptikus hört zu, steckt den Stecker hinein und schaut sich nach Mona Lisa um, denn er spürt bereits heftiges Verlangen nach ihren holdseligen Liebkosungen, doch im nächsten Traum befindet er sich immer noch im Vestibül des Palasts mit dem Hofthaumaturgen an seiner Seite, also schaltet er sich ungeduldig in den nächsten Traum ein, doch es ist wieder dasselbe, das Vestibül, die Schränke, der Seeleningenieur und er selbst. »Ist dies nun ein Traum oder nicht?« ruft er, stöpselt ein, und da sind wieder das Vestibül, die Schränke und der Kybernerianer; noch einmal, wieder dasselbe – und noch einmal, und noch einmal, immer schneller. »Wo ist Mona Lisa, du Schurke?!« schreit er und zieht den Stecker heraus, um aufzuwachen – aber nein, er ist immer noch im Vestibül mit den Schränken! Rasend vor Wut stampft er mit dem Fuß auf und hastet von Traum zu Traum, von Schrank zu Schrank, von Perfidolin zu Perfidolin, doch jetzt kümmert ihn der Traum nicht mehr, er will nur zurück in die Wirklichkeit, zurück zu seinem geliebten Thron, zu den Hofintrigen und wüsten Gelagen, und er reißt den Stecker heraus, stöpselt ihn aufs Geradewohl wieder ein, zieht ihn erneut heraus ... »Zu Hilfe!« ruft er, »der König ist in Gefahr!« und »Mona Lisa! He! Hallo!« während er von Panik erfaßt aufspringt, wild von einer Ecke in die andere jagt und den ganzen Traum verzweifelt nach einer Ritze absucht, doch vergeblich. Er verstand nicht, was da eigentlich vor sich ging, denn dazu war er zu begriffsstutzig, aber diesmal konnten ihn weder seine Stumpfsinnigkeit, noch seine Furchtsamkeit, noch sein übermäßiger Geiz mehr retten. Denn er war bereits in allzu viele Träume verstrickt, allzu viele hatten ihn bereits in ihre dichten Kokons eingesponnen, und wenngleich er den einen oder anderen unter Aufbietung aller Kräfte zerreißen konnte, half ihm das nichts, weil er nur noch tiefer im nächsten Traum versank; und wenn er den Stecker aus dem Schrank zog, dann waren beide, Stecker wie Schrank, nur geträumt, nicht real, und als er Perfidolin schlagen wollte, erwies sich auch Perfidolin als Trugbild. Der König jagte und hetzte, hierhin, dorthin, wieder zurück, doch überall war alles nur ein Traum, ein Traum und nichts als ein Traum, die Tore, die Marmorböden, die goldbestickten Vorhänge mit ihren Troddeln und Quasten, und schließlich Voluptikus selbst – ein Traum, ein wandelnder Schatten, ein hohles Truggebilde, flüchtig und vergänglich, verloren in einem Labyrinth von Träumen und immer tiefer darin versinkend, obwohl er noch immer um sich schlug und mit den Füßen trat – doch auch das geschah nur im Traum. Er schlug Perfidolin den Schädel ein – doch es half nichts, denn es geschah nicht wirklich, er brüllte wie am Spieß, brachte jedoch keinen wirklichen Laut hervor, und als er sich schließlich – benommen und halb von Sinnen –

tatsächlich den Weg in die Wirklichkeit freigekämpft hatte, da hielt er sie für einen Traum und schaltete sich rasch wieder aus; das konnte auch gar nicht anders sein, und vergeblich jammerte er, endlich aufwachen zu dürfen, denn er wußte nicht, daß »Mona Lisa« – in Wirklichkeit – eine diabolische Kontamination des Wortes »Monarcholyse« war, d. h. der Disjektion, Dissoziation und völligen Dissolution des Königs. Und wahrlich, von allen Fallen, die ihm der tückische Thaumaturg und Apotheotiker der Krone gestellt hatte, war dies mit Abstand die furchtbarste ...«

Das war die erschröckliche und lehrreiche Geschichte, welche Trurl König Daumenschraub dem Dritten erzählte, der davon Kopfweh bekam und den Konstrukteur daher bald verabschiedete, allerdings erst, nachdem er ihn mit dem Orden der Heiligen Kybernia ausgezeichnet hatte, einer Lilie aus Feedback auf grünem Feld, mit Informationen von unschätzbarem Wert inkrustiert.«

Und mit diesen Worten kam die zweite geschichtenerzählende Maschine zum Stehen, sie knirschte allerliebst mit ihrem goldenen Getriebe und konnte ein leises Lachen nicht unterdrücken, denn einige ihrer Elektronenröhrchen waren überhitzt und begannen zu blaken, doch sie senkte einfach die Anodenspannung, fächelte den Rauch beiseite und zog sich bescheiden ins Photonen-Phaeton zurück, begleitet von großem Applaus als Belohnung für ihre Eloquenz und Meisterschaft im Geschichtenerzählen.

König Genius reichte Trurl indessen einen Becher mit schäumendem Ionenmet, herrlich graviert mit Wahrscheinlichkeitswellen im feinen Spiel transversaler Photonen. Trurl leerte ihn in einem Zug, dann schnippte er mit dem Finger, woraufhin die dritte Maschine ins Zentrum der Höhle trat, sich tief verneigte und mit tonischer, euphonischer und höchst elektronischer Stimme sagte:

»Dies ist die Geschichte, wie der große Konstrukteur Trurl mit Hilfe eines gewöhnlichen Krugs eine lokale Fluktuation hervorrief, und was dabei herauskam.

Im Sternbild des Mangelbretts war eine Spiralgalaxis, und in dieser Galaxis war ein Dunkler Nebel, und in diesem Nebel waren fünf sechsspännige Konstellationen, und in der fünften Konstellation war eine lila Sonne, sehr alt und sogar etwas trübe, und um diese Sonne kreisten sieben Planeten, und der dritte von ihnen hatte zwei Monde, und auf all diesen Sonnen, Sternen, Planeten und Monden gingen allerlei Ereignisse vor sich, variable und variierende, welche mit einer statistischen Streuung auftraten, die völlig normal war; und auf dem zweiten Mond des dritten Planeten der lila Sonne der fünften Konstellation des Dunklen Nebels in der Spiralgalaxis in der Konstellation des Mangelbretts befand sich eine Müllhalde, wie man sie auf jedem anderen Planeten oder Mond finden kann, eine ganz gewöhnliche also, vollgestopft mit Müll und anderen Abfällen; sie war dadurch entstanden, daß die Glauberischen Aberriziden einmal einen Krieg auf Grundlage von Kernspaltung und Kernfusion gegen die Lilianischen Albumenser führten, mit dem natürlichen Ergebnis, daß ihre Brücken, Straßen, Häuser, Paläste und nicht zuletzt sie selbst in Schutt und Asche verwandelt wurden, und dieses flüchtige Material hatten die solaren Winde an eben die Stelle geblasen, von der wir sprechen. Viele, viele Jahrhunderte lang geschah nichts auf der Müllhalde, als daß Müll auf Müll lag, doch als einmal ein Erdbeben kam, da wurde die eine Hälfte des Mülls, die sich ganz unten befand, nach oben geschleudert, und die andere Hälfte, die vorher oben war, sank bis ganz nach unten, was an und für sich keine allzu große Bedeutung hatte, jedoch den Weg für ein höchst ungewöhnliches Phänomen ebnete. Wie es der Zufall wollte, flog der Ruhmreiche Konstrukteur Trurl gerade mit seiner Vakuumfähre durch diese Gegend, als er plötzlich von einem Kometen mit grellem Schweif geblendet wurde. Er wollte sich den Kometen natürlich vom Leibe halten und warf daher hastig alles über Bord, was gerade in Reichweite lag – Schachfiguren, innen hohl, die er für die Reise heimlich mit Branntwein gefüllt hatte, ein Fäßchen mit dem Pulver, das die Lempis vom Planeten Chloreley trotz aller Bemühungen nicht erfunden hatten, sowie verschiedene Töpfe und Tiegel, darunter auch einen irdenen Krug mit einem Sprung in der Mitte. Dieser Krug, der in Übereinstimmung mit den Gravitationsgesetzen immer mehr an Geschwindigkeit gewann und durch den Kometenschweif noch beschleunigt wurde, schlug in die Gebirgskette der Müllhalde ein, sauste einen Schrottabhang hinunter bis zu einem Tümpel, bohrte sich durch den Schlamm und donnerte schließlich mitten in eine alte Konservendose; durch den Aufprall bog sich das Metall um einen Kupferdraht, wobei einige Glimmerbrocken in den Dosenrand gestoßen wurden, und schon war ein Kondensator entstanden, während der Draht, der sich um den Krug gewickelt hatte, den Beginn eines Solenoids formte, und ein Stein, durch den Krug in die Höhe geschleudert, setzte wiederum ein verrostetes Stück Eisen in Bewegung, das einmal ein Magnet gewesen war, und so wurde ein Strom erzeugt, und der Strom floß durch sechzehn andere Konservendosen und Enden von Kupferdraht, wodurch Sulfide und Chloride freigesetzt wurden, deren Atome sich mit anderen Atomen verbanden, und die so entstehenden Moleküle verquirlten sich mit anderen Molekülen, bis mitten im Zentrum der Müllhalde ein Logischer Stromkreis entstand, ihm folgten fünf weitere und noch einmal achtzehn, genau an der Stelle, wo der Krug schließlich in tausend Stücke zersprang. An diesem Abend erwachte etwas zum Leben am Rande der Müllhalde, nicht weit von dem Tümpel, der inzwischen ausgetrocknet war, und dieses Etwas, ein völlig spontan entstandenes Geschöpf, war Mamosch Eigensohn, der weder Vater noch Mutter hatte, sondern sein eigener Sohn war, denn sein Vater war der Zufall und seine Mutter – die Entropie. Und Mamosch erhob sich aus der Müllhalde und war sich der Tatsache gar nicht bewußt, daß seine Chance auf Entstehung nur bei eins zu hundert Supergigazentillionen, erhoben in die hexaptillionste Potenz, gelegen hatte; er ging seines Weges, bis er zum nächsten Tümpel kam, der noch nicht ausgetrocknet war, so daß er sein Spiegelbild mühelos erkennen konnte, als er sich über die Wasseroberfläche beugte. Und er erblickte seinen völlig akzidentiellen Kopf, mit Ohren wie mißratene Mohnstriezel, das linke schief, und das rechte voller Risse, und er sah seinen völlig akzidentiellen Rumpf, eine Mischung aus Blech, Eisenstücken und anderem Schrott, etwas faßbrüstig zugleich, weil seine Brust ein Faß war, wenngleich in der Mitte schmaler, wie eine Taille, denn als er die Müllhalde herunterrollte, hatte ihn genau an dieser Stelle ein Granitbrocken erwischt und das Blech rundum eingedrückt; und er betrachtete seine Glieder aus Müll und zählte sie, und wie es das Obwalten der Umstände wollte, waren da zwei Arme, zwei Beine und rein zufällig auch zwei Augen, und Mamosch Eigensohn geriet in hellstes Entzücken über sich selbst, er konnte seine schmale Taille gar nicht genug bewundern, war ausnehmend froh über die symmetrische Anordnung seiner Arme und Beine sowie über die herrliche Rundung seines Kopfes. Und daher schrie er aus voller Kehle:

»Wahrlich, ich bin schön, ja sogar vollkommen, was in aller Klarheit die Vollkommenheit Jeglicher Schöpfung impliziert!! Oh, und wie großartig muß erst der sein, der mich geschaffen hat!«

Und er humpelte vorwärts – wobei er eine lose Schraube nach der anderen verlor, denn es hatte sie ja niemand ordentlich festgezogen – und summte ein Loblied auf die Prästabilierte Harmonie vor sich hin, doch nach dem siebten Schritt stolperte er aus Unachtsamkeit und fiel der Länge nach hin, wieder zurück in den Müll, und in den nächsten dreihundertvierzehntausend Jahren geschah nichts weiter mit ihm, als daß er rostete, sich langsam zersetzte und der allgemeinen Korrosion anheimfiel, denn er war auf den Kopf gefallen und hatte dabei einen Kurzschluß erlitten, so daß er seinen elektrischen Geist aufgab. Und nach dieser Zeit geschah es, daß ein gewisser Kaufmann, der auf seinem alten Raumdampfer eine Ladung Seeanemonen für die Stomatopoden vom Planeten Winzlandia mit sich führte, mit seinem Ersten Steuermann in Streit geriet, als sie sich der lila Sonne näherten, und mit seinen Schuhen nach ihm warf, und einer dieser Schuhe durchschlug die Frontscheibe und flog in den Weltraum, wobei seine Umlaufbahn infolge der Tatsache eine Perturbation erfuhr, daß derselbe Komet, der Trurl viele Jahrhunderte zuvor geblendet hatte, jetzt wieder an eben dieser Stelle aufgetaucht war; und so taumelte der

Schuh in langsamer Drehung auf den Mond zu, wurde beim Eintritt in die Atmosphäre ein wenig versengt, prallte gegen den Abhang der Müllhalde, stürzte senkrecht zu Boden und traf den dort liegenden Mamosch Eigensohn genau mit der richtigen Vehemenz und im richtigen Aufprallwinkel, um exakt die richtigen Drehmomente, Torsionen und Zentrifugalkräfte hervorzurufen, die notwendig waren, um das akzidentielle Gehirn dieses akzidentiellen Wesens zu reaktivieren – und zwar auf folgende Weise: Mamosch Eigensohn, der ja jetzt beschuht war, fiel in den nahegelegenen Tümpel, wo sich seine Chloride und Jodide mit dem Wasser vermischten; gleichzeitig sickerte Elektrolyt in seinen Kopf, so daß dort unter dumpfem Blubbern ein Strom entstand, der solange hierhin und dahin floß, bis Mamosch plötzlich im Schlamm saß und dachte: »Allem Anschein nach bin ich!«

Das war jedoch der einzige Gedanke, den er in den folgenden sechzehn Jahrhunderten zu fassen vermochte; der Regen prasselte auf ihn nieder, der Hagel hämmerte auf ihn ein, und in der ganzen Zeit stieg und wuchs seine Entropie, doch nach weiteren eintausendfünfhundertfünfundzwanzig Jahren wurde ein über die Müllhalde dahinfliegendes Vögelein von einem Falken bedroht und erleichterte sich vor lauter Angst, aber auch, um seine Geschwindigkeit zu erhöhen und traf Mamosch dabei mitten auf die Stirn. Er erwachte, nieste und sagte:

»Wahrlich ich bin! Und daran gibt es nicht den geringsten Zweifel. Jedoch erhebt sich die Frage, wer ist das eigentlich, der da sagt, er sei. Oder mit anderen Worten, wer bin ich? Wie soll man darauf eine Antwort finden? Hm? Wenn außer mir noch etwas existierte, einfach irgendetwas, mit dem ich mich vergleichen könnte, dann wäre schon viel gewonnen, das Problem aber ist, daß es einfach nichts gibt, denn es ist ja deutlich zu sehen, daß es absolut nichts zu sehen gibt! Und daher gibt es als ein Seiendes nur mich, und ich bin alles, das ist und sein kann, denn ich kann denken, was ich will, doch bin ich somit – ein leerer Raum zum Denken und nicht mehr?«

Tatsächlich besaß er keinerlei Sinne mehr, sie waren im Laufe der Jahrhunderte langsam abgestorben und zu Staub zerbröckelt, denn die Braut des Chaos, die Entropie, ist eine grausame und unbarmherzige Herrscherin. Und so konnte Mamosch weder seinen Mutter-Tümpel, noch seinen Bruder-Schlamm, noch die ganze weite Welt sehen, hatte keinerlei Erinnerung an das, was zuvor mit ihm geschehen, und war überhaupt zu nichts anderem fähig als zum Denken. Das allein vermochte er und daher widmete er sich dieser Tätigkeit mit ganzem Herzen.

»Zunächst«, sprach er zu sich, »müßte man diese Leere ausfüllen, die ich bin, und dadurch ihre unerträgliche Monotonie beseitigen. Also sollten wir an etwas denken, denn wenn wir denken, dann existiert dieser Gedanke, und außer unseren Gedanken existiert bekanntlich nichts.« Diesen Worten konnte man entnehmen, daß er bereits etwas anmaßend wurde, denn er sprach von sich selbst in der ersten Person Pluralis.

»Doch halt«, sagte er dann, »wäre es nicht möglich, daß außer mir noch etwas existiert? Wir sollten diese Möglichkeit für einen Moment in Erwägung ziehen, wenngleich sie uns unwahrscheinlich und sogar widersinnig vorkommt. Wir wollen diese Außenwelt als den Gozmoz bezeichnen. Und wenn ein solcher Gozmoz existiert, muß ich als ein Teil von ihm existieren!«

Hier hielt er inne, grübelte ein wenig über die Sache nach, und schließlich kam ihm diese Hypothese völlig unbegründet vor. Für sie fehlten jegliche Anhaltspunkte, Grundlagen, Argumente und Prämissen, und schrecklich beschämt, daß er sich zu einer derart wilden und unsicheren Spekulation hatte hinreißen lassen, sprach er zu sich selbst:

»Von dem, was außerhalb von mir ist, wenn dort überhaupt etwas ist, weiß ich nichts. Von dem aber, was innerhalb von mir ist, weiß oder werde ich zumindest wissen, sobald ich etwas denke, denn wer, wenn nicht ich selbst, zum Donnerwetter! sollte sich in meinen Gedanken auskennen?!« Und er dachte ein zweites Mal an den Gozmoz, plazierte ihn jedoch diesmal in sein eigenes Inneres; diese Lösung erschien ihm bescheidener, angemessener und mehr im Sinne einer sachlichen Grundhaltung, um die er sich bemühte. Und er begann den Gozmoz mit allerlei erdachten

Wesen und Elementen auszufüllen. Weil es ihm noch an der rechten Routine und Geschicklichkeit fehlte, ersann er zunächst die Perlesianer, die bei jeder Gelegenheit krobelten, sowie die Pochlesier, die leidenschaftlich gern Darten klopften. Kaum erschaffen gerieten sich Perlesianer und Pochlesier wegen der Darten in die Haare und schlugen einander so heftig, daß Mamosch der Müllgeborene Kopfschmerzen bekam und von seinem Weltschöpfertum nichts anderes davontrug als eine schreckliche Migräne.

Bei seinen weiteren Schöpfungsversuchen ging er mit größerer Umsicht zu Werke, er ersann zunächst Grundstoffe wie das Edelgas Calsonium oder das spirituelle Element Denkalium, und er schuf Wesen, und sie waren fruchtbar und mehreten sich. Von Zeit zu Zeit machte er Fehler, doch nach ein bis zwei Jahrhunderten hatte er es zu beachtlichen Fähigkeiten gebracht, und sein ureigener Gozmoz nahm vor seinem geistigen Auge feste und stabile Gestalt an, und es wimmelte in ihm von verschiedenen Stämmen, Wesenheiten, Dingen, Individuen, Zivilisationen und Phänomenen, und die Existenz dort war äußerst angenehm, denn er hatte die Gesetze in diesem Gozmoz höchst liberal gestaltet, weil er keinerlei Gefallen fand an den strikten und rigiden Gesetzmäßigkeiten, diesem Kasernenhofreglement, das die Mutter Natur ihren Kindern auferlegt (wenngleich er natürlich niemals von Mutter Natur gehört hatte).

So war die Welt von Mamosch Eigensohn voll von Kapricen und Mirakeln, und die Dinge in ihr geschahen einmal auf die eine, dann wieder auf die gänzlich andere Weise, ohne daß es dafür einen bestimmten Grund gab. Wenn ein Individuum kurz vor dem Sterben stand, so gab es immer Mittel und Wege, um den endgültigen Abschied vom Gozmoz doch noch zu vermeiden, denn Mamosch hatte eine klare Entscheidung gegen irreversible Ereignisse getroffen. Und in seinen Gedanken lebten die Gondralen, die calsoniumfördernden Calamititen, wie auch die Klofundraner, Benigniten und Raffiten herrlich und in Freuden, Generation auf Generation. Doch inzwischen fielen Mamosch Eigensohn seine Müll-Arme und Abfall-Beine ab und kehrten auf die Halde zurück, von der sie gekommen waren, und rostrot färbte sich das Wasser des Tümpels um seine einstmals so herrliche Taille, und allmählich versank sein Rumpf im Schlick und Morast. Dabei hatte er gerade einige neue Konstellationen errichtet und ihnen mit liebender Fürsorge einen Platz in der ewigen Finsternis seines Bewußtseins zugewiesen, das sein Gozmoz war, und er tat sein Bestes, um alles, was er durch Denken geschaffen hatte, in genauer Erinnerung zu behalten; und obgleich sein Kopf von dieser Anstrengung schmerzte, ließ er nicht nach, denn er fühlte sich für seinen Gozmoz verantwortlich, wo er so sehr gebraucht wurde und so ernste Pflichten hatte. Inzwischen fraß sich der Rost tiefer und tiefer in seine Blechfontanelle, was er natürlich nicht wissen konnte, und eine Scherbe von Trurls Krug, von ebendemselben Krug, der ihn vor Tausenden von Jahren zum Leben erweckt hatte, kam auf einer Woge des Tümpels dahergeschwommen und näherte sich seinem unglücklichen Kopf, denn das war alles von ihm, was noch aus dem Wasser herausschaute. Und just in dem Moment als Mamosch Eigensohn die sanfte, kristallene Baucis und ihren getreuen Ondragor ersann, und als die beiden Hand in Hand inmitten der dunklen Sonnen seines Geistes umherwanderten, und alle Gozmozianer einschließlich der Perlesianer unter andächtigem Schweigen zuschauten, wie das holde Paar zärtliche Worte austauschte – da platzte sein rostzerfressener Schädel beim Aufprall der durch einen Windstoß herbeigewehten Tonscherbe, und das trübe Wasser schlug über seinen kupfernen Spulen zusammen, nahm die Energie aus den logischen Stromkreisen, und der Gozmoz des Mamosch Eigensohn erlangte die Vollkommenheit, die letzte Vollkommenheit, die mit dem Nichts kommt. Und diejenigen, die ihn ohne ihr Wissen in die Welt gesetzt hatten, erfuhren niemals von seinem Ende.«

An dieser Stelle machte die schwarze Maschine eine tiefe Verbeugung, und König Genius saß da, versunken in melancholische Meditation, und brütete so lange vor sich hin, daß sich in seinem Gefolge ein Murren erhob, man war böse auf Trurl, der sich erdreistet hatte, den Geist des Königs mit einer so traurigen Geschichte zu umwölken. Doch bald darauf lächelte der König und fragte: »Hältst du vielleicht noch etwas für uns bereit, gute Maschine?«

»Herr und Gebieter!« antwortete sie mit einer tiefen Verbeugung. »Ich will dir eine bemerkenswert tiefgründige Geschichte erzählen, von Chlorian Theoreticus alias Klapostel, einem Intellektriker und Weisen von mammonischem Format.

Es geschah einmal, daß der berühmte Konstrukteur Klapauzius, sich nichts als Ruhe wünschend nach einer Arbeit wahrhaft titanischen Ausmaßes (er hatte gerade für König Sargophil eine Maschine konstruiert Die Es Nicht Gab – doch das ist eine andere Geschichte), auf dem Planeten der Mammoniden eintraf, wo er auf der Suche nach Ruhe und Einsamkeit kreuz und quer umherwanderte. Schließlich erblickte er am Waldesrand eine armselige Hütte, von wilden Kyberberitzen gänzlich überwuchert, aus deren Schornstein Rauch aufstieg. Er wollte gerade einen weiten Bogen um diese Behausung machen, als er jedoch an der Türschwelle eine ganze Reihe leerer Tintenfässer erblickte, veranlaßte ihn dieser einzigartige Anblick, ins Innere hineinzuspähen. Dort saß an einem massiven, steinernen Schreibtisch mit ebenso massiver Fußbank ein hochbetagter Weiser, so verrußt, so stümperhaft verdrahtet und so durchgerostet, daß man es kaum mitansehen konnte. Seine Stirn war von zahllosen Beulen übersät, seine Augen drehten sich mit schrecklichem Quietschen in ihren Höhlen, und auch die nichtgeölten Glieder quietschten über alle Maßen; obendrein schien es, daß er seine elende Existenz nur Drähten, Pflastern und Klammern zu verdanken hatte – und elend genug war diese Existenz in der Tat, wie einige hier und da herumliegende Brocken von Bernstein bezeugten: Der arme Teufel verfügte offensichtlich über keine andere Energiequelle und mußte sich den lebenspendenden Strom zusammenreiben! Beim Anblick dieser Not wurde Klapauzius' Seele vom Mitleid überwältigt, und er griff bereits diskret nach seiner Geldbörse, als der Alte, der ihn aus trüben Augen anstarrte, mit schriller Stimme piepste:

»Bist du endlich gekommen?«

»Nun ... ja ...«, murmelte Klapauzius, überrascht, daß

man ihn an einem Ort erwartete, an dem zu sein er niemals beabsichtigt hatte.

»Erst jetzt? So mögest du verrotten, verfaulen und ein böses Ende nehmen, magst dir Arme, Hals und Beine brechen!« ließ sich der Alte mit entsetzlich kreischender Stimme vernehmen und steigerte sich dabei in solche Wut, daß er nach allem griff, was in Reichweite lag – und das waren überwiegend Abfälle und Gerümpel –, und den verdutzten Klapauzius damit bombardierte. Als er schließlich so erschöpft war, daß er das Bombardement aufgeben mußte, fragte ihn das Objekt seines Zorns gleichmütig nach den Ursachen für diesen wenig gastfreundlichen Empfang. Eine Zeitlang knurrte der Alte noch: »Magst du am Kurzschluß verrecken! – Mögest du der ewigen Korrosion anheimfallen!« Doch allmählich beruhigte er sich wieder und seine Stimmung besserte sich in solchem Maße, daß er mit zornig erhobenem Zeigefinger – und nur noch hin und wieder so heftig fluchend, daß die Funken flogen und die Luft nach Ozon roch – seine Geschichte mit folgenden Worten erzählte:

»So wisse denn, Fremder, daß du den Weisen der Weisen und den ersten unter allen Philosophastern vor dir siehst, welcher sich aus Berufung der Ontologie verschrieben und mit seinem Namen (dessen Glanz einmal den der Sterne überstrahlen wird) Chlorian Theoreticus Klapostel heißt. Geboren wurde ich als Sohn armer Eltern und von Kindesbeinen an fühlte ich mich unwiderstehlich zum abstrakten, den Kern der Dinge durchdringenden Denken hingezogen. Als ich sechzehn Lenze zählte, schrieb ich mein erstes Opus mit dem Titel *Das Theotron.* Darin entwickelte ich meine allgemeine Theorie der Götter a posteriori, d. h. der Götter, die erst nachträglich von entwickelten Zivilisationen ins Universum eingebaut werden mußten, denn wie jedermann weiß, war zuerst die Materie, und daher war ganz am Anfang noch niemand in der Lage zu denken. Damit ist klar, daß am Vorabend der Schöpfung die totale Gedankenlosigkeit geherrscht haben muß, was um so klarer wird, sobald man nur einen einzigen Blick auf diesen Kosmos wirft. Schau nur, wie er aussieht!« An dieser Stelle bekam der Alte vor Zorn einen Hustenanfall, stampfte mit dem Fuß auf, faßte sich dann jedoch wieder und fuhr mit seiner Erzählung fort:

»Ich habe den Nachweis geführt, daß man Götter a posteriori kreieren mußte, da es sie zuvor nicht gab; und jede Zivilisation, die sich mit der Intellektronik beschäftigt, zielt auf nichts anderes als auf die Konstruktion eines Ultimator-Omnigenerators ab, der Rektifikator des Bösen und Wegbereiter der wahren Weisheit sein soll. In diesem Werk war auch der Entwurf für das erste Theotron enthalten, mit Diagrammen und Kurven seiner Leistungsfähigkeit, gemessen in Theonen. Diese Maßeinheit der Allmacht ist ein exaktes Äquivalent für ein Wunder mit einer Reichweite von einer Milliarde Parsec. Sobald die Abhandlung erschienen war (auf meine eigene Kosten), lief ich hinaus auf die Straße, völlig sicher, daß meine Mit-Roboter mich auf ihren Schultern tragen, mit Lorbeer bekränzen und mit Gold überschütten würden, doch weit gefehlt, kein Kyberhahn hat nach mir gekräht! Mehr verwundert als enttäuscht über das Ausbleiben einer Reaktion, setzte ich mich sofort an meinen Schreibtisch und schrieb das Werk *Die Geißel der Vernunft*, es waren zwei Bände, in denen ich nachwies, daß jeder Zivilisation nur die Wahl zwischen zwei Wegen bleibt: entweder sich zu Tode zu quälen oder völlig zu verweichlichen. Und indem sie das eine oder das andere tut, frißt sie sich ihren Weg durch das ganze Universum und verwandelt die auf den Sternen verbliebenen Rohstoffe in solchen Ramsch wie Lokusbrillen, Halsketten, Zigarettenspitzen und Kopfkissen, und dieses Handeln rührt daher, daß sie – unfähig, das Universum geistig zu erfassen – das Unfaßbare in etwas Faßbares verwandeln möchte, und sie wird in diesem Bemühen nicht nachlassen, bis sie die Nebel zu Kloaken und die Planeten zu Nachtgeschirren und Bomben umgearbeitet hat, alles natürlich im Namen einer Höheren Ordnung, denn erst ein gepflastertes, kanalisiertes und katalogisiertes Universum wird aus ihrer Sicht akzeptabel. Im zweiten Band aber habe ich unter dem Titel *Advocatus Materiae* dargelegt, daß der Verstand, habsüchtig und raffgierig wie er ist, erst dann glücklich und zufrieden ist, wenn es ihm gelingt, einen kosmischen Geysir zu zähmen oder einen Schwarm von Atomen einem hehren Zweck zuzuführen, indem man aus ihnen beispielsweise eine Salbe gegen Sommersprossen herstellt. Ist das erreicht, so stürzt er sich auf das nächste natürliche Phänomen, um es wie eine ausgestopfte Trophäe seiner wertvollen Sammlung einzuverleiben. Doch auch diese beiden exzellenten Werke hat die Welt mit Schweigen übergangen; damals sagte ich mir, daß nur Geduld und Ausdauer zum Ziel führen könnten. Nachdem ich zuerst das Universum gegen den Verstand verteidigt hatte, an dem ich wirklich kein gutes Haar lassen konnte, nahm ich sodann den Verstand gegen das Universum in Schutz, dessen Unschuld darauf basiert, daß die Materie alle Arten von Scheußlichkeiten gestattet, nur weil sie geistlos ist. Sodann schrieb ich einer Inspiration des Augenblicks folgend den *Schneider des Seins,* wo ich logisch deduzierte, daß die Streitigkeiten der Philosophen eine sinnlose Sache sind, denn jeder muß seine eigene Philosophie haben, die ihm paßt wie ein maßgeschneiderter Anzug. Da man auch dieses Werk mit dumpfem Schweigen begrüßte, schuf ich sogleich das nächste; dort legte ich alle möglichen Hypothesen betreffend den Ursprung des Universums dar – erstens, es existiert überhaupt nicht; zweitens, es ist Resultat all der Fehler, begangen von einem gewissen Kreatorikus, der versuchte, die Welt zu schaffen, ohne eine blasse Ahnung davon zu haben, wie man so etwas macht; drittens, die Welt ist in Wirklichkeit die Halluzination eines Superhirns, das auf infinite, jedoch begrenzte Weise Amok läuft; viertens, es ist ein idiotischer Gedanke, materialisiert als Witz; fünftens, es ist denkende Materie, ausgestattet mit einem unerhört niedrigen IQ – und dann wartete ich, meiner Sache absolut sicher, auf vehemente Attacken, hitzige Debatten, notorische Nörgeleien, Lorbeeren, Gerichtsverfahren, Fan-Post und anonyme Drohungen. Doch wieder nichts, absolut nichts. Es war einfach nicht zu glauben. Da dachte ich mir, womöglich hätte ich nicht genug von anderen Denkern gelesen; ich besorgte mir ihre Werke und machte mich der Reihe nach mit den berühmtesten unter ihnen vertraut – und so las ich also Frenetius Perlesius, Buffon von Schneck,

Begründer der Schneck-Schule, Turbulon Kratafalk, Sphärikus von Logara, und natürlich auch Lemuel den Kahlen.

Doch in all diesen Werken entdeckte ich nichts von Bedeutung. Inzwischen verkauften sich meine Bücher, ich nahm daher an, daß jemand sie las, und wenn dem so wäre, würden die Resultate nicht auf sich warten lassen. Insbesondere hegte ich keinen Zweifel daran, daß mich der Tyrann zu sich rufen und verlangen würde, ich sollte seine Person in den Mittelpunkt meines Schaffens stellen und seinem Namen zu unsterblichen Ruhm verhelfen. Ich malte mir genau aus, wie ich ihm antworte, daß ich der Wahrheit allein diene und für sie, falls notwendig, auch mein Leben lassen würde; der Tyrann, lechzend nach Lobpreisungen, wie sie nur mein brillanter Geist zu formulieren vermochte, würde sodann versuchen, mich mit honigsüßen Schmeicheleien wankelmütig zu machen und mir sogar ganze Säcke klingender Münzen zu Füßen legen lassen, doch angesichts meiner Unbeugsamkeit würde er beeinflußt durch seine Hofsophisten sagen, da ich mich nun einmal mit dem Universum befaßte, sei es ebenso meine Pflicht, mich mit ihm zu befassen, denn letztlich verkörpere auch er einen bestimmten Teil des kosmischen Ganzen. Daraufhin würde ich ihn mit Hohn und Spott überschütten, er aber würde mich schlimmsten Torturen ausliefern. Und so stählte ich meinen Körper bereits, damit er selbst schrecklichsten Folterungen widerstehen könnte. Doch Tage und Monate vergingen, und nichts, kein Wort vom Tyrannen – vergeblich hatte ich mich aufs Martyrium vorbereitet. Lediglich ein gewisser Schreiberling namens Würgobald schrieb in einem üblen Revolverblatt, der Hofnarr Chlorian verzapfe allerlei dummes Zeug sowie haarsträubenden Unsinn, und zwar in einem Buch mit dem drolligen Titel »Das Theotron oder Pissen ist Macht«.

Ich stürzte an mein Bücherregeal – tatsächlich, kein Zweifel möglich, der Drucker hatte aus irgendeinem Grunde ein P anstelle des W in den Titel gesetzt ... Mein erster Impuls war, ihn auf der Stelle umzubringen, doch dann siegte die Vernunft. »Meine Zeit wird kommen!« sprach ich zu mir. »Es kann doch nicht sein, daß da jemand mit ewigen Wahrheiten nur so um sich wirft, so daß das reichlich gespeiste Licht der ultimativen Erkenntnis hell auflodert – und nichts! Ruhm und Ehren werden kommen, ein Thron von Elfenbein, der Titel des Ersten Philosophioten bei Hofe, die Liebe der Völker, süße Erquickung in der Stille eines schattigen Obstgartens, meine eigene, die Chlorianische Schule, mit Jüngern, die an meinen Lippen hängen, eine jubelnde Menge! Denn wahrlich, Fremdling, gerade solche Träume sind es, die jeder der Weisen hegt. Sie erzählen dir zwar, Erkenntnis sei ihre einzige Speise und die Wahrheit ihr einziger Trank, und es gelüste sie weder nach irdischen Gütern noch nach der heißen Umarmung der Thermätressen, nicht nach dem Glanz des Goldes und funkelnden Ordenssternen, nicht nach Ruhm und nicht nach Beifall. Märchen, nichts als Ammenmärchen, Euer Fremd- und Wohlgeboren! Sie alle lechzen danach, der einzige Unterschied zwischen ihnen und mir besteht darin, daß ich wenigstens die geistige Größe besitze, mich zu solchen Schwächen zu bekennen, offen und ohne Scham. Doch die Jahre vergingen, und von mir sprach niemand anders als von Chlorian dem Narren oder dem armen alten Chlori. Als der vierzigste Jahrestag meiner Geburt gekommen war, konnte ich es kaum fassen, daß ich noch immer auf das Echo der Massen warten mußte, doch es kam auch jetzt nicht. Also setzte ich mich an meinen Schreibtisch und schrieb mein Werk über die MASTEN, welche das Volk sind, das die MAximale STufe der ENtwicklung im ganzen Kosmos erreicht hat. Wie, du hast nie von ihnen gehört? Ich auch nicht, ich habe sie auch nie gesehen und erwarte nicht, daß es mir noch gelingt; ihre Existenz aber habe ich auf rein deduktiver Grundlage nachgewiesen, logisch, zwingend, theoretisch. Denn wenn das Universum – so war meine Argumentation – Zivilisationen auf unterschiedlicher Entwicklungsstufe enthält, so müssen die meisten ein durchschnittliches Niveau aufweisen, und nur einige wenige sind in der Entwicklung zurückgeblieben, während andere an der Spitze stehen. Und betrachten wir die statistische Streuung, wenn es zum Beispiel um die Körpergröße innerhalb einer bestimmten Gruppe von Personen geht, so werden die meisten mittelgroß sein, doch ein einziger ist der Größte, und analog dazu muß im Universum eine Zivilisation existieren, welche die maximale Stufe der Entwicklung erreicht hat. Ihre Bewohner, die MASTEN, wissen Dinge, von denen wir nicht einmal träumen. All das habe ich in vier Bänden zusammengefaßt, wobei ich für das Hochglanzpapier und das Portrait des Autors auf der Titelseite ein Vermögen ausgab, doch auch diese Tetralogie teilte das Schicksal ihrer Vorgänger. Vor einem Jahr, als ich das ganze Werk, Seite für Seite, noch einmal las, mußte ich weinen, so brillant war es geschrieben, so erfüllt vom Atem des Absoluten – doch nein, es läßt sich einfach nicht beschreiben! Im Alter von fünfzig Jahren hätte ich beinahe den Verstand verloren. Ich kaufte mir die Werke anderer Philosophen, die großen Reichtum und die Süße des Erfolgs genossen, denn ich war neugierig, was das für Dinge waren, über die sie schrieben. Nun, sie schrieben über den Unterschied zwischen der Vorderseite und der Kehrseite der Dinge, über die herrliche Form des Throns, auf dem der Tyrann saß, über seine süßen Armlehnen und gerechten Füße, Traktate über geschliffene Manieren, detaillierte Beschreibungen, wobei sich niemand von ihnen auch nur im mindesten selbst lobte, und doch ergab es sich irgendwie, daß sich Strunzel vor Bewunderung über Perlesius nicht zu lassen wußte, Perlesius aber dem Genie Strunzel Tribut zollte, während beide von den Logariten in den Himmel gehoben wurden. Und dann wurden die drei Brüder Filzinger auf den Gipfel des Ruhms katapultiert: Filzlieb hob Filzobald empor, Filzobald wiederum den Filzislaw, und Filzislaw tat dasselbe für Filzlieb. Als ich all diese Werke studierte, sah ich plötzlich rot, ich stürzte mich auf sie, zerknüllte die Seiten, zerriß sie und begann sie sogar zu zernagen, bis ich mir Erleichterung verschafft hatte, und meine Tränen getrocknet waren; dann setzte ich mich sogleich nieder und schrieb das Werk *Die Evolution der Vernunft als ein Zwei-Zyklen-Phänomen*. Denn wie ich in dieser Abhandlung nachwies, stehen Roboter und Bleichlinge in einer zyklischen Verbindung. Durch das Wallen und Wirbeln schleimigen Tons an salzigen Gestaden entstehen klebrige und bleiche Wesen, die daher auch Albumenser genannt werden. Im Laufe der Jahrhunderte lernen sie schließlich, wie man Metallen den Odem des Lebens einhaucht, und sie bauen sich Automaten, die ihnen als Sklaven dienen. Nach einiger Zeit jedoch verlaufen die Dinge in entgegengesetzter Richtung, und unsere Automaten, die sich von den klebrigen Albumensern befreit haben, beginnen mit Experimenten, um herauszufinden, ob Bewußtsein auch in einer gelatinösen Substanz existieren kann, was natürlich möglich ist, und zwar in albuminösen Proteinen. Doch jetzt, nach Millionen von Jahren, entdecken die synthetischen Bleichlinge erneut das Eisen, und so verläuft der Prozeß bald in die eine, bald in die andere Richtung, bis in alle Ewigkeit. Wie du siehst, habe ich auf diese Weise die uralte Frage entschieden, wer zuerst da war, der Roboter oder der Bleichling. Dieses Werk sandte ich an die Akademie, sechs Bände in Leder gebunden, die Druckkosten verschlangen den letzten Rest meines Erbes. Muß ich dir sagen, daß man auch dieses Meisterwerk mit Schweigen überging? Ich war bereits über die sechzig hinaus und ging bereits auf die siebzig zu, und alle Hoffnung auf Ruhm zu meinen Lebzeiten schwand allmählich dahin. Was konnte ich also tun? Ich begann, an die Nachwelt zu denken, an die künftigen Generationen, die mich eines Tages entdecken und sich vor meinem Namen in den Staub werfen würden. Doch welchen Nutzen, so fragte ich mich, würde ich davon haben, wenn ich nicht mehr am Leben war? Und ich sah mich in Übereinstimmung mit meiner Lehre, die in vierundvierzig Bänden mit Prolegomena, Paralipomena und Appendizes enthalten ist, zu dem Schluß genötigt, daß ich absolut keinen Nutzen davon haben würde. Ich schäumte vor Wut und setzte mich sogleich an meinen Schreibtisch, um mein »Testament für die Nachwelt« zu schreiben, und ich begann auf die künftigen Generationen zu spucken, sie zu schmähen, zu beschimpfen, zu verhöhnen und nach allen Regeln der Kunst zu verfluchen, alles natürlich auf streng wissenschaftliche Weise. Was sagst du da? Ungerecht wäre das, und meine Empörung hätte sich besser gegen meine Zeitgenossen gerichtet, die es versäumten, mein Genie anzuerkennen? Denk noch einmal nach, verehrter Fremdling! Zu der Zeit, da man mein *Testament* ehrfurchtsvoll, ja wie ein Heiligtum betrachten wird, da jeder Buchstabe den Glanz unsterblicher Größe ausstrahlen wird, werden meine Zeitgenossen längst zu Staub und Asche geworden sein, und wie sollen meine Flüche und Verwünschungen sie dann erreichen? Wäre ich so verfahren, wie du sagst, so würden die Nachkommen mein Werk in eitler Selbstzufriedenheit studieren und nur anstandshalber seufzen: »Ach, der Arme! Mit welch ergebenem Heroismus hat er seine grausame Anonymität ertragen! Wie berechtigt war sein Grimm gegen unsere Vorfahren, und wie edel war es von ihm, uns dennoch die Früchte seines Lebenswerks zu hinterlassen!« Ja, genau das würden sie sagen! Und was dann? Diese Idioten, die mich lebendig begruben, sollen sie etwa ungestraft davonkommen? Sollte das Grab ein Schild sein gegen den Pfeil der Rache? Der bloße Gedanke daran bringt mein Schmieröl zum Sieden! Sollten die Söhne meine Werke etwa in Frieden lesen und ihre Väter milde tadeln, weil sie mich so verkannten? Niemals!!! Ich will ihnen zumindest aus weiter Ferne einen Fußtritt geben, und sei es aus dem Grabe! Mögen diejenigen wissen, die meinen Namen mit güldenen Lettern schreiben und mir strahlende Denkmäler errichten werden, daß ich ihnen zum Dank dafür folgende Segenswünsche mit auf den Weg gebe: »Mögt ihr euch sämtliche Zahnräder verrenken, mögen euch die Ventile platzen und die Kabel durchschmoren, mögen eure Daten gelöscht werden, und mögt ihr selbst von Kopf bis Fuß mit Grünspan überzogen werden, wenn ihr nicht mehr tun könnt, als auf dem Friedhof der Geschichte exhumierte Leichen zu ehren!« Vielleicht wird es unter ihnen einen neuen Weisen geben, doch sie, gerade vollauf damit beschäftigt, die noch fehlenden Teile meiner Korrespondenz mit meiner Waschfrau aufzuspüren, werden keinerlei Notiz von ihm nehmen! Mögen sie wissen, sage ich, und mögen sie es ein für alle Mal wissen, daß mein von Herzen kommender Fluch und mein aufrichtiger Abscheu immer mit ihnen sind, und daß ich sie für Grabschlecker, Skelettküsser und schrottverzehrende Schakale halte, die sich nur deswegen von Aas nähren, weil niemand von ihnen lebendige Weisheit zu erkennen vermag! Mögen sie, wenn sie die Gesamtausgabe meiner Werke veröffentlichen – welche ja auch das *Testament*, meinen letzten über sie verhängten Fluch, enthalten wird –, mögen diese Nekromanten und Nekrophilister der Möglichkeit beraubt sein, sich selbst zu gratulieren, daß der unvergleichliche Weise, Chlorian Theoreticus Klapostel, der das bis in alle Ewigkeit gültige Portrait der Zukunft entwarf, einer ihrer Vorfahren war! Und wenn sie meine Denkmäler mit Sidol polieren, so soll ihnen dabei bewußt sein, daß ich ihnen das Allerschlimmste wünsche, was das Universum zu bieten hat, und daß das Ausmaß meines Hasses, den ich ihnen über die Zeiten entgegenschleudere, nur von dessen Ohnmacht übertroffen wird. Mögen sie also wissen, daß ich mich nicht zu ihnen bekenne, und daß es zwischen mir und ihnen nichts gibt außer dem aufrichtigen Ekel, den ich für sie hege!!!«

Vergeblich hatte Klapauzius während der langen Ansprache versucht, den mehr und mehr in Zorn geratenen Weisen zu beruhigen. Nach seinen letzten Worten sprang der Alte auf, drohte den kommenden Generationen mit erhobener Faust und ließ einen Schwall entsetzlicher Schimpfworte los (wo hatte er sie nur gelernt, in seinem ganz der Erkenntnis geweihten Leben?); dann stampfte er, wutschnaubend und vor Zorn blau im Gesicht, mit dem Fuß auf, schrie noch einmal laut auf und brach in einem Funkenregen zusammen, dahingerafft durch ein Übermaß an cholerischer Spannung! Klaupauzius, niedergeschlagen durch diese unerfreuliche Wendung der Dinge, setzte sich auf einen Felsblock, nahm das *Testament* und begann zu lesen, wenngleich ihm schon auf der zweiten Seite die Augen übergingen angesichts der drastischen Epitheta, mit denen die Nachwelt hier bedacht wurde. Am Ende der dritten Seite mußte er sich den Schweiß von der Stirn tupfen, denn hier erwies sich der nunmehr selige Chlorian Theoreticus in einem Ausmaß als Meister der Invektive, das wahrhaft kosmisch war. Drei Tage lang las Klapauzius dieses *documentum*, den Blick starr auf das Manuskript gerichtet, bis er schließlich vollkommen verwirrt war: Sollte er es der Welt offenbaren oder sollte er es vernichten? Und so sitzt er bis auf den heutigen Tag dort, unfähig, eine Entscheidung zu treffen ...«

»Mich dünkt«, sagte König Genius, nachdem die Maschine geendet und sich zurückgezogen hatte, »in alledem ist eine gewisse Anspielung auf das Problem der Bezahlung enthalten, das sich jetzt in der Tat stellt, denn nach einer mit Märchenerzählen verbrachten Nacht tritt bereits das Licht des neuen Tages in die Höhle. Wohlan, mein braver Konstrukteur, sag mir, womit ich dich belohnen soll!«

»Majestät bringen mich in eine gewisse Verlegenheit«, sagte Trurl. »Sobald ich etwas wünsche und bekomme, könnte es mich reuen, daß ich nicht mehr gefordert habe. Gleichzeitig möchte ich Eurer Königlichen Majestät nicht zu nahetreten, indem ich eine allzu hohe Summe nenne. Und daher möchte ich die Festsetzung meines Honorars ganz der Gnade Eurer Hoheit überlassen ...«

»So soll es sein«, sagte der König bereitwillig. »Die Geschichten waren ausgezeichnet, die Maschinen ohne Frage vollkommen, und daher sehe ich keine Alternative, als dich mit dem größten aller Schätze zu belohnen, einen Schatz, den du, da bin ich mir ganz sicher, gegen keinen anderen eintauschen möchtest. Ich schenke dir Leben und Gesundheit, denn das ist in meinen Augen das einzig angemessene Geschenk. Alles andere wäre eine Beleidigung, denn kein Gold der Welt kann Wahrheit oder Weisheit aufwiegen. Geh hin in Frieden, guter Freund, verbirg auch fernerhin die Wahrheiten, die allzu bitter sind für diese Welt, hinter der Maske von Märchen und Balladen!«

»Majestät«, sagte Trurl fassungslos, »hattet Ihr ursprünglich vor, mich meines Lebens zu berauben? Sollte meine Belohnung so ausfallen?«

»Du kannst meine Worte interpretieren, wie du magst«, antwortete der König. »Doch höre nun, wie ich die Sache sehe: Hättest du mich lediglich unterhalten, so hätte meine Freigebigkeit keine Grenzen gekannt. Doch du hast sehr viel mehr getan, und das vermag kein Reichtum im ganzen Universum aufzuwiegen. Zudem ich dir jetzt die Möglichkeit gewähre, weiterhin das zu tun, womit du deinen Ruhm begründet hast, vermag ich dir keine höhere Belohnung oder Bezahlung zu geben ...«

Altruizin oder Der wahre Bericht darüber, wie der Eremit Bonhomius das universelle Glück im Kosmos schaffen wollte, und was dabei herauskam

Eines schönen Sommertages, als Trurl gerade damit beschäftigt war, den Kyberberitzenbusch in seinem Garten zu beschneiden, erblickte er einen des Weges daherkommenden Roboter, der so elend und abgerissen aussah, daß sein Anblick Mitleid und Entsetzen zugleich einflößte. Arme und Beine dieses Unglücklichen waren notdürftig aus rostigem Ofenrohr geschustert und wurden durch ein Gewirr von Bindfäden zusammengehalten. Anstelle des Kopfes saß auf seinen Schultern ein löchriger Kochtopf, in dem sein Gehirn oder was davon übrig geblieben war dröhnend und funkensprühend zu arbeiten versuchte. Das Genick war provisorisch durch ein Stück Zaunlatte verstärkt, im weit geöffneten Bauch wurden die glühenden Elektronenröhren so durcheinandergeschüttelt, daß er seine hervorquellenden elektrischen Eingeweide mit der einen Hand zurückpressen mußte, während die andere Hand unablässig damit beschäftigt war, lose Schrauben wieder festzuziehen. Just in dem Moment, als er an der Pforte zu Trurls Behausung vorbeihumpelte, brannten ihm vier Sicherungen auf einmal durch, so daß er vor den Augen des Konstrukteurs in einer stinkenden Rauchwolke schmelzender Isolatoren zusammenbrach. Dieser griff von Mitleid gepackt sogleich nach Schraubenzieher, Zange und Isolierband und eilte dem armen Wanderer zu Hilfe, der ein ums andere Mal unter entsetzlichem Kreischen und Knirschen in Ohnmacht fiel, weil sein Getriebe völlig asynchron arbeitete. Schließlich gelang es Trurl jedoch, ihn halbwegs zu Bewußtsein zu bringen; dann führte er ihn in sein Wohnzimmer und schloß ihn an eine starke Batterie an. Als der arme Teufel dabei war, sich gierig aufzuladen, konnte Trurl seine Neugier nicht länger bezähmen und er fragte ihn, was um alles in der Welt ihn in diesen jämmerlichen Zustand versetzt habe.

»Mein barmherziger Retter«, antwortete der unbekannte Roboter mit noch immer zitternden Magnetkernen, »man nennt mich Bonhomius, und ich bin oder, besser gesagt, ich war ein Einsiedler und Anachoret, denn ich lebte siebenundsechzig Jahre in einer Höhle, wo ich meine ganze Zeit ausschließlich in frommer Meditation verbrachte. Eines Morgens jedoch kam mir in den Sinn, ob ich eigentlich recht daran tue, mein Leben in Einsamkeit zu verbringen. Vermochten denn all meine tiefschürfenden Überlegungen und Mühen des Geistes auch nur einen Niet oder Bolzen daran zu hindern, aus seiner Verankerung zu fallen? Und steht denn nicht geschrieben, daß es unsere erste Pflicht sei, unserem Nächsten zu helfen und erst an zweiter Stelle an das eigene Seelenheil zu denken? Und heißt es nicht auch . . .«

»Schon gut, schon gut«, unterbrach ihn Trurl. »Wie es an jenem Morgen um deinen Gemütszustand bestellt war, steht mir mehr oder weniger klar vor Augen. Doch sag bitte, was geschah weiter?«

»So machte ich mich denn auf in die Stadt Phutura, wo ich zufällig einen berühmten Konstrukteur, einen gewissen Klapauzius, kennenlernte.«

»Wen? Ja ist denn das die Möglichkeit?!« schrie Trurl.

»Ist irgendetwas nicht in Ordnung?«

»Nein, nein! Sprich nur weiter!«

»Das heißt, eigentlich habe ich ihn nicht gleich kennengelernt; er war ein vornehmer Herr und saß in einer vollautomatischen Prachtkarosse, mit der er sich unterhalten konnte – ganz so wie wir beide jetzt. Die Karosse belegte mich mit einem derart unziemlichen Epitheton, als ich gänzlich unvertraut mit dem städtischen Straßenverkehr mitten auf der Fahrbahn stehenblieb, daß ich ihr mit meinem Wanderstab unwillkürlich einen Scheinwerfer zertrümmerte. Nun geriet sie erst recht in Wut, aber ihr Besitzer brachte sie zur Raison und bat mich, neben ihm Platz zu nehmen. Ich erzählte ihm, wer ich bin, weshalb ich die Einsamkeit aufgegeben hatte und auch, daß ich nicht wußte, was ich als nächstes tun sollte; er aber pries mich für meine Entscheidung in den höchsten Tönen, stellte sich seinerseits vor und sprach dann lange und in aller Ausführlichkeit von seiner Arbeit und seinen Werken. Zum Schluß erzählte er mir die erschütternde Geschichte des berühmten Weisen, Gelehrten und Philosophasters, Chlorian Theoreticus Klapostel, bei dessen traurigem Ende er selbst zugegen war. Von allem, was er über die ›Gesammelten Werke‹ dieses Größten aller Roboter berichtete, faszinierte mich das Kapitel über die MASTEN am meisten. Hast du, barmherziger Retter, zufällig etwas von diesen Wesen gehört?«

»Aber ja, sie sind die einzigen Wesen im ganzen Kosmos, die bereits die MAximale STufe der ENtwicklung erreicht haben, nicht wahr?«

»Genau die meine ich, du bist in der Tat überaus gut informiert, mein edler Gönner! Als ich neben dem berühmten Klapauzius in der Karosse saß (welche die Menschenmenge, die uns nur unwillig Platz machte, unablässig mit den schrecklichsten Schimpfwörtern traktierte), kam mir plötzlich der Gedanke in den Sinn, daß diese Wesen, die so hoch entwickelt waren, wie es höher nicht mehr ging, eigentlich am besten wissen müßten, was jemand zu tun hätte, der so wie ich ganz von dem heißen Wunsch durchdrungen war, Gutes zu tun und seinen Mitrobotern zu helfen. Ich wandte mich daher sogleich an Klapauzius mit der Frage, wo die Heimat der MASTEN sei und wo ich sie finden könne. Er aber schaute mich nur mit einem seltsamen Lächeln an, schüttelte gedankenverloren den Kopf und würdigte mich keiner Antwort. Ich wagte nicht zu insistieren; später jedoch, als wir in einem Gasthof abgestiegen waren (die Karosse war inzwischen so heiser geworden, daß sie ihre Stimme gänzlich verloren hatte und Herr Klapauzius gezwungen war, die Fortsetzung der Reise auf den folgenden Morgen zu verschieben), bei einem schäumenden Krug Ionenbier zusammensaßen – was die Stimmung meines Gesprächspartners beträchtlich hob – und die Paare beobachteten, die zu den heißen Rhythmen der Hochfrequenzband einen Kyberboogie aufs Parkett legten, zog er mich ins Vertrauen und fuhr mit seiner Erzählung fort. Aber vielleicht langweilt dich meine Geschichte bereits, und ich ...«

»Nein, nein!« protestierte Trurl. »Im Gegenteil, ich bin ganz Ohr.«

»Mein lieber Bonhomius«, sprach Klapauzius zu mir, während sich die Tänzer allmählich in eine positive Hitze steigerten, »du mußt wissen, daß ich mir die Geschichte des unglücklichen Klapostel sehr zu Herzen genommen und eigentlich den Entschluß gefaßt hatte, mich unverzüglich auf den Weg zu machen, um diese perfekt entwickelten Wesen zu finden, deren Existenz er so zwingend auf rein logischer und theoretischer Basis nachgewiesen hatte. Meiner Meinung nach lag die Hauptschwierigkeit eines solchen Unterfangens jedoch in dem Umstand begründet, daß sich fast jede kosmische Rasse als die Krone der Entwicklung ansieht – durch bloßes Herumfragen würde ich folglich gar nichts erreichen. Auch die Trial-and-error-Methode erschien mir nicht eben vielversprechend, denn im Kosmos gibt es nach meinen Berechnungen annähernd vierzehn Zentrigigaheptatrillionen zum logischen Denken befähigte Zivilisationen, und angesichts solcher Zahlen kannst du dir leicht ausrechnen, daß es mit gewissen Schwierigkeiten verbunden ist, die richtige Adresse aufzuspüren. Folglich erwog ich das Problem nach allen Seiten, durchstöberte die Bibliotheken und ging methodisch sämtliche alten Wälzer durch, bis ich einen ganz wesentlichen Hinweis in den Werken eines gewissen Kadavrius Malignus fand, eines Gelehrten, der zu dem gleichen Schluß wie Klapostel gekommen war, allerdings gute dreihunderttausend Jahre früher, danach jedoch völlig in Vergessenheit geraten war. Was wieder einmal zeigt, daß es nichts Neues unter dieser oder jeder anderen Sonne gibt – Kadavrius hat sogar ein ähnlich trauriges Ende wie Chlorian genommen ... Aber das tut hier nichts zur Sache. Aus diesen längst vergilbten und brüchig gewordenen Seiten erfuhr ich jedenfalls, auf welche Weise die MASTEN zu finden seien. Malignus legte dar, man müsse die Sternformationen auf ein unmögliches astrophysikalisches Phänomen hin untersuchen, habe man ein solches entdeckt, so sei man mit Sicherheit am richtigen Ort angelangt. Ein recht obskurer Hinweis ohne Frage, aber durfte ich mir klarere erhoffen? Also machte ich mein Raumschiff startklar und begab mich auf die Reise. Was ich dann alles erlebte, will ich mit Schweigen übergehen, ich möchte nur sagen, daß ich schließlich in einer Wolke von Sternen einen Stern erblickte, der sich von allen anderen dadurch unterschied, daß er die Form eines Würfels hatte. Welch ein Schock war das für mich! Schließlich weiß doch jedes Kind, daß Sterne ohne Ausnahme kugelförmig zu sein haben und daß von ihrer Eckigkeit, geschweige denn Viereckigkeit nicht im mindesten die Rede sein kann! Ich steuerte mein Raumschiff dicht an den Stern heran und erblickte bald auch seinen Planeten, der ebenfalls die Form eines Würfels aufwies und noch dazu an allen Ecken schießschartenbewehrte Festungstürme hatte. In etwas weiterer Entfernung kreiste ein anderer Planet von ganz normalem Aussehen, wie mir schien; ich richtete das Fernrohr auf ihn und erblickte Horden von Robotern, die aus Leibeskräften aufeinander einprügelten; ein Anblick, der mich wenig Lust verspüren ließ, dort zu landen. So tastete ich mich mit dem Fernrohr wieder an den rechteckigen Planeten heran und suchte ihn nochmals äußerst gründlich ab. Welch freudige Erregung durchzuckte mich, als ich durchs Okular schaute und an einer der festungsbewehrten Ecken des Planeten eine Inschrift entdeckte, die aus sechs reich verschnörkelten Buchstaben bestand: MASTEN.

– Großer Gauß! schrie ich. – Heureka!

Aber obwohl ich ihn wieder und wieder umkreiste, bis mir ganz schwindlig wurde, konnte ich nirgendwo auf der sandigen Oberfläche des Planeten auch nur eine Spur von Leben entdecken. Erst als ich mich auf eine Entfernung von nur sechs Meilen genähert hatte, konnte ich eine Ansammlung dunkler Punkte ausmachen, die sich unter dem Superteleskop als die Bewohner dieses höchst ungewöhnlichen Himmelskörpers erwiesen. Es waren einige hundert, die da im Sand herumlagen, und zwar so absolut regungslos, daß ich einen Moment lang dachte, sie wären vielleicht alle tot. Dann aber beobachtete ich, wie der eine oder andere sich von Zeit zu Zeit genüßlich kratzte, und dieses offensichtliche Zeichen von Leben bewog mich schließlich zur Landung. In meiner Begeisterung brachte ich nicht die Geduld auf zu warten, bis sich die beim Eintritt in die Atmosphäre des Planeten glühend heiß gewordene Rakete abgekühlt hatte, sondern sprang mit einem Satz hinaus und schrie: – Entschuldigung! Ist dies die MAximale STufe der ENtwicklung?

Keine Antwort. Schlimmer noch, niemand von ihnen beachtete mich auch nur im mindesten. Verblüfft und fassungslos angesichts dieser nahezu ostentativen Gleichgültigkeit schaute ich mir die ganze Umgebung genauer an. Die Ebene erglänzte unter den Strahlen der quadratischen Sonne. Aus dem Sand ragten hier und da zerbrochene Räder, Plastikbecher, Papierfetzen und anderer Unrat hervor, wahllos verstreut dazwischen lagen die Eingeborenen in den unterschiedlichsten Posen, der eine auf dem Bauch, der andere auf dem Rücken, ein dritter wiederum streckte seine Beine kerzengerade empor, so als wollte er aus lauter Langeweile den Zenit anvisieren. Ich ging um den Nächstliegenden herum und musterte ihn. Er war weder Roboter noch Mensch, geschweige denn ein Proteinat sapiens der albuminoiden Spezies. Er hatte einen ziemlich runden und plumpen Kopf mit roten Wangen, anstelle der Augen aber zwei kleine Hirtenflöten und anstatt der Ohren zwei winzige Fäßchen, die unablässig dicke Wölkchen von Weihrauch verströmten. Er trug orchideenfarbene Hosen mit dunkelblauen Biesen, bestickt mit schmutzigen, überaus eng beschriebenen Papierfetzen. Seine Füße mündeten in zwei kleine Kufen, in den Händen hielt er eine ganz und gar aus Pfefferkuchen gebackene und mit Zuckerguß überzogene Zupfgitarre, deren Griffbrett er offensichtlich bereits verspeist hatte. Er schnarchte friedlich und gleichmäßig. Ich beugte mich über ihn, um das Geschreibsel auf seinen Hosen zu lesen, konnte aber von den vielen Zetteln nur einige entziffern, da mir die Augen vom Weihrauch tränten. Die Inschriften waren höchst seltsam, zum Beispiel Nr. 7: DIAMANT NETTOGEWICHT SIEBEN ZENTNER, Nr. 8: DRAMATISCHER KUCHEN, SCHLUCHZT, WENN ER GEGESSEN WIRD, HÄLT MORALPREDIGTEN AUS DEM HOHLEN BAUCH, SINGT UM SO HÖHER, JE NIEDRIGER ER SINKT, Nr. 10: GIOCONDRINE ZUM PICKNICKEN und andere, an die ich mich nicht mehr erinnere. Als ich verwirrt durch das Gesehene einen der Papierfetzen anfaßte, um ihn besser lesen zu können, entstand im Sand dicht neben den Beinen des schnarchenden

Eingeborenen ein kleines Loch, und ein feines Stimmchen piepste:

– Ist es schon so weit?

– Wer spricht da? schrie ich.

– Ich bin's, Giocondrine, soll ich jetzt anfangen?

– Nein, nein! Noch nicht! sagte ich hastig und ergriff die Flucht. Der nächste Eingeborene hatte einen Kopf in Form einer Glocke, drei Hörner, eine ganze Reihe Arme verschiedener Länge (die beiden kleinsten massierten unablässig seinen Bauch), lange gefiederte Ohren sowie ein Mützchen mit einem kleinen purpurroten Balkon, auf dem unsichtbare Individuen offenbar heftig miteinander stritten, denn winzige Tellerchen flogen hin und her und zersprangen auf der Balkonbrüstung in tausend Scherben. Während ich vor dem Eingeborenen stand und das diamantenbesetzte Schlummerkissen in seinem Nacken bewunderte, riß er eines seiner Hörner vom Kopf, schnupperte mißmutig daran, schleuderte es voller Abscheu zu Boden und schüttete etwas schmutzigen Sand in die Öffnung. Ganz in der Nähe lag etwas, was ich zunächst für Zwillinge, bei näherem Hinsehen jedoch für ein eng umschlungenes Liebespaar hielt. Ich war gerade dabei, mich diskret zurückzuziehen, als ich merkte, daß ich nicht zwei, sondern genau anderthalb Wesen vor mir hatte. Der Kopf war völlig normal, abgesehen von den Ohren, die sich hin und wieder selbständig machten und wie Schmetterlinge umherflatterten. Die Lider hielt er geschlossen, aber zahlreiche Muttermale auf Kinn und Wangen waren mit winzigen Augen versehen, die mich mit unverhohlener Feindseligkeit betrachteten. Dieses seltsame Wesen hatte eine breite Heldenbrust, die allerdings völlig durchlöchert war, so als habe sie jemand recht unsanft mit einem Bohrer traktiert; die Löcher waren bis zum Rand mit Himbeermarmelade gefüllt. Er hatte nur ein Bein, das aber war ungewöhnlich dick und steckte in einem Schuh aus Saffianleder mit einem Filzglöckchen; neben seinem Ellenbogen lag ein ansehnlicher Haufen von Apfel- oder Birnenschalen. Mein Erstaunen wuchs, als ich weiterging und auf einen Roboter mit menschlichem Kopf stieß, in dessen linkem Nasenloch ein vollautomatischer, munter brodelnder Miniatursamowar steckte; ein anderer suhlte sich in Pfützen von Erdbeermarmelade, und ein dritter hatte die Falltür in seinem Bauch weit geöffnet, so daß seine kristallenen Eingeweide sichtbar waren. Aufgezogene Nymphchen führten dort ein Schauspiel auf, das sich jedoch bei näherem Hinsehen als derart obszön entpuppte, daß ich rot wie eine Tomate wurde und schleunigst davonlief. In meiner Verwirrung stolperte ich und stürzte zu Boden, und als ich wieder aufstand, erblickte ich noch einen anderen Bewohner des Planeten: Nackt kratzte er sich mit einem goldenen Rückenkratzer seine Kehrseite, er tat das offensichtlich mit dem größten Vergnügen, obwohl er ohne Kopf dastand. Letzterer lag ein paar Schritte weiter, mit dem Hals in den Sand gesteckt; im weit aufgerissenen Mund war die Zungenspitze sichtbar, die sich von Zahn zu Zahn tastete, wie um sie zu zählen. Die kupferne Stirn war mit weißer Bordüre besetzt, am linken Ohrläppchen schaukelte ein goldenes Ringlein, am rechten ein kleiner Holzgriff mit einem Schildchen in Druckbuchstaben: ZIEHEN! Ohne lange nachzudenken zog ich, und aus dem Ohr des nackten Geschöpfs kam eine mit Zuckerguß überzogene Schnur hervor, an deren Ende eine Visitenkarte mit dem Aufdruck hing: NUN ZIEH SCHON WEITER! Ich zog also weiter, bis auch diese Schnur zu Ende war. Zum Vorschein kam ein winziger Papierschnipsel mit der Aufschrift: WIR SIND SCHRECKLICH NEUGIERIG, NICHT WAHR?

Ich war derart benommen und verwirrt, daß ich kaum noch wußte, wo ich war. Schließlich nahm ich meine verbliebenen Geisteskräfte zusammen und machte mich auf die Suche nach einem Bewohner dieses Planeten, der vielleicht kommunikativ genug wäre, mir wenigstens eine einzige Frage zu beantworten. Letztlich schien ich solch ein Individuum in Gestalt eines Dickbauchs gefunden zu haben, der mir den Rücken zuwandte und intensiv mit einer Sache beschäftigt war, die er zwischen den Knien hielt. Er flößte mir Vertrauen ein, denn er hatte nur einen Kopf, zwei Ohren und zwei Arme. Also fragte ich ihn höflich:

– Entschuldigen Sie bitte, aber wenn ich mich nicht irre, dann genießen die Herren dieses Planeten den Vorzug, die maximale Stufe der Entwicklung erreicht zu ha ... – Die Worte erstarben mir auf den Lippen. Mein Gegenüber war weder zusammengezuckt, noch schien er ein einziges meiner Worte gehört zu haben, so sehr war er mit seinem eigenen Gesicht beschäftigt, das sich auf unerfindliche Weise vom Rest des Kopfes gelöst hatte, auf seinen Knien lag und leise seufzte, als er ihm hingebungsvoll in der Nase bohrte. Für einen Augenblick verlor ich die Fassung, aber nur für einen Augenblick, dann gewannen Neugier und Wissensdurst die Oberhand, ich wollte endlich dahinterkommen, was auf diesem Planeten eigentlich vor sich ging. Also rannte ich von einem Eingeborenen zum anderen, sprach lautstark auf sie ein, ja schrie ihnen förmlich in die Ohren, drohte und flehte, redete ihnen gut zu und versuchte mit allen Mitteln, sie zur Kommunikation zu bewegen. Das Resultat war gleich Null. In meinem Zorn packte ich den Nasenbohrer am Arm, zuckte aber sogleich vor Entsetzen zurück, denn der Arm hatte sich aus dem Gelenk gelöst und hing jetzt schlaff in meiner Hand. Den Nasenbohrer schien das nicht im geringsten zu stören, er wühlte träge im Sand herum und zog einen anderen Arm hervor, der von den hellrot gefärbten Fingernägeln abgesehen aussah wie der alte, pustete ein, zwei Mal dagegen und befestigte ihn an seiner Schulter, wo er sogleich wieder anwuchs. Neugierig beugte ich mich über den Arm, den ich gerade herausgerissen hatte, der aber federte zurück und versetzte mir einen kräftigen Nasenstüber. Mittlerweile ging die Sonne unter, so daß am Horizont nur noch zwei ihrer Ecken sichtbar waren; es wurde kühler, die Bewohner des Planeten kratzten sich langsamer, gähnten und gingen offensichtlich daran, sich auf die Nacht einzurichten: Dieser schüttelte sein brillantenbesetztes Federbett aus, jener nahm Nase, Ohren und Beine ab und legte sie fein säuberlich in einer Reihe neben sich. Es wurde bereits dunkel, ich stolperte noch ein wenig in der Gegend herum, gab aber schließlich auf und machte mich mit einem tiefen Seufzer daran, mein Nachtlager zu bereiten. Ich grub mir eine Strandburg, machte es mir so bequem wie möglich, schaute in den nachtblauen, sternenübersäten Himmel und dachte darüber nach, was als nächstes zu tun sei.

– Fürwahr, sagte ich mir. Allen Anzeichen nach habe ich tatsächlich den Planeten entdeckt, dessen Existenz bereits Kadavrius Malignus und Chlorian Theoreticus Klapostel vorhersagten, die Heimat der Höchsten Zivilisation des Universums, bestehend aus einigen hundert Individuen – weder Menschen noch Roboter – die den ganzen Tag auf diamantenbesetzten Kissen und Decken in einer schmutzigen, abfallübersäten Wüste herumliegen und nichts anderes tun, als sich zu kratzen und in der Nase zu bohren. Nein, all dem muß ein schreckliches Geheimnis zugrundeliegen, und – bei Gauß! – ich werde keine Ruhe geben, bis ich es endlich entdeckt habe!!

Dann dachte ich:

– Es muß tatsächlich ein unheimliches Rätsel sein, das hinter all dem steckt auf diesem quadratischen Planeten mit seiner quadratischen Sonne, mit verführerischen theaterspielenden Nymphen und beleidigenden Zuckergußbotschaften, die in Ohren stecken! Ich habe stets gedacht, wenn ich als ganz gewöhnlicher Roboter schon in der Lage bin, mich mit Kultur und Wissenschaften zu beschäftigen, was muß es dann erst an Kultur und Wissenschaften bei den Höherentwickelten geben, von den Höchstentwickelten gar nicht erst zu reden! Was immer diese Wesen eigentlich treiben mögen, gepflegte Konversation scheint nicht eben zu ihren Lieblingsbeschäftigungen zu zählen, zumindest nach meiner persönlichen Erfahrung. Ich muß sie einfach zwingen, mit mir zu reden – aber wie? Ich muß etwas finden, was ihnen so richtig unter die Haut geht, ich muß ihnen dermaßen auf die Nerven fallen, daß sie schließlich zu allem bereit sind, nur um mich loszuwerden. Ganz ohne Risiko wäre die Sache natürlich nicht:

Wenn sie in Wut gerieten, könnten sie mich zweifellos ohne jede Mühe vernichten, ganz so wie man eine lästige Fliege zerquetscht. Andererseits kann ich mir kaum vorstellen, daß sie zu derart brutalen Mitteln greifen . . . wenn aber doch?? Ganz gleich, ich muß es versuchen, da mir der Wissensdurst die Seele verzehrt!

Also sprang ich in völliger Dunkelheit auf und begann aus Leibeskräften zu schreien, schlug Rad und wilde Purzelbäume, hüpfte umher, trampelte auf ihnen herum, schüttete ihnen Sand in die Augen, tanzte und sang, bis ich heiser war; dann hielt ich inne, machte ein paar Kniebeugen und Liegestütze und stürzte mich wieder mitten unter sie wie ein toller Hund. Sie wandten mir den Rücken zu und hielten ihre diamantenbesetzten Kissen und Decken schützend über sich. Plötzlich blitzte ein Gedanke in meinem umwölkten Hirn auf:

– Wahrlich, was würde wohl dein alter Freund Trurl sagen, wenn er dich in diesem Moment beobachten könnte und sehen würde, womit du deine Zeit auf einem Planeten verbringst, der die Maximale Stufe der Entwicklung im Universum erreicht hat?! Dieser Gedanke hielt mich jedoch nicht im mindesten davon ab, weiterhin aus Leibeskräften zu brüllen und zu trampeln. Ich hörte nämlich, wie sie miteinander flüsterten:

– Kollege!

– Was ist denn?

– Hörst du, was hier los ist?

– Ich bin doch nicht taub.

– Er hat mir um ein Haar den Kopf zertreten.

– Dann nimm dir einen neuen!

– Aber der Kerl läßt mich nicht schlafen.

– Was?

– Schlafen läßt er mich nicht.

– Er ist einfach zu neugierig, wisperte eine dritte Stimme.

– Er ist entsetzlich neugierig.

– Wir müssen etwas tun, damit er uns nicht länger quält.

– Aber was?

– Woher soll ich das wissen? Vielleicht seine Persönlichkeit ändern?

– Das wäre unmoralisch.

– Warum ist er nur so hartnäckig? Hörst du, wie er heult?

– Warte, jetzt habe ich eine Idee ...

Sie flüsterten etwas, während ich weiterhin heulte, stöhnte und Purzelbäume schlug, wobei ich meine Anstrengungen auf die Gegend konzentrierte, aus der das Flüstern kam. Ich machte gerade einen Handstand auf dem Bauch eines flüsternden Individuums, als mir plötzlich schwarz vor Augen wurde, aber das Dunkel, das meine Sinne umfing, dauerte kaum länger als den Bruchteil einer Sekunde; so schien es mir zumindest, als ich wieder zu mir kam. Mir taten von den ungewohnten gymnastischen Übungen noch alle Knochen weh, aber ich war längst nicht mehr auf dem quadratischen Planeten. Ich saß, unfähig, auch nur einen Arm oder ein Bein zu rühren, in meinem Raumschiff, eingezwängt in einen Berg von Gläsern mit Quittenmarmelade, Kindertrommeln und Teddybären aus Marzipan, Leierkästen mit Brillantglöckchen, Dukaten, Dublonen und goldenen Ohrenschützern, Armreifen und Juwelen, die solch einen Glanz verbreiteten, daß ich unwillkürlich die Augen schloß. Als ich unter Aufbietung aller Kräfte unter diesem Berg von Kostbarkeiten hervorgekrochen war und durch ein Bullauge den Himmel beobachtete, da erblickte ich gänzlich andere Konstellationen als vorher – von einer quadratischen Sonne keine Spur mehr! Rasch angestellte Berechnungen ergaben, daß ich sechstausend Jahre lang mit Maximalgeschwindigkeit reisen müßte, um wieder nach MASTEN zu gelangen. Sie waren mich tatsächlich losgeworden, als ich ihnen allzusehr auf die Nerven gefallen war. Und selbst wenn es mir gelingen sollte, zu ihnen zurückzukehren, so hätte ich dadurch nichts erreicht, denn für sie wäre nichts leichter, als mich erneut mit ihrer hyperspeziellen Telekinese oder ähnlichen Tricks dorthin zu expedieren, wo der Pfeffer wächst. Und da ich das eingesehen hatte, mein lieber Bonhomius, entschloß ich mich, das Problem auf gänzlich andere Weise zu attackieren.‹ Mit diesen Worten, mein edler Retter, beendete der berühmte Konstrukteur Klapauzius seine Erzählung ...«

»Mehr hat er dir nicht gesagt? Aber das ist doch unmöglich!« rief Trurl aus.

»Doch, doch, er hat noch viel mehr gesagt, mein edler Wohltäter, und gerade das war mein Unglück!« stammelte der Roboter verwirrt. »Als ich ihn fragte, was er jetzt zu tun gedenke, beugte er sich zu mir hinüber und sprach: ›Die Aufgabe erschien zunächst völlig hoffnungslos, aber dann fand ich die Lösung. Du, mein lieber Bonhomius, bist nur ein einfacher, nicht eben hochgebildeter Roboter, und daher will ich dich nicht mit Erklärungen aus dem Bereich der Arkankunst kybernetischer Kreation behelligen. Im Prinzip aber ist die Sache relativ einfach: Wir brauchen nur einen Apparat, d. h. einen Computer zu konstruieren, der in der Lage ist, ein digitales Modell von absolut allem zu konstruieren, was im Kosmos existiert. Einmal richtig programmiert wird er uns die MAximale STufe der ENtwicklung modellieren, die wir dann befragen können, um die Letzten Antworten zu erhalten!‹

›Aber wie baut man solch einen Apparat?‹ fragte ich. ›Und wie können wir sicher sein, hochgepriesener Klapauzius, daß er uns nicht nach der ersten Frage dorthin schickt, wo der Pfeffer wächst, und zwar mit Hilfe eben der Hypersupertelekinese-Methode, die anzuwenden sich die MASTEN dir gegenüber erkühnten?‹

›Das überlaß nur mir‹, sagte er. ›Für mich ist das eine Kleinigkeit! Ich werde versuchen, hinter die Großen Geheimnisse der MASTEN zu kommen, und du, mein lieber Bonhomius, wirst den rechten Weg suchen, wie du deine angeborene Abscheu vor allem Bösen am besten einsetzen kannst!‹

Ich brauche euch wohl nicht zu sagen, welche Freude mich erfüllte, als ich diese Worte hörte und mit welchem Eifer ich daran ging, Klapauzius bei der Ausführung seines Plans zu assistieren. Wie sich herausstellte, war diese digitale Apparatur nichts anderes als das berühmte Theotron, das Chlorian Theoreticus Klapostel kurz vor seinem tragischen Tod konstruiert hatte; eine Maschine, die buchstäblich das ganze Universum in ihren unzähligen Datenbanken gespeichert hatte. Klapauzius aber wollte die Bezeichnung nicht recht gefallen, er war unablässig auf der Suche nach immer ausgefalleneren Namen, um die Riesenmaschine zu taufen. Bald nannte er sie Pantokratorium, bald Ultimator-Omnigenerator, bald ONALCO (Ontologischer Allzweckcomputer). Aber Namen sind Schall und Rauch, wichtig war einzig und allein, daß die mächtige Maschine nach genau einem Jahr und sechs Tagen erbaut war. Sie hatte so gewaltige Dimensionen, daß wir sie aus Raumersparnisgründen in Ventralia, dem hohlen Mond der Tolpatschiden, unterbringen mußten; und wahrlich, eine Ameise an Bord eines Ozeanriesen hätte sich nicht verlorener vorkommen können als wir im Bauch dieses binären Behemoths, angesichts des endlosen Gewirrs von Kabeln und Magnetspulen, eschatologischer Transformatoren, hagiopneumatischer Perfektionatoren und Rektifikatoren des Bösen. Ich muß gestehen, meine Drahthaare standen mir zu Berge, der Ölfilter in meiner Kehle wurde staubtrocken, und meine Wolframzähne schlugen aufeinander, als mich Klapauzius ans zentrale Schaltpult setzte und mich allein ließ, Auge in Auge mit dieser unheimlichsten aller Maschinen. Wie Sterne am Firmament sah ich ihre Schalttafeln erglühen, überall flammten Warnzeichen auf: VORSICHT! HOCHSPANNUNGSTRANSZENDENZ! Die Zeiger der logischen und semantischen Potentiometer schlugen aus und pendelten sich bei Meßwerten mit Millionen Nullen ein, unter mir wogten bald ganze Ozeane dieser übermenschlichen und übermaschinellen Weisheit, gebannt in Parsecs von elektronischen Ganglien und Hektaren von Magnetfeldern, eine Weisheit, die derart allgegenwärtig war und mich so spürbar von allen Seiten umgab, daß ich mir in meiner schmachvollen Unwissenheit so klein und unbedeutend vorkam wie das winzigste Staubkorn. Einen Rest meines jäh zerstörten Selbstbewußtseins gewann ich erst dadurch zurück, daß ich mir meine lebenslange Liebe zum Guten und die Leidenschaft ins Gedächtnis rief, die ich für Wahrheit und Gerechtigkeit bereits hegte, als ich noch am Rockzipfel meines väterlichen Kontrukteurs hing. Nachdem ich mir auf diese Weise Mut gemacht hatte, stellte ich mit stockender Stimme meine erste Frage: ›Wer bist du?‹

Ein heißer Windstoß begleitet von einem metallischen Knacken durchzog das gläserne Gebäude, und eine scheinbar leise Stimme – ein flüsternder Donner, der mir durch Mark und Bein ging – sprach:

›Ego sum Ens Omnipotens, Omnisapiens, in Spiritu Intellectronico Navigans, luce cybernetica in saecula saeculorum litteris opera omnia cognoscens, et cetera, et cetera.‹

Das Gespräch mußte in lateinischer Sprache geführt werden, ich will es dir jedoch, so gut ich kann, in ein geläufigeres Idiom übersetzen. Als ich die Stimme der Maschine vernommen und sie sich mir vorgestellt hatte, wuchs meine Furcht ins Unermeßliche, so daß ich absolut unfähig war, die Befragung fortzusetzen. Erst als Klapauzius zurückgekehrt war, die Transzendenz reduziert und die Omnipotenz auf ein Milliardstel ihrer ursprünglichen Spannung vermindert hatte, faßte ich wieder Mut und bat den Ultimator, ob er vielleicht so freundlich wäre, auf Fragen im Zusammenhang mit der Maximalen Stufe der Entwicklung und ihrer schrecklichen Geheimnisse zu antworten. Aber Klapauzius erklärte mir, so dürfe man keinesfalls verfahren; er gab dem Ontologischen Computer den Befehl, in seinen silbernen und kristallenen Tiefen einen einzelnen Bewohner des quadratischen Planeten zu modellieren und das Modell gleichzeitig mit einer gewissen Portion Schwatzhaftigkeit auszustatten; erst nachdem dieser Befehl in Windeseile ausgeführt war, konnte die eigentliche Arbeit beginnen.

Ich muß zu meiner Schande gestehen, daß ich immer noch vor Angst schlotterte und kein Wort herausbrachte, daher übernahm Klapauzius meinen Platz im Zentralen Schaltpult und begann:

›Wer bist du?‹

›Wie oft soll ich noch auf ein und dieselbe Frage antworten?‹ fragte die Maschine gereizt.

›Mir geht es darum, ob du ein Mensch oder ein Roboter bist‹, erklärte Klapauzius.

›Und was ist deiner Meinung nach der Unterschied?‹ ließ sich die Stimme aus der Maschine vernehmen.

›Wenn du fortfährst, Fragen mit Fragen zu beantworten, dann wird unser Gespräch bis zum Jüngsten Tag dauern!‹ knurrte Klapauzius unfreundlich. ›Du weißt doch ganz genau, worauf ich hinaus will! Los, rede endlich!‹

Obwohl ich zutiefst erschrocken war, wie Klapauzius mit der Maschine umsprang, schien er den richtigen Ton getroffen zu haben, denn sie antwortete:

›Manchmal bauen Menschen Roboter, und manchmal Roboter – Menschen; ob man nun mit Metall oder Protoplasma denkt, ist letztlich gleichgültig. Ich kann beliebige Formen, Dimensionen und Gestalten annehmen, genauer gesagt, das tat ich früher einmal, denn heute gibt sich niemand von uns mehr mit solchen Kleinigkeiten ab.‹

›Ach, wirklich?‹ gab Klapauzius zurück. ›Und weshalb liegt ihr den ganzen Tag und tut gar nichts?‹

›Und was sollten wir denn tun?‹ entgegnete die Maschine. Klapauzius schoß die Zornesröte ins Gesicht, er beherrschte sich jedoch und sagte:

›Woher soll ich das wissen? Wir auf unserer niedrigeren Entwicklungsstufe tun eine Menge Dinge.‹

›Das haben wir früher auch getan.‹

›Aber jetzt nicht mehr?‹

›Nein.‹

›Weshalb?‹

Dieser Frage wich das digitale Modell zunächst aus, indem es behauptete, es habe bereits sechs Millionen derartiger Befragungen über sich ergehen lassen, die aber weder ihm noch den Fragenden auch nur den mindesten Nutzen gebracht hätten. Nachdem Klapauzius jedoch die Transzendenzspannung erhöht und den Schwatzhaftigkeitsregler etwas aufgedreht hatte, fand sich die Maschine zu einer Antwort bereit:

›Vor etwa einer Milliarde Jahren waren wir eine Zivilisation wie jede andere. Wir glaubten an die Seelenwanderung, an die Jungfräuliche Matrix, an den mystischen Feedback zwischen einem jeden Wesen und dem Großen Programmierer, und was dergleichen Dinge mehr sind. Dann aber kam die Ära der Skeptizisten, Empirizisten und Akzidentalisten, sie gelangten in nicht mehr als neun Jahrhunderten zu dem Schluß, daß es Niemanden Da Oben gibt und daß die Dinge folglich nicht aufgrund Höherer Zwecke oder Pläne geschehen, sondern einfach so passieren.‹

›Was soll das heißen, einfach so?‹ rief ich unwillkürlich aus.

›Wie du weißt, gibt es bucklige Roboter‹, erwiderte die Stimme aus der Maschine. ›Wenn du unter einem Buckel oder einer anderen Mißbildung zu leiden hast, jedoch fest daran glaubst, daß der Große Programmierer gerade deinen

Buckel braucht, um Seine Kosmischen Pläne zu verwirklichen, und daß daher die Gestalt deines Körpers noch vor der Schöpfung der Welt festgelegt war, dann kannst du dich ohne weiteres mit deinem Zustand abfinden. Wenn man dir aber sagt, daß deine Mißbildung lediglich eine Folge davon ist, daß ein paar Atome verrutscht und nicht an ihren richtigen Platz gelangt sind, was bleibt dir dann, als jede Nacht Ströme von Tränen zu vergießen?‹

›Aber so muß es doch nicht sein!‹ protestierte ich. ›Einen Buckel kann man begradigen, eine Mißbildung korrigieren, wenn nur die Wissenschaft auf dem entsprechenden Niveau steht!‹

›Ich weiß‹, sagte die Maschine mürrisch. ›Einem schlichten und unwissenden Gemüt mögen die Dinge tatsächlich so vorkommen.‹

›Du meinst demnach, sie liegen gänzlich anders?‹ fragten Klapauzius und ich wie aus einem Munde.

›Wenn eine Zivilisation erst einmal anfängt, Buckel zu begradigen‹, sagte die Maschine, ›glaubt mir, dann gibt es kein Halten mehr! Man kann nicht nur Buckel begradigen, sondern auch einen defekten Verstand zusammenflicken, man kann Sonnen quadratisch machen, Planeten mit Beinen versehen und synthetische Schicksale fabrizieren, natürlich sehr viel süßere als die echten; all das fängt ganz harmlos mit dem Funkenschlagen aus Feuersteinen an, enden aber tut es mit dem Bau von Pankratorien und Omniszientarien! Die Wüste auf unserem Planeten ist gar keine Wüste, sondern ein Supertheotron, millionenmal stärker als dieser primitive Kasten, den ihr gebaut habt. Unsere Vorfahren haben es aus dem einfachen Grunde geschaffen, weil ihnen jede andere Aufgabe schon zu leicht erschienen wäre. In ihrem Größenwahn wollten sie sogar den Sand unter ihren Füßen zur denkenden Materie machen. Natürlich ein völlig nutzloses Unterfangen, denn wenn man alles zu tun vermag, gibt es keine Steigerung mehr. Geht das in euren Kopf, meine unterentwickelten Zuhörer?‹

›Ja natürlich‹, sagte Klapauzius, während ich erneut vor Angst schlotterte. ›Aber weshalb befaßt ihr euch nicht wenigstens mit einer anregenden Tätigkeit, anstatt in diesem genialen Sand herumzuliegen und euch von Zeit zu Zeit zu kratzen?‹

›Weil die Allmacht erst dann am allmächtigsten ist, wenn sie absolut nichts tut!‹ gab die Maschine zurück. ›Den Gipfel kann man erklimmen, aber wenn man einmal oben ist, sieht man, daß alle Wege nur noch bergab führen! Wir sind doch schließlich vernünftige Leute, weshalb sollten wir den Wunsch verspüren, etwas zu tun? Schon unsere Ururväter haben unsere Sonne in einen Würfel verwandelt und unseren Planeten kastenförmig gemacht, wobei sie die höchsten Berge zu einem Monogramm zusammenfügten, das taten sie jedoch nur, um ihr Theotron zu testen. Ebenso gut könnte man die Sterne im Karomuster anordnen, die eine Hälfte ausknipsen und nur die andere Hälfte leuchten lassen oder Wesen konstruieren, die von kleineren Wesen bevölkert sind, so daß die Gedanken der Riesen in Tänzen von Millionen Zwergen zum Ausdruck kämen. Man könnte an Millionen Orten zugleich sein oder die Galaxien verschieben, so daß sie sich zu ästhetischen Bildern zusammenfügten; sag mir jedoch bitte, weshalb sollten wir uns auch nur einer dieser Aufgaben unterziehen? Was würde sich denn bessern im Universum, wenn die Sterne dreieckig wären oder Räder hätten?‹

›Aber du redest doch Unsinn!‹ schrie Klapauzius äußerst ungehalten, während ich stärker als je zitterte und bebte. ›Da ihr den Göttern gleichkommt, habt ihr die Pflicht, alles Leid, Unglück und Elend, das andere denkende und fühlende Wesen quält, auf der Stelle zu beseitigen, anfangen aber müßtet ihr bei euren Nachbarn, die sich – wie ich mit eigenen Augen gesehen habe – ständig den Schädel einschlagen! Ihr aber zieht es vor, den ganzen Tag auf der faulen Haut zu liegen, in der Nase zu bohren und euch über rechtschaffene Reisende, die auf der Suche nach Weisheit sind, mit albernen Zuckergußbotschaften lustig zu machen!‹

›Ich verstehe gar nicht, weshalb dich ausgerechnet dieser Zuckerguß so auf die Palme gebracht hat‹, sagte die Maschine. ›Aber lassen wir das. Wenn ich dich richtig verstehe, verlangst du von uns, daß wir jedermann glücklich machen. Mit diesem Problem haben wir uns vor etwa fünfzehn

Jahrtausenden gründlich befaßt. Die Felizitologie oder Programmierte Eudämonistik gliedert sich im Prinzip in zwei Richtungen, die schlagartige, revolutionäre und die stufenweise, evolutionäre. Die evolutionäre Richtung besteht im wesentlichen darin, keinen Finger zu rühren und voll und ganz darauf zu vertrauen, daß sich jede Zivilisation schon aus eigener Kraft irgendwie durchwursteln wird. Die revolutionäre Richtung arbeitet mit Zuckerbrot und Peitsche. Der Einsatz der Peitsche, d. h. die Schaffung des Glücks mit Gewalt, hat nach unseren Berechnungen zwischen hundert und achthundertmal mehr Unglück zur Folge als der Verzicht auf jegliche Intervention. Bei der Zuckerbrot-Methode sind die Resultate – so unglaublich das auch klingen mag – genau dieselben, und zwar unabhängig davon, ob man ein Supertheotron oder einen Höllischen Infernator, auch genannt Gehennerator, einsetzt. Vielleicht hast du schon einmal von der sogenannten Krabbe Nebula gehört?‹

›Aber natürlich‹, erwiderte Klapauzius, ›das sind die Reste einer Supernova, die vor langer Zeit explodiert ist.‹

›Supernova! In der Tat!‹ war das höhnische Echo aus der Maschine. ›Nein, mein treuherziger Freund, dort war ein Planet, sogar ein ziemlich zivilisierter, auf dem Blut, Schweiß und Tränen in reichlichem Maße flossen. Eines Morgens warfen wir daher achthundert Millionen Volltransistorisierte Wunscherfüller über dem Planeten ab, aber wir hatten uns noch keine Lichtwoche von ihm entfernt, als er explodierte – winzige Stücke und Splitter fliegen bis auf den heutigen Tag durchs Weltall! Ähnlich war es mit dem Planeten der Hominaten ... soll ich dir auch davon erzählen?‹

›Nein, danke!‹ brummte Klapauzius mürrisch. ›Aber ich kann einfach nicht glauben, daß es unmöglich sein soll, andere glücklich zu machen! Mit etwas Umsicht und Fingerspitzengefühl müßte ...‹

›Du glaubst mir nicht?‹ unterbrach ihn die Maschine. ›Dann kann ich dir auch nicht helfen. Wir haben es vierundsechzigtausendfünfhundertunddreizehnmal versucht. Die Haare stehen mir noch heute auf jedem meiner Köpfe zu Berge, wenn ich an die Resultate denke. Wahrlich, für das Wohl und Wehe unserer Mitkreaturen haben wir keine

Mühe gescheut. Wir bauten eine Spezialapparatur zur Telespektroskopie der Träume, wie du jedoch ohne weiteres einsehen wirst, sahen wir unsere Aufgabe nicht darin – wenn zum Beispiel auf einem Planeten ein Religionskrieg tobte, und die eine Seite nichts sehnlicher wünschte, als die andere zu massakrieren – alle Träume in Erfüllung gehen zu lassen. Es ging somit darum, das Glück zu schaffen, ohne Höhere Normen zu verletzen. Das Problem wurde zusätzlich durch den Umstand kompliziert, daß sich die meisten Zivilisationen in den tiefsten Tiefen ihres Herzens nach Dingen sehnen, zu denen sie sich öffentlich niemals bekennen würden. Folglich entstand ein neues Dilemma: Sollten wir sie bei den Zielen unterstützen, die sie mit einem Rest an Schamgefühl und Anstand verfolgten oder sollten wir ihre ureigensten, tief im Herzen verborgenen Wünsche erfüllen? Nimm zum Beispiel die Dementianer und die Amentianer. Die Dementianer verbrannten in ihrer mittelalterlichen Frömmigkeit alle auf dem Scheiterhaufen, die mit dem Teufel paktiert hatten, in erster Linie Frauen. Sie taten das zum einen, weil sie ihnen die mit dem Satan genossenen Wonnen mißgönnten, zum anderen, weil sie entdeckt hatten, daß Folterungen im Namen des Rechts ein außerordentliches Vergnügen sein konnten. Die Amentianer wiederum verehrten nichts außer ihrem eigenen Körper, den sie mit Maschinen in wollüstige Erregung brachten, und diese Beschäftigung, wenngleich in Maßen ausgeübt, stellte ihr Hauptvergnügen dar. Sie hatten Glaskästen, vollgestopft mit diversen Vergewaltigungen, Morden und Feuersbrünsten, deren Anblick ihren sinnlichen Appetit nur noch mehr anregen sollte. Wir warfen über ihrem Planeten eine Unzahl von Spezialapparaturen ab, die so konstruiert waren, daß sie alle geheimen Sehnsüchte und Begierden befriedigten, ohne irgendjemandem zu schaden; dies geschah in der Weise, daß für jedes Individuum eine gesonderte künstliche Realität geschaffen wurde. Fünf Wochen dauerte es bei den Dementianern, immerhin sechs bei den Amentianern, dann waren sie alle vor lauter Wonne zugrundegegangen; ein ekstatisches Stöhnen aus Millionen Kehlen begleitete ihren Todeskampf! Vielleicht schweben dir solche Methoden vor, minderentwickeltes Wesen?‹

›Entweder bist du ein kompletter Idiot oder ein Ungeheuer!‹ knurrte Klapauzius, während ich einer Ohnmacht nahe war. ›Wie kannst du es wagen, dich mit solchen Schandtaten ıu brüsten?‹

›Ich brüste mich nicht mit ihnen, ich beichte sie dir‹, erwiderte die Stimme gleichmütig. ›Glaub mir, wir haben wirklich alle denkbaren Methoden ausprobiert. Auf verschiedenen Planeten ließen wir einen Regen von Reichtum, ja ganze Fluten von Wohlstand und Überfluß niedergehen, das Resultat war die totale Lähmung jeglicher Initiative und Arbeitsfreude; wir gaben auch gute Ratschläge, zum Dank dafür eröffneten die Eingeborenen das Feuer auf unsere Roteller, d. h. fliegenden Untertassen. Wahrlich, es hat ganz den Anschein, als müsse man zunächst den Charakter derer ändern, die man glücklich zu machen wünscht . . .‹

›Dazu seid ihr am Ende auch noch in der Lage!‹ brummte Klapauzius mißvergnügt.

›Aber ja, gewiß doch! Nimm zum Beispiel unsere Nachbarn, die einen quasiterranen, d. h. geomorphen Planeten bewohnen. Ich meine die Anthropoden. Heute befassen sie sich in erster Linie mit transzendentalen Windbeuteleien und Metapherrenkungen, denn sie schweben in panischer Furcht vor der Ehrwürdigen Flatomatrone, die ihrer Meinung nach im Jenseits auf alle Sünder mit weit aufgerissenem, Höllenfeuer speienden Rachen lauert. Da ein junger Anthropode den Seligen Zimbellianern sowie dem Heiligen Brechbuddhian getreulich nacheifert und den Fastidianern aus Scheußlichtenstein wohlweislich aus dem Wege geht, wird er mit der Zeit fleißiger, tugendhafter und edler, als es seine achtarmigen Vorfahren waren. Zwar stehen die Anthropoden in einem ständigen Glaubenskrieg mit den Anthropannen – hervorgerufen durch die brennende Frage, ob der Zwang den Drang auslöse oder umgekehrt der Drang den Zwang – du mußt jedoch bedenken, daß bei diesen Kämpfen in aller Regel nur die Hälfte einer jeden Generation zugrundegeht. Nun verlangst du von mir, daß ich ihnen den Glauben an Transzendentale Windbeuteleien, an die Ehrwürdige Flatomatrone und all den übrigen Unsinn einfach aus dem Kopf schlage, um sie damit einer rationalen

Beglückung zugänglich zu machen. Das aber wäre gleichbedeutend mit psychischem Mord, denn die Wesen, die dabei herauskämen, wären ja keine Anthropoden oder Anthropannen mehr. Siehst du das ein?‹

›Ja schon, doch der Aberglaube muß dem Wissen weichen!‹

›Das steht außer Frage! Doch bedenke bitte, daß es auf dem Planeten derzeit fast sieben Millionen Büßer gibt, die nicht selten ihr ganzes Leben damit verbracht haben, ihre eigene Natur zu vergewaltigen, nur um ihre Nächsten vor der Schrecklichen Flatomatrone zu bewahren. Und ich soll ihnen in weniger als einer Sekunde erklären, soll sie davon überzeugen, ohne bei ihnen auch nur den Schatten eines Zweifels zurückzulassen, daß all das umsonst war, daß sie ihr ganzes Leben mit völlig nutz- und inhaltlosen Opfern vergeudet haben? Wäre das nicht grausam? Der Aberglaube muß dem Wissen weichen, das aber braucht seine Zeit. Denk an den Buckligen, über den wir gesprochen haben. Er lebt in dunkler, wohltätiger Unwissenheit, weil er glaubt, daß sein Buckel im Werk der Schöpfung eine kosmische Rolle erfüllt. Wenn du ihm erklärst, daß er lediglich das Resultat eines molekularen Unfalls ist, so wirst du ihn in Verzweiflung stürzen. Also müßtest du den Buckel sogleich begradigen . . .‹

›Ja, natürlich!‹ rief Klapauzius aus.

›Auch das haben wir gemacht. Mein Großvater hat seinerzeit dreihundert Buckel auf einmal begradigt. Und wie sehr hat er es später bereut!‹

›Weshalb?‹ fragte ich unwillkürlich.

›Weshalb? Einhundertzwölf von diesen Unglücklichen wurden sogleich in Öl gesotten, denn man sah ihre plötzliche und wundersame Heilung als sicheres Indiz dafür an, daß sie ihre Seele dem Teufel verkauft hatten; dreißig wurden, da nicht länger untauglich, sofort zum Militär eingezogen und fielen in verschiedenen Schlachten unter verschiedenen Fahnen; siebzehn soffen sich vor Freude über ihre Genesung augenblicklich zu Tode, und der Rest – mein wohlmeinender Großvater hatte ihnen als Draufgabe außerordentliche Schönheit verliehen – welkte durch übermäßige Anstrengung bei erotischen Aktivitäten rasch dahin; nachdem sie diese Vergnügungen so lange Zeit hatten entbehren müssen, stürzten sie sich jetzt in jede Art von Ausschweifungen, leider derart heftig und zügellos, daß sie innerhalb von zwei Jahren alle unter dem grünen Rasen lagen. Es gab da eine Ausnahme ... aber die ist kaum der Rede wert.‹

›Erzähl zu Ende, wenn du schon einmal angefangen hast!‹ schrie Klapauzius, offensichtlich aufs äußerste erregt.

›Also gut, wenn du unbedingt willst. Ganze zwei waren übriggeblieben. Der erste erschien bei meinem Großvater und bat ihn auf Knien, er möge ihm seinen Buckel zurückgeben. Als Krüppel hatte er nicht schlecht von Almosen gelebt, als Gesunder aber mußte er arbeiten, woran er nicht gewöhnt war. Am meisten störte ihn, daß er jedesmal mit der Stirn gegen den Türbalken stieß, wenn er irgendwo eintreten wollte ...‹

›Und der zweite?‹ fragte Klapauzius.

›Der zweite war ein Prinz, der wegen seines Gebrechens von der Thronfolge ausgeschlossen war; nach seiner plötzlichen Heilung ließ ihn seine Stiefmutter, die die Rechte ihres leiblichen Sohnes bedroht sah, vergiften.‹

›Ich verstehe ... Aber ihr könnt doch Wunder tun, nicht wahr?‹ sagte Klapauzius, Verzweiflung in der Stimme.

›Glück mit Hilfe von Wundern zu schaffen, gehört zu den riskantesten Techniken, die ich kenne‹, gab die Maschine ernst zurück. ›Und wen sollte man durch Wunder ändern? Das Individuum? Zuviel Schönheit sprengt die ehelichen Bande, zuviel Wissen macht einsam, und zuviel Reichtum führt geradewegs in den Wahnsinn. Nein, tausendmal nein! Individuen kann man nicht und Gesellschaften darf man nicht glücklich machen, denn jede Gesellschaft muß ihren eigenen Weg gehen, indem sie auf natürliche Weise Stufe um Stufe der Entwicklung durchläuft und alles Gute und Schlechte, was dabei herauskommt, ausschließlich sich selbst zu verdanken hat. Für uns auf der MAximalen STufe der ENtwicklung gibt es im Kosmos nichts mehr zu tun; und einen anderen Kosmos zu schaffen würde nach meiner Meinung nur von äußerst schlechtem Geschmack zeugen. Weshalb sollten wir das tun? Um uns selbst zu erhöhen? Ein monströser Gedanke! Vielleicht um der zu schaffenden Wesen willen? Aber es gibt sie nicht, weshalb sollten wir also etwas für nichtexistierende Kreaturen tun? Irgendetwas kann man natürlich machen, jedoch nur, solange man nicht in der Lage ist, alles zu machen. Wenn dieser Punkt erreicht ist, sollte man die Hände in den Schoß legen ... und jetzt laßt mich endlich in Ruhe!‹

›Aber wie können wir das? Weißt du denn kein Mittel, um das Leben nur ein wenig zu verbessern und dem Nächsten zu helfen? Denk doch an all die Leidenden! Hallo! Bist du noch da?‹ riefen Klapauzius und ich durcheinander.

Die Maschine gähnte und sagte:

›Hat es überhaupt einen Sinn gehabt, mit euch zu sprechen? Wäre es nicht vernünftiger gewesen, von vornherein so zu verfahren, wie man es auf unserem Planeten mit allen Eindringlingen tut? Es ist doch immer ein und dasselbe.

Aber wie ihr wollt! Hier habt ihr eine Formel, die noch nicht ausprobiert wurde, ich warne jedoch ausdrücklich vor den Folgen! Und jetzt macht damit, was ihr wollt. Ruhe und nochmals Ruhe – das ist das einzige, an dem mir jetzt gelegen ist. Laßt mich endlich allein, damit ich inmitten von Myriaden Theostaten und Deioden meditieren kann ...‹

Die Maschine verstummte, ein Licht nach dem anderen erlosch auf den Schalttafeln, und wir standen da und lasen die Karte, die sie gerade für uns gedruckt hatte. Der Text lautete in etwa so:

ALTRUIZIN. Metapsychotropes Transmitter-Präparat, wirkt auf alle sensitiven Albuminoiden. Gefühle, Emotionen und Empfindungen des Individuums werden durch ALTRUIZIN auf alle Wesen übertragen, die sich im Umkreis von maximal vierhundert Schritt befinden. Funktioniert auf telepathischer Grundlage, überträgt jedoch garantiert keine Gedanken. Wirkt nicht auf Roboter und Pflanzen. Die Empfindungen des Individuums (Sender) werden auf die Symphatici (Empfänger) übertragen. Aufgrund von Sekundärretransmission wird die Intensität der Empfindungen um so größer, je mehr Empfänger am sensitiven Rückkopplungskreis beteiligt sind. Entsprechend der Konzeption seines Erfinders wird AL-

TRUIZIN in jeder Gesellschaft die unumschränkte Herrschaft der Brüderlichkeit, Solidarität und tiefsten Sympathie sicherstellen, denn die Nachbarn eines glücklichen Einzelwesens müssen dessen Glück teilen, und je glücklicher das Individuum, um so glücklicher sind zwangsläufig auch sie, so daß es in ihrem ureigensten Interesse liegt, ihrem Nächsten aus ganzem Herzen nur das Allerbeste zu wünschen. Wenn jemand Schmerzen leidet, so werden ihm sogleich alle zur Hilfe eilen, um sich selbst vom dadurch induzierten Schmerz zu befreien. Weder Mauern, Zäune, Hecken noch andere Hindernisse können die altruisierende Wirkung aufhalten. Das Präparat ist wasserlöslich; es kann über Wasserleitungen, Flüsse, Brunnen etc. verteilt werden. Geschmack- und geruchlos; ein Millimikrogramm ist ausreichend für einhunderttausend Individuen. Für Folgen, die nicht im Sinne des Erfinders sind, kann keine Haftung übernommen werden. Für den computerisierten Repräsentanten der Max. Stu. d. Entw. – der Ultimator-Omnigenerator.

Klapauzius brummte mißmutig, Altruizin werde ausschließlich bei Menschen zur Anwendung kommen, während die armen Roboter wie eh und je all ihr vom Schicksal zugemessenes Unglück tragen müßten. Ich aber faßte mir ein Herz und wies ihn mit der Bemerkung zurecht, er habe wohl noch nie etwas von der Solidarität aller denkenden Wesen und der Notwendigkeit gehört, unseren organischen Brüdern zu helfen. Sodann kamen wir auf praktische Dinge zu sprechen, denn wir waren uns darüber einig, daß die Aktion zur Schaffung des Glücks keinen Aufschub duldete. Während Klapauzius eine Unterabteilung des ONALCO damit beauftragte, das Präparat in der benötigten Menge herzustellen, faßte ich nach eingehender Beratung mit dem berühmten Konstrukteur den Entschluß, meine Mission auf einem geomorphen, von menschenähnlichen Wesen bewohnten Planeten zu beginnen, der nur knapp vier Tagesreisen entfernt war. Als Wohltäter wollte ich anonym bleiben, daher erschien es uns am zweckmäßigsten, mich in einen Menschen zu verwandeln. Das ist bekanntlich keine leichte Aufgabe, aber der Genius des Konstrukteurs überwand auch in diesem Fall sämtliche Hindernisse, und bald stand ich reisefertig da, mit einem Koffer in jeder Hand. Der eine Koffer enthielt vierzig Kilogramm Altruizin in Form von weißem Pulver, der andere war vollgestopft mit diversen Toilettenartikeln, Schlafanzügen, Unterwäsche und wichtigen Ersatzteilen wie Reserve-Nasen, Augen, Ohren, Haaren, Wangen etc. Ich reiste in Gestalt eines wohlproportionierten jungen Mannes mit Schnurrbart und Schmalzlocke. Klapauzius hegte gewisse Zweifel, ob es ratsam sei, Altruizin gleich in großem Maßstab anzuwenden, und obwohl ich seine Vorbehalte nicht teilte, war ich einverstanden, nach meiner Ankunft auf Terrania (so hieß der geomorphe Planet) zunächst ein Probeexperiment durchzuführen. Da ich dem Augenblick entgegenfieberte, da ich mit der großen Aussat von Brüderlichkeit und Solidarität beginnen konnte, verabschiedete ich mich ebenso herzlich wie hastig von Klapauzius und machte mich unverzüglich auf den Weg.

Um den ersten Test durchzuführen, begab ich mich gleich nach meiner Ankunft zu einem kleinen Weiler, wo ich mich ins Gasthaus einquartierte, das einem mürrischen Greis gehörte. Als man mein Gepäck von der Kutsche in die Gaststube trug, gelang es mir, unbemerkt eine Handvoll des weißen Pulvers in den nahegelegenen Brunnen zu schütten. Auf dem Hof herrschte hektische Betriebsamkeit, Mägde rannten mit Bottichen voll kochendem Wasser hin und her, der Wirt trieb sie fluchend zur Eile an; dann hörte man Hufgetrappel, eine Kalesche rollte in den Hof, und heraus sprang ein alter Mann mit einem Arztköfferchen in der Hand – sein Ziel war jedoch nicht das Haus, sondern der Stall, aus dem von Zeit zu Zeit ein dumpfes Brüllen erscholl. Wie ich vom Zimmermädchen erfuhr, war ein terranisches Tier, das dem Wirt gehörte – eine sogenannte Kuh – gerade dabei, zu gebären. Diese Neuigkeit beunruhigte mich ein wenig, denn ehrlich gesagt war mir niemals in den Sinn gekommen, auch die animalische Seite des Problems zu bedenken. Jetzt aber konnte ich nichts mehr tun, also schloß ich mich ein und harrte der Dinge, die da kommen sollten. Und die ließen tatsächlich nicht lange auf sich warten. Ich hörte das Rasseln der Brunnenkette – die Mägde holten schon wieder Wasser – und nach einer Weile das Brüllen der Kuh, diesmal von einem vielstimmigen Echo begleitet. Gleich darauf stürzte der Tierarzt aus dem Stall, preßte die Hände vor den Bauch und schrie vor Schmerzen, hinter ihm rannten die Küchenmägde, zum Schluß der Wirt. Da alle an den Geburtswehen der Kuh teilhatten, flohen sie unter großem Geschrei in alle vier Himmelsrichtungen, um bald wieder zurückzukehren, da die Schmerzen in einer bestimmten Entfernung schlagartig aufhörten. Wieder und wieder setzten sie zum Sturm auf den Stall an, wurden jedoch zum Rückzug in höchstem Tempo gezwungen, überwältigt von schmerzhaften Krämpfen. Bestürzt über die unerwartete Entwicklung der Ereignisse kam ich zu der Erkenntnis, das Experiment ließe sich nur in der Stadt durchführen, wo es keine Tiere gibt. Also packte ich rasch meine Sachen und ging hinunter, um die Rechnung zu begleichen. Da aber jedermann in Haus und Hof vollauf damit beschäftigt war, das Kalb zur Welt zu bringen, konnte ich meine löbliche Absicht nicht verwirklichen. Ich steuerte auf die Kalesche zu, als ich aber erkennen mußte, daß der Kutscher mitsamt seinen Pferden hoffnungslos in den Wehen lag, entschloß ich mich, den Weg zur nahegelegenen Stadt zu Fuß zurückzulegen. Wie es das Unglück jedoch wollte, ging ich gerade über eine schmale Brücke, als mir der Koffer aus der Hand rutschte, aufsprang und seinen ganzen Inhalt in den Fluß unter mir ergoß. Völlig verwirrt stand ich da und mußte mitansehen, wie die reißende Strömung die ganzen vierzig Kilogramm Altruizin mit sich forttrug. Jetzt war nichts mehr zu machen, die Würfel waren gefallen, denn eben dieser Fluß versorgte die gesamte stromabwärts gelegene Stadt mit Trinkwasser.

Es war Abend geworden, bis ich die Stadt erreichte; die hell erleuchteten Straßen waren voller Lärm und Menschen. Ich stieg in einem kleinen Hotel ab und wartete voller Spannung auf die ersten Anzeichen der Wirkung des Präparats; zunächst waren jedoch keine zu entdecken. Müde nach dem langen Fußmarsch schlief ich bald ein, wurde jedoch gegen Mitternacht durch markerschütternde Schreie geweckt. Ich sprang mit einem Satz aus dem Bett. Mein

Zimmer war taghell, dank der lodernden Flammen, die das gegenüberliegende Gebäude verschlangen; als ich auf die Straße hinauslief, stolperte ich gleich am Hauseingang über einen Leichnam, der noch nicht erkaltet war. Nicht weit von mir hielten sechs Strolche einen gellend um Hilfe schreienden Greis fest und rissen ihm mit einer Zange einen Zahn nach dem anderen aus dem Mund, bis ein vielstimmiges Triumphgeheul kundtat, daß sie endlich den richtigen gefunden und gezogen hatten, dessen verfaulte Wurzel aufgrund der metapsychotropen Transmission die Ursache ihrer wahnsinnigen Schmerzen gewesen war. Sie ließen den alten Mann halbtot in der Gosse liegen und zogen – sichtlich erleichtert – weiter.

Es war aber nicht der Schrei dieses Unglücklichen, der mich aus meinem Schlummer gerissen hatte; der Grund lag vielmehr in einem Vorfall, der sich in der Kneipe gegenüber zugetragen hatte. Ein betrunkener Kraftprotz hatte seinem Tischnachbarn ins Gesicht geschlagen und spürte nun dessen Schmerz am eigenen Leibe; darüber geriet er so in Wut, daß er sein Gegenüber erst recht verdreschen wollte. Die übrigen Zecher indes, die ja nicht weniger in Mitleidenschaft gezogen waren, sprangen auf und stürzten sich auf die beiden Kampfhähne, und bald nahm der Teufelskreis der wechselseitigen Schmerzen und Schläge solche Dimensionen an, daß die Hälfte aller Gäste in meinem Hotel aus dem Schlaf gerissen wurde; sie bewaffneten sich hurtig mit Stöcken, Knüppeln und Besenstielen und wälzten sich bald als ein einziges wogendes Knäuel zwischen zerbrochenen Gläsern und zertrümmerten Stühlen, bis eine umgestürzte Petroleumlampe alles in Brand setzte. Unter dem Schrillen der Alarmglocken, dem Heulen der Sirenen und der Verwundeten dieses Kampfes suchte ich so schnell wie möglich das Weite. Ein paar Straßen weiter stieß ich auf eine Menschenmenge, die sich um ein weißes Häuschen umgeben von Rosensträuchern drängte. Wie ich herausfand, verbrachte ein junges Brautpaar hier seine Hochzeitsnacht. Es herrschte ein unerhörtes Gedränge, man sah Uniformen, geistliche Gewänder und sogar Schülermützen; die dem Haus am nächsten waren, steckten ihre Köpfe durch die Fenster, andere kletterten ihnen auf die Schultern und schrien: ›Na, was ist jetzt? Wozu die Trödelei?! Wie lange müssen wir noch warten?! Zur Sache, und nicht gefackelt!‹ usw. Ein alter Mann, schon zu schwach, um sich durch die Menge nach vorn zu drängeln, flehte die Umstehenden unter Tränen an, sie möchten ihn doch durchlassen, denn aus der Ferne konnte er wegen seiner nicht mehr ganz intakten grauen Zellen nichts spüren; seine demütigen Bitten wurden überhaupt nicht zur Kenntnis genommen – einige aus der Menge fielen durch ein Übermaß an Wonne sanft in Ohnmacht, andere stöhnten leise vor Vergnügen, die Unerfahrensten aber bliesen voller Behagen Blasen durch die Nasen. Die Verwandten der Jungvermählten versuchten zunächst, die Bande frecher Eindringlinge zu vertreiben, bald aber wurden sie selbst von der überschwappenden Flut sinnlicher Begierde erfaßt und schlossen sich dem unflätigen Chor an, indem sie das Brautpaar heftig anfeuerten; die treibende Kraft bei diesem traurigen Spektakel war der Urgroßvater des Bräutigams, der immer wieder versuchte, die Tür zum Schlafzimmer mit seinem Rollstuhl einzurammen. Empört und entsetzt über diesen Anblick machte ich auf dem Absatz kehrt und eilte zum Hotel zurück; unterwegs traf ich auf einige teils in heftige Kämpfe, teils in unzüchtige Umarmungen verwickelte Gruppen von Individuen; all das war jedoch nichts im Vergleich zu den Szenen, die sich im Hotel abspielten. Schon von weitem sah ich, wie die Gäste im Nachthemd aus den Fenstern sprangen, wobei sie sich nicht selten die Beine brachen, einige kletterten sogar aufs Dach, während der Besitzer, seine Frau, die Zimmermädchen und Gepäckträger drinnen hektisch hin und her rannten, von Todesangst gepackt aufschrien und sich in Schränken oder unter den Betten versteckten – all das nur, weil eine Katze im Keller gerade ein Mäuslein jagte.

Erst jetzt fing ich an zu begreifen, daß ich in meinem Eifer wohl etwas voreilig gehandelt hatte. Bei Tagesanbruch war der Altruizin-Effekt bereits so stark, daß ein Jucken in der Nase eines Individuums genügte, um in der gesamten Nachbarschaft im Umkreis einer Meile donnernde Salven kollektiven Niesens auszulösen; vor Personen, die unter schweren Neuralgien litten, flohen Verwandte, Krankenschwestern und Ärzte in panischem Entsetzen; nur ein paar blasse, vor Wonne schwer atmende Masochisten hefteten sich hin und wieder an ihre Fersen. Es gab auch viele Ungläubige und Zweifler, die ihre Nächsten nur deshalb traten und schlugen, um sich zu überzeugen, ob es denn seine Richtigkeit habe mit dieser Transmission der Gefühle, von der jedermann sprach; die Malträtierten blieben ihrerseits die Antwort nicht schuldig, und bald hallte die ganze Stadt von dumpfen Schlägen und Tritten wider. Als ich um die Frühstückszeit einigermaßen ratlos und verwirrt durch die Straßen wanderte, traf ich beim Marktplatz auf eine unübersehbare, in Tränen aufgelöste Menschenmenge, die eine alte schwarzverschleierte Frau vor sich hertrieb und mit Steinen nach ihr warf. Wie sich herausstellte, war sie die Witwe eines hochbetagten Schusters, der am Tag zuvor gestorben war und an diesem Morgen beerdigt werden sollte; die abgrundtiefe Trauer der Schustersfrau war den Nachbarn und den Nachbarn der Nachbarn derart auf die Nerven gegangen, daß sie die Arme – nachdem sie nicht imstande waren, ihr auf irgendeine Weise Trost zu spenden – kurzerhand aus der Stadt vertrieben. Dieser traurige Anblick preßte mir das Herz zusammen, und ich kehrte so rasch als möglich zum Hotel zurück, aber auch das stand schon in hellen Flammen. Die Köchin hatte sich nämlich in der heißen Suppe den Finger verbrannt, woraufhin ihr plötzlicher Schmerz einen Rittmeister, der in der obersten Etage gerade sein Gewehr reinigte, dazu veranlaßte, unwillkürlich auf den Abzug zu drücken und mit einer einzigen Salve seine Frau nebst vier Kindern zu töten. Seine Verzweiflung übertrug sich auf alle, die noch nicht wegen einer Ohnmacht oder eines Beinbruchs im Krankenhaus gelandet waren; ein besonders wohlmeinendes Individuum aber, das dem unerträglichen kollektiven Leiden ein Ende setzen wollte, übergoß in einem offensichtlichen Anflug von Wahnsinn alle Gäste, derer es habhaft werden konnte, mit Petroleum und setzte sie in Brand. Ich floh wie ein Besessener vor der Feuersbrunst und begab mich auf die verzweifelte Suche nach wenigstens einem einzigen Menschen, von dem man mit Fug hätte sagen können, er sei zumindest einigermaßen, zumindest halbwegs glücklich gemacht worden; ich traf jedoch nur auf ein paar Nachzügler der Menschenmenge, die von der Hochzeitsnacht zurückkehrte.

Man sparte nicht mit Kommentaren zu diesem Ereignis, wobei deutlich wurde, daß die Leistung der Jungvermählten weit hinter den Erwartungen dieser Schufte zurückgeblieben war. Jeder der ehemaligen Mitbräutigame hielt einen kräftigen Knüppel in der Hand, um Leidende zu vertreiben, die es wagen sollten, seinen Weg zu kreuzen. Ich glaubte, das Herz müßte mir vor Kummer und Scham zerspringen, aber immer noch suchte ich nach einem Menschen – und sei es auch nur einem einzigen –, der meine Gewissensbisse lindern könnte. Nachdem ich eine Reihe von Passanten befragt hatte, erhielt ich schließlich die Adresse eines berühmten Philosophen, eines glühenden Verfechters der Brüderlichkeit und aufgeklärten Toleranz, und ich lenkte meine Schritte zum angegebenen Ort in der sicheren Erwartung, seine Behausung von einer wogenden Menschenmenge umgeben zu finden. Aber weit gefehlt! Nur ein paar Katzen lagen schnurrend am Eingangstor und badeten in der Aura des guten Willens, die der weise Mann so reichlich verströmte – in gebührendem Abstand jedoch saßen einige gierig seibernde Hunde, die offensichtlich auf ihre Chance lauerten. Ein Krüppel rannte so schnell er konnte an mir vorbei und schrie: ›Die Kaninchenfarm wird heute eröffnet! Alle dürfen rein!‹ Ich zog es vor, keinerlei Vermutungen darüber anzustellen, inwiefern die in einer Kaninchenfarm vor sich gehenden Phänomene segensreiche Auswirkungen auf sein Gefühlsleben haben könnten.

Als ich so dastand, näherten sich mir zwei Männer. Der eine schaute mir tief in die Augen, während er ausholte und dem anderen einen krachenden Faustschlag auf die Nase versetzte. Ich starrte sie erstaunt an, ohne mir jedoch an die eigene Nase zu greifen oder vor Schmerz aufzustöhnen, da ich als Roboter den Schlag ja nicht spüren konnte; das aber war Beweis genug für meine Missetaten, denn die beiden waren von der Geheimpolizei und hatten die List nur zu dem Zweck angewandt, um mich zu entlarven. Sie legten mir

Handschellen an und brachten mich ins Gefängnis, wo ich meine ganze Schuld eingestand, nicht zuletzt im Vertrauen darauf, daß man meine guten Intentionen strafmildernd berücksichtigen würde, wenngleich inzwischen die halbe Stadt in Flammen stand. Wenn sie mich anfangs nur leicht mit Zangen zwickten, so nur um sich zu überzeugen, daß ihnen dadurch selbst keinerlei Leiden verursacht würden; nachdem sie aber festgestellt hatten, daß sie nichts, aber auch gar nichts spürten, da fielen sie gleich scharenweise über mich her, trampelten auf mir herum, rissen mir Schrauben mitsamt dem Gewinde heraus und zertrümmerten brutal Metallplatte für Metallplatte meines geschundenen Gehäuses. Ich will gar nicht sämtliche Qualen und Folterungen aufzählen, die ich für meinen aufrichtigen Wunsch erdulden mußte, sie alle glücklich zu machen; es genügt, daß man meine schäbigen Überreste schließlich in ein Kanonenrohr stopfte und weit in den Kosmos hinausschoß, der so dunkel und friedlich wie immer war. Im Flug schaute ich zurück und sah mit brechendem Blick, wie sich die Wirkung von Altruizin in zusehends größerem Maßstab entfaltete, denn die Wellen der Ströme, Flüsse und Bäche trugen das Präparat weiter und weiter. Ich sah, was mit den Vöglein des Waldes geschah, mit den Mönchen, Ziegen, Rittern, den Bauern und Bäuerinnen, den Hähnen, Jungfrauen und Matronen, und bei diesem Anblick platzten mir vor Gram und Herzeleid die letzten unbeschädigten Röhren – und in eben diesem Zustand landete ich nach langem Gleitflug nicht fern von deiner Behausung, mein edler Retter – ein für alle Mal geheilt von dem Wunsch, andere mit revolutionären Mitteln glücklich zu machen . . .«

Experimenta Felicitologica

Eines Abends in der Dämmerstunde tauchte der berühmte Konstrukteur Trurl, schweigsam und in Gedanken versunken, bei seinem Freund Klapauzius auf. Um ihn etwas aufzumuntern, wollte Klapauzius ein paar der neuesten kybernetischen Witze erzählen, Trurl winkte jedoch gleich ab und sagte:

»Gib dir keine Mühe, mich aus meiner trübseligen Stimmung zu reißen, denn in meiner Seele hat sich ein Gedanke eingenistet, der leider ebenso wahr wie deprimierend ist. Ich bin nämlich zu dem Schluß gekommen, daß wir in unserem ganzen arbeitsreichen Leben nichts wirklich Wertvolles geleistet haben.«

Während er das sagte, glitt sein mißbilligender Blick voller Verachtung über die stolze Sammlung von Orden, Auszeichnungen und Ehrendiplomen in Goldrahmen, mit der Klapauzius die Wände seines Arbeitszimmers dekoriert hatte.

»Auf welcher Basis fällst du ein derart strenges Urteil?« fragte Klapauzius, dessen fröhliche Stimmung wie weggeblasen war.

»Das will ich dir sogleich erklären. Wir haben Frieden gestiftet zwischen verfeindeten Königreichen, haben Monarchen im richtigen Gebrauch der Macht unterwiesen, haben Maschinen gebaut, die Geschichten erzählen und Maschinen, die zur Jagd dienen, haben heimtückische Tyrannen und galaktische Räuber zur Strecke gebracht, die uns hinterlistig nach dem Leben trachteten, aber mit all dem haben wir nur den eigenen Ehrgeiz befriedigt, uns selbst die eigene Größe bestätigt, für das Allgemeine Wohl hingegen haben wir so gut wie nichts getan. Unsere hochfliegenden Pläne, die das Leben der armen Teufel perfektionieren sollten, denen wir auf unseren planetarischen Wanderungen begegnet sind, wurden nicht ein einziges Mal durch den Zustand des vollkommenen Glücks gekrönt. Statt wirklich idealer Lösungen hatten wir ihnen nur Scheinlösungen, Krücken und Surrogate zu bieten, wenn wir also einen Titel

verdient haben, so sollte man uns Scharlatane der Ontologie, spitzfindige Sophisten der Tat nennen, nicht aber Liquidatoren des Übels.«

»Mir läuft es immer ganz kalt den Rücken herunter, wenn ich höre, wie jemand davon spricht, daß er das Universelle Glück programmieren möchte«, sagte Klapauzius. »Komm zur Besinnung, Trurl! Erinnere dich doch an all die Projekte, die sich das gleiche Ziel gesteckt hatten, sind sie nicht samt und sonders jämmerlich gescheitert, sind sie nicht zum Grab der edelsten Intentionen geworden? Hast du denn schon das traurige Schicksal des Eremiten Bonhomius vergessen, der mit Hilfe der Droge Altruizin den ganzen Kosmos glücklich machen wollte? Weißt du denn nicht, wo unsere Grenzen liegen? Man kann bestenfalls die Ängste, Sorgen und Nöte des Daseins ein wenig mildern, in gewissem Umfang für Gerechtigkeit sorgen, rußig gewordenen Sonnen zu hellerem Glanz verhelfen, Öl ins knirschende Getriebe der gesellschaftlichen Mechanismen gießen – das Glück jedoch läßt sich mit keiner Maschinerie der Welt produzieren! Von seiner universellen Herrschaft darf man nur im stillen träumen, zur Dämmerstunde so wie jetzt, darf seinem idealen Bild im Geiste nachjagen und die Phantasie an süßen Visionen berauschen, das ist aber auch schon alles, mein Freund, ein weiser Mann muß es dabei bewenden lassen!«

»Bewenden lassen!« schnaubte Trurl empört. »Es mag wohl sein«, fügte er nach einer Weile des Nachdenkens hinzu, »daß es eine unlösbare Aufgabe ist, jene glücklich zu machen, die schon seit ewigen Zeiten existieren, und deren Leben in vorgezeichneten, geradezu trivialen Bahnen verläuft. Es wäre jedoch möglich, völlig neue Wesen zu konstruieren und sie so zu programmieren, daß sie nur eine einzige Funktion hätten, nämlich glücklich zu sein. Stell dir vor, welch prachtvolles Denkmal unserer meisterlichen Konstrukteurskunst (deren strahlenden Glanz die Zeit ja doch einmal in grauen Staub verwandeln wird), wenn irgendwo am Firmament ein Planet erstrahlte, zu dem die Massen überall im Universum vertrauensvoll den Blick erheben könnten, um lauthals zu verkünden: ›Fürwahr, erreichbar ist das Glück in Gestalt immerwährender Harmonie, wie der große Trurl gezeigt hat – nach besten Kräften unterstützt von seinem guten Freund Klapauzius –, seht nur, der lebendige Beweis blüht und gedeiht unmittelbar vor unseren entzückten Augen!‹«

»Du zweifelst hoffentlich nicht daran, daß auch ich schon das eine oder andere Mal über das Problem nachgedacht habe, das du aufwirfst«, bemerkte Klapauzius. »Es hat Probleme schwierigster Art im Gefolge. Wie ich sehe, hast du die Lehren aus dem Abenteuer des unglücklichen Bonhomius keinesfalls vergessen und möchtest daher Geschöpfe glücklich machen, die es überhaupt noch nicht gibt, das heißt, du willst deine Glückspilze aus dem Nichts schaffen. Du solltest dir jedoch die Frage vorlegen, ob es überhaupt möglich ist, nichtexistierende Wesen glücklich zu machen. Ich für meinen Teil habe ernste Zweifel daran. Zunächst einmal müßtest du beweisen, daß der Status der Nichtexistenz in jeder Hinsicht schlechter ist als der Status der Existenz, die ja nicht immer unbedingt angenehm ist. Denn ohne diesen Beweis könnte sich das felizitologische Experiment, von dem du anscheinend besessen bist, sehr leicht als Fehlschlag erweisen. In diesem Falle würden die Unglücklichen, von denen es im Kosmos ohnehin schon wimmelt, eine Menge neuer Leidensgenossen erhalten, die du geschaffen hast – und was dann?«

»Sicherlich, das Experiment ist riskant«, gab Trurl widerwillig zu. »Dennoch bin ich der Meinung, daß man es unternehmen sollte. Die Natur ist nur scheinbar neutral. Angeblich produziert sie all ihre Geschöpfe blindlings und aufs Geratewohl, also in gleicher Weise die Guten wie die Bösen, die Sanftmütigen wie die Grausamen. Macht man jedoch einmal richtig Inventur bei ihr, so kann man sich sehr schnell davon überzeugen, daß immer nur die Bösen und Grausamen das Feld behaupten, deren feiste Bäuche zum Grab der Guten und Sanften geworden sind. Und wenn diesen Schurken die Häßlichkeit ihres Tuns einmal bewußt wird, erfinden sie mildernde Umstände oder höhere Notwendigkeiten: So sei zum Beispiel das Böse dieser Welt nichts anderes als ein appetitanregendes Gewürz, welches den Hunger nach dem Paradies oder anderen seligmachenden Orten nur noch heftiger werden lasse. Meiner Meinung nach muß damit Schluß gemacht werden. Die Natur ist nicht etwa durch und durch böse, nur dumm wie Bohnenstroh, also geht sie den Weg des geringsten Widerstandes. Wir müssen an ihre Stelle treten und selbst lautere, lichte Wesen produzieren, weil erst ihr Erscheinen im Universum die wahre Heilung all der Gebrechen bedeuten wird, an denen unser Dasein krankt. Das wäre mehr als eine späte Rechtfertigung für die Vergangenheit, die erfüllt war von den Todesschreien der Ermordeten, Schreie, die nur wegen der riesigen kosmischen Entfernungen nicht auf anderen Planeten zu hören sind. Warum, zum Teufel, soll alles, was lebt, unentwegt leiden? Hätten die Leiden eines jeden Opfers nur soviel an kinetischer Energie erzeugt, wie sie ein fallender Regentropfen besitzt, so hätten sie – darauf hast du mein Wort und meine Berechnungen – schon vor Jahrhunderten die Welt in Stücke gerissen. Aber das Leben geht weiter, und der Staub, der über Grüften und verlassenen Palästen liegt, wahrt sein vollkommenes Schweigen, und nicht einmal du könntest mit all deinen kybernetischen Künsten die Spuren von Schmerz und Leid ausmachen, welche einmal jene gequält haben, die heute Staub sind.«

»Ganz richtig, die Toten haben keine Sorgen«, bestätigte Klapauzius. »Eine tröstliche Wahrheit, denn sie zeigt die Vergänglichkeit allen Leidens.«

»Aber die Welt bringt doch jeden Tag neue Märtyrer hervor!« sagte Trurl in steigender Erregung. »Begreifst du denn nicht, daß es nur darum geht, ob man einen Funken sozialen Verantwortungsgefühls besitzt oder nicht?«

»Du glaubst doch wohl nicht ernsthaft, daß deine glücklichen Wesen (angenommen, du schaffst es überhaupt, sie zu konstruieren) in irgendeiner Form eine Wiedergutmachung für die namenlosen Qualen von gestern sein können, geschweige denn für all das Unglück, das auch heute noch den ganzen Kosmos erfüllt? Bedeutet denn die Ruhe des heutigen Tages, daß es den Sturm von gestern nicht gegeben hat? Wird denn die Nacht durch den folgenden Tag annulliert? Merkst du denn gar nicht, welchen Unsinn du daherredest?«

»Also hältst du es für das beste, die Hände in den Schoß zu legen?«

»Das habe ich nicht gesagt. Du kannst die gegenwärtig existierenden Wesen verbessern, zumindest kannst du den Versuch mit all seinen bekannten Risiken unternehmen, für die Opfer der Vergangenheit jedoch kannst du absolut nichts tun. Oder bist du etwa anderer Meinung? Und wenn du den ganzen Kosmos bis zum Bersten mit Glück erfüllst, meinst du, du könntest die Dinge, die dort einmal vorgefallen sind, durch diese Tat auch nur um einen Deut ändern?«

»Aber ja! Ja doch!« rief Trurl. »Du mußt es nur richtig verstehen! Wenn ich auch nichts mehr tun kann für jene, die nicht mehr sind, so kann ich doch das Ganze ändern, von dem sie ja nur ein Teil sind. Und von diesem Tage an werden alle sagen: ›Die schweren Prüfungen der Vergangenheit, die abscheulichen Zivilisationen, die entsetzlichen Kulturen waren nichts anderes als ein Präludium für das gegenwärtige Reich der Güte, Liebe und Wahrheit! Trurl, dieser luzide Geist, kam in tiefem Nachsinnen zu dem Schluß, man müsse das böse Erbe der Vergangenheit zum Bau einer lichten Zukunft verwenden. Das Unglück lehrte ihn, das Glück zu schmieden, und aus Verzweiflung schuf er eitel Freude, mit einem Wort – die Scheußlichkeit des Kosmos hat ihn dazu gebracht, ein Reich der Güte und Barmherzigkeit zu schaffen!‹ Die gegenwärtige Epoche ist nichts als eine Phase der Vorbereitung und Inspiration, und ihr wird unser Dank in segensreicher Zukunft gelten. Na, bist du endlich überzeugt?«

»Nicht weit vom Kreuz des Südens befindet sich das Reich des Königs Troglodytos«, sagte Klapauzius. »Der König hat eine seltsame Vorliebe für Landschaften, in denen statt der Bäume die Galgen dicht bei dicht stehen. Als Vorwand für seine geheime Leidenschaft dient ihm das Argument, solche Schurken, wie es seine Untertanen nun einmal seien, könne man anders nicht regieren. Auch auf mich hatte er schon ein Auge geworfen, gleich nach meiner Ankunft, als er jedoch bemerkte, daß es mir ein leichtes gewesen wäre, ihn zu Staub zu zermalmen, erschrak er fast zu Tode, denn er hielt es für die natürlichste Sache der Welt, daß ich ihn – da er zu schwach war, mit mir das gleiche zu tun – auf der Stelle vernichten würde. Wohl in der Hoffnung, mich umzustimmen, versammelte er eilends all seine Ratgeber und Weisen um sich, welche mir als Rechtfertigung der Tyrannei eine moralische Doktrin vortrugen, die eigens für Fälle dieser Art konzipiert war. Von diesen käuflichen Weisen erfuhr ich, je schlimmer die Verhältnisse in einem Lande seien, um so größer werde die Sehnsucht nach Verbesserungen und Reformen, folglich tue ein Herrscher, der seinen Untertanen das Leben zur Hölle mache, nichts weiter, als eine tiefgreifende Wende der Dinge zum Besseren zu beschleunigen. Der König war über ihre feierliche Rede hocherfreut, denn deren Quintessenz bestand ja darin, daß niemand auf der Welt so viel für das künftige Heil tue wie er, da er ja durch die entsprechenden negativen Stimuli lediglich dafür sorge, daß aus Weltverbesserungsträumen Taten würden. Folglich müßten deine glücklichen Wesen dem Troglodytos eigentlich ein Denkmal errichten, und du wärst seinesgleichen zu ewigem Dank verpflichtet, nicht wahr?«

»Eine gemeine und zynische Parabel«, knurrte Trurl, der bis ins Mark getroffen war. »Ich hoffte, du würdest dich mir anschließen, aber nun muß ich leider sehen, daß du nur das Gift des Skeptizismus verspritzen und meine edlen Pläne mit Sophismen zunichte machen möchtest. Bedenke doch, sie sind vielleicht die Rettung für das ganze Universum!«

»Ach, der Retter des ganzen Kosmos möchtest du werden, mehr nicht?« sagte Klapauzius. »Trurl, es wäre meine Pflicht, dich in Ketten zu legen und solange hinter Schloß und Riegel zu halten, bis du wieder Vernunft angenommen hast, ich befürchte aber, dein Leben könnte darüber hingehen. Daher möchte ich dir nur noch dies sagen: Konstruiere das Glück nicht Hals über Kopf! Versuche ja nicht, das Dasein im Galopp zu vervollkommnen! Selbst wenn es dir gelingen sollte, diese glücklichen Wesen zu schaffen (woran ich zweifle), so schaffst du ja damit nicht ihre Nachbarn aus der Welt, die schon seit langem existieren; und so wird es zwangsläufig zu Neid, Reibereien und Spannungen aller Art kommen, und – wer weiß – vielleicht stehst du dann eines Tages vor einem höchst unerfreulichen Dilemma: Entweder müssen sich diese Glücklichen ihren Neidern unterwerfen oder sie werden gezwungen sein, diese ganze lästige Bande widerwärtiger Krüppel bis auf den letzten Mann niederzumachen; das Ganze natürlich im Namen der universellen Harmonie.«

Trurl fuhr wutschnaubend hoch, hatte sich aber schnell wieder unter Kontrolle und ließ die bereits erhobenen Fäuste sinken, denn hätte er sie fliegen lassen, so wäre das nicht unbedingt der gelungenste Auftakt für eine Ära des Vollkommenen Glücks gewesen, die zu schaffen er sich fest geschworen hatte.

»Leb wohl!« sagte er mit eisiger Stimme. »Elender Agnostiker, ungläubiger Thomas, der du dem natürlichen Gang der Dinge sklavisch ergeben bist, nicht Worte, sondern Taten werden unseren Disput entscheiden! An den Früchten meiner Arbeit wirst du schon bald erkennen, daß ich recht hatte!«

Zu Hause angekommen befand sich Trurl in ernster Verlegenheit, denn der Epilog der Diskussion, die bei Klapauzius stattgefunden hatte, klang ganz danach, als habe er bereits einen fertig ausgearbeiteten Aktionsplan in der Tasche, was jedoch mit der Wahrheit nicht unbedingt übereinstimmte. Offen gesagt, er hatte nicht die blasseste Ahnung, womit er beginnen sollte. Zunächst holte er aus der Bibliothek ganze Berge von Büchern, in denen die Zivilisationen des Universums detailliert beschrieben waren, und verschlang sie in einem atemberaubenden Tempo. Da ihm aber diese Methode, sein Hirn mit den erforderlichen Fakten auszustatten, immer noch zu langsam erschien, schleppte er aus dem Keller achthundert Kassetten mit Quecksilber-, Blei-, Ferritkern- und Kryotronspeichern nach oben, schloß sie alle mit Hilfe von Kabeln an sein eigenes Bewußtsein an, und bereits nach wenigen Sekunden hatte er sein Ich mit vier Trillionen Bits der besten und erschöpfendsten Informationen aufgeladen, die sich auf sämtlichen Globen – einschließlich der Planeten erkalteter Sonnen, welche von besonders geduldigen Chronisten bewohnt wurden – nur eben auftreiben ließen. Die Dosis war so stark, daß es ihn von Kopf bis Fuß durchschüttelte; sein Gesicht lief blau an, die Augen traten ihm aus den Höhlen, dann wurde er von einer Kieferklemme und einem allgemeinen Krampf erfaßt und begann, am ganzen Körper zu zittern, so, als habe ihn nicht eine Überdosis an Historiographie und Geschichtsphilosophie, sondern der Blitz aus heiterem Himmel getroffen. Aber schon bald spürte er seine Kräfte zurückkehren, schüttelte sich, wischte sich den Schweiß von der Stirn, preßte die immer noch zitternden Knie gegen die Platte seines Schreibtisches und sagte:

»Das ist ja noch viel schlimmer, als ich gedacht habe!!«

Anschließend verbrachte er einige Zeit damit, Bleistifte zu spitzen und Tintenfässer aufzufüllen und legte sich ganze Stöße weißen Papiers auf seinem Schreibtisch zurecht. Aber bei diesen Vorbereitungen wollte nichts Rechtes herauskommen, darum sagte er sich mit einem Anflug von Ärger in der Stimme:

»Ich muß mich wohl auch mit den Schriften der Alten vertraut machen, einfach um meiner Arbeit einen solideren Anstrich zu geben, eine höchst lästige Aufgabe, die ich immer wieder vor mir her geschoben habe, weil ich davon überzeugt war, ein moderner Konstrukteur könne von diesen alten Knackern überhaupt nichts lernen. Aber jetzt muß es wohl sein! Na, meinetwegen! Auch die sogenannten Weisen der ältesten Zeit, die noch mit einem Fuß im Höhlenzeitalter stehen, werde ich gründlich studieren. Eine Präventivmaßnahme gegen Klapauzius' Sticheleien, der die Klassiker mit Sicherheit auch nie gelesen hat (wer auf der Welt liest sie überhaupt?), jedoch die unangenehme Gewohnheit besitzt, in aller Heimlichkeit den einen oder anderen Satz aus ihren Werken abzuschreiben, nur um mich mit Zitaten zu quälen und mir meine Ignoranz vorzuhalten.«

Gegen Mitternacht befand er sich inmitten eines wirren Haufens alter Schwarten, die er voller Ungeduld vom Schreibtisch auf den Fußboden befördert hatte, und hielt folgenden Monolog: »Ich werde wohl nicht darum herumkommen, außer den Strukturen der vernunftbegabten Wesen auch noch das ungereimte Zeug zu korrigieren, das sie als ihre Philosophie ausgeben. Also, die Wiege des Lebens stand unzweifelhaft im Ozean, der an seinen Gestaden Schlick absetzte, wie es sich gehörte. So entstand ein dünner Schlamm, in dem es zur Bildung von Tröpfchen kam, den makromolekularen Tröpfchen wuchsen Membranen auf den

Köpfchen. Die Sonne erwärmte das Ganze, der Schlamm verdickte sich, ein Blitz fuhr hinein, reicherte das Gemisch mit Aminosäuren an, und schon begann es, eine Art von Käse zu bilden, biopolymerisch und sehr esoterisch, welcher sich mit der Zeit entschloß, höher gelegene und trockenere Gefilde aufzusuchen. Es wuchsen ihm Ohren, um zu hören, daß sich eine Beute nähert, aber auch Zähne und Füße, damit er sie erjagen und fressen konnte. Wuchsen ihm aber keine oder waren sie zu kurz, so wurde er selbst gefressen. Somit ist die Evolution die Schöpferin der Intelligenz; denn was sollten ihr wohl Torheit und Weisheit oder Gut und Böse? ›Gut‹ bedeutet nichts anderes, als selbst zu fressen. ›Schlecht‹ bedeutet: gefressen werden. Für die Bewertung der Intelligenz gilt das gleiche: Der Gefressene ist nicht klug, da er ja gefressen wird, wo er doch selber fressen sollte. In der Tat, derjenige kann nicht recht behalten, den es nicht mehr gibt, wer aber einem anderen zur Nahrung gedient hat, den gibt es ganz und gar nicht mehr. Wer aber alle anderen aufgefressen hätte, müßte selbst Hungers sterben, und daher entstanden die Maximen der Enthaltsamkeit und Mäßigung. Im Laufe der Zeit erschien diesem intelligenten Käse die eigene chemische Zusammensetzung entschieden zu wäßrig, und er begann zu kalzifizieren. In der gleichen Weise haben später die neunmalklugen Hominoiden versucht, die ekelerregende, klebrige Masse, die ihr Selbst ausmachte, zu verbessern, aber alles, was sie fertigbrachten, war, sich selbst in Eisen zu reproduzieren, denn eine Kopie fällt immer leichter als eine Neuschöpfung. Bah! Hätten wir uns auf andere Weise entwickelt, vom Kalk der Knochen zu immer weicheren und subtileren Substanzen – wie anders hätte dann unsere Philosophie ausgesehen! Denn es ist offensichtlich, daß sich die Philosophie unmittelbar vom Baumaterial ihrer Schöpfer herleitet, das heißt, je schludriger ein Wesen in einem Punkt zusammengesetzt ist, um so verzweifelter wünscht es sich, gerade in diesem Punkt vollkommen zu sein. Wenn es im Wasser lebt, vermutet es das Paradies an Land, lebt es an Land, so ist das Paradies natürlich im Himmel; hat es Flügel, so sieht es in Flossen sein ganzes Ideal, hat es aber Beine – so versieht es sein eigenes Porträt mit Flügeln und ruft: ›Ein Engel!‹ Erstaunlich, daß ich dieses Prinzip nicht schon früher bemerkt habe. Wir werden diese Regel Trurls Universelles Gesetz nennen: Entsprechend den Mängeln in der eigenen Konstruktion stellt jedes Geschöpf sein Ideal der absoluten Vollkommenheit auf. Ich muß mir darüber unbedingt eine Notiz machen, dieses Gesetz wird mir sehr zustatten kommen, wenn ich mich daran machen werde, die Grundlagen der Philosophie zurechtzurücken. Jetzt aber, ans Werk! Mein erster Schritt soll ein Entwurf des Guten sein – aber was ist eigentlich das Gute? Es läßt sich bestimmt nicht dort finden, wo es niemanden gibt, der es erfahren kann. Für einen Felsen ist der über ihm rauschende Wasserfall weder gut noch schlecht, auch ein Erdbeben entzieht sich der moralischen Wertung, wenn niemand da ist, der unter ihm leidet. Also muß ich einen Jemand konstruieren. Doch halt, wie soll er überhaupt zwischen Gut und Böse unterscheiden, wenn er das Gute gar nicht kennt, und wie soll er es denn kennenlernen? Nehmen wir einmal an, ich würde beobachten, wie Klapauzius etwas Schlechtes widerfährt. Einerseits wäre ich natürlich sehr betrübt, zum anderen aber wären meine Gefühle durchaus freudiger Natur. Irgendwie ist das eine verzwickte Sache. Es könnte ja jemand im Vergleich zu seinem Nachbarn ein glückliches Leben führen, erfährt er aber nie von seinem Nachbarn, so wird ihm auch nie bewußt werden, daß er wirklich glücklich ist. Sollte ich somit gezwungen sein, zwei Arten von Geschöpfen zu konstruieren? Müssen die Glücklichen, um glücklich zu sein, ständig ihr Ebenbild vor Augen haben, das sich in Qualen windet? Zwar würde der negative Kontrast ihr Glücksgefühl nicht unerheblich steigern, aber das Ganze wäre doch einfach abscheulich. Es wird, es muß auch anders gehen, hier noch ein paar Sicherungen, da einen Transformator . . . Natürlich kann man nicht gleich mit ganzen Zivilisationen glücklicher Wesen beginnen: Am Anfang sei das Individuum!«

Trurl krempelte die Ärmel hoch, und innerhalb von drei Tagen erbaute er den Felix Contemplator Vitae, eine Maschine, die alles, was in ihr Blickfeld geriet, mit den rotglühenden Kathoden ihres Bewußtseins in sich aufnahm, und es gab nichts auf der Welt, was sie nicht in helle Freude versetzt hätte. Trurl hockte vor der Maschine und nahm sie kritisch unter die Lupe. Der auf drei Metallbeinen ruhende Kontemplator musterte die Umgebung neugierig durch seine Teleskopaugen, und ob sein Blick auf den Gartenzaun, einen Felsblock oder einen alten Schuh fiel, war völlig gleichgültig, er geriet jedesmal in maßloses Entzücken und stöhnte vor Wonne. Als noch dazu die Sonne unterging, und das Abendrot den Himmel rosig färbte, geriet er in Ekstase und klatschte vor Begeisterung in die Hände.

»Klapauzius wird natürlich sagen, daß Stöhnen und Händeklatschen allein noch gar nichts besagen«, dachte Trurl mit wachsendem Unbehagen. »Er wird Beweise verlangen . . .«

Also installierte er im Bauch des Kontemplators ein Meßgerät von imponierender Größe, versah es mit einem vergoldeten Zeiger und eichte die Skala auf Glückseinheiten, die er »Hedonen« oder kurz »Heds« nannte. Ein Hed entsprach in quantitativer Hinsicht exakt dem Glücksgefühl, das jemand empfindet, dem endlich ein Nagel aus seinem Stiefel entfernt worden ist, nachdem er zuvor vier Meilen damit zurückgelegt hat. Er multiplizierte den Weg mit der Zeit, dividierte durch die Länge des vorstehenden Nagels, setzte den Koeffizienten des geschundenen Fußes vor die Klammer, und so gelang es ihm, das Glück in Zentimetern, Gramm und Sekunden auszudrücken. Trurl registrierte, daß sich seine Stimmung merklich hob. Während er sich über die Maschine beugte und sich an ihren Eingeweiden zu schaffen machte, richtete der Kontemplator seinen starren Blick auf Trurls mehrfach geflickten, ölverschmierten Arbeitskittel und registrierte je nach Neigungswinkel und Lichteinfall zwischen 11,8 und 18,9 Heds pro Ölfleck, Flicken und Sekunde. Damit waren auch die letzten Zweifel des Konstrukteurs wie weggeblasen. Unverzüglich stellte er weitere Berechnungen an: Ein Kilohed entsprach präzise den Gefühlen, welche die Greise bewegten, als sie Susanna im Bade heimlich beobachteten, ein Megahed – der Freude eines Mannes, den man in letzter Sekunde vor dem Galgen gerettet hatte. Als er sah, wie mühelos sich alles ausrechnen ließ, schickte er einen Roboter, dessen Qualifikation nur für niedrigste Laborarbeiten ausreichte, auf einen Botengang zu Klapauzius.

Zum eintreffenden Klapauzius sagte er nicht ohne Stolz: »Sieh dir's nur an, hier kannst du etwas lernen!«

Als Klapauzius die Maschine gründlich von allen Seiten in Augenschein nahm, richtete sie die Mehrzahl ihrer Teleobjektive auf ihn, stöhnte ein paar Mal vor Wonne und klatschte in die Hände. Klapauzius war über dieses Verhalten aufs äußerste erstaunt, ließ sich jedoch nichts anmerken und fragte leichthin:

»Was ist das?«

»Ein glückliches Wesen«, sagte Trurl, »genauer gesagt, ein Felix Contemplator Vitae, kurz Kontemplator genannt.«

»Ach, und was tut so ein Kontemplator?«

Der ironische Unterton dieser Frage blieb Trurl nicht verborgen, er beschloß jedoch, ihn zu überhören.

»Es ist ein aktiver Kontemplator«, erklärte Trurl, »er beschränkt sich nicht allein auf die unablässige Beobachtung und Registrierung sämtlicher Vorgänge, sondern er tut dies mit einem Höchstmaß an Intensität, Konzentration und innerer Anteilnahme, denn jedes beobachtete Objekt versetzt ihn in schier unaussprechliches Entzücken. Dieses Entzücken, das seine Elektroden und Stromkreise erfüllt, ruft den Zustand höchster Euphorie hervor, dessen äußere Zeichen in Gestalt von Stöhnen und Händeklatschen sogar dann auftreten, wenn er seinen Blick auf deine ansonsten ja eher banale Physiognomie richtet.«

»Du willst sagen, diese Maschine zieht aus der Beobachtung aller Dinge aktiven Lustgewinn?«

»Genauso ist es!« sagte Trurl, allerdings mit sehr gedämpfter Stimme, denn aus irgendeinem Grunde fühlte er sich nicht mehr so selbstsicher wie noch vor wenigen Augenblicken.

»Und dies soll dann wohl ein Felizitometer sein, an dem der jeweilige Grad des existentiellen Wohlbehagens abzulesen ist?«

Klapauzius deutete auf die Meßskala mit dem vergoldeten Zeiger.

»Ja, weißt du, dieser Zeiger . . .«

Klapauzius machte sich daran, den Kontemplator anhand verschiedenartigster Objekte gründlich zu testen, wobei er den Zeigerausschlag auf der Meßskala gewissenhaft im Auge behielt. Trurl war sehr erleichtert und hielt ihm sogleich eine einführende Vorlesung zur Theorie der Hedonen, das heißt zur theoretischen Felizitometrie. Ein Wort gab das andere, Frage und Gegenfrage lösten einander ab, bis Klapauzius Trurls Redefluß plötzlich stoppte:

»Es wäre doch interessant festzustellen, wieviel Einheiten wohl bei folgender Situation herauskämen: Ein Mann ist dreihundert Stunden lang geschlagen worden, plötzlich gelingt es ihm, den Spieß umzudrehen, und er schlägt seinem Peiniger den Schädel ein.«

»Überhaupt kein Problem!« sagte Trurl und war schon fieberhaft mit den entsprechenden Berechnungen beschäftigt, als in seinem Rücken das schallende Gelächter seines Freundes ertönte. Völlig verwirrt fuhr er herum, und Klapauzius sagte immer noch lachend:

»Oberstes Prinzip deiner Erfindung sollte doch das Gute sein, wenn ich mich recht erinnere, nicht wahr? Wirklich, alle Achtung, der Prototyp ist dir gelungen! Mach nur so weiter, und du wirst es weit bringen! Fürs erste darf ich mich wohl verabschieden.«

Er schloß die Tür hinter sich und ließ einen völlig gebrochenen Trurl zurück.

»Und darauf bin ich hereingefallen! In den Boden versinken könnte ich!« ächzte der Konstrukteur. Sein Seufzen und Wehklagen vermischte sich mit dem ekstatischen Stöhnen des Kontemplators, was ihn so in Rage brachte, daß er die Maschine unverzüglich unter einem Haufen alten Gerümpels in der Abstellkammer verschwinden ließ und die Tür hinter sich sorgsam verriegelte.

Dann setzte er sich an seinen leeren Schreibtisch und sagte: »Ich habe die Kategorien des ästhetisch Schönen und des moralisch Guten einfach gleichgesetzt – und mich damit zum Narren gemacht. Den Kontemplator kann man wohl beim besten Willen nicht als vernunftbegabtes Wesen bezeichnen. Und was folgt daraus? Man muß ganz anders an die Sache herangehen, das Konzept muß bis ins letzte Atom geändert werden. Glück – ja natürlich, Daseinsfreude – selbstverständlich, aber nicht auf Kosten anderer! Nicht vom

Bösen darf sie herrühren! Doch halt, was ist eigentlich das Böse? Ach, erst jetzt erkenne ich, wie schändlich ich bei meiner bisherigen Tätigkeit als Konstrukteur die Theorie vernachlässigt habe.«

Acht schlaflose Tage und Nächte hindurch widmete Trurl sich ausschließlich dem Studium höchst wissenschaftlicher Werke, welche allesamt die gewichtigen Fragen von Gut und Böse zum Gegenstand hatten. Wie sich herausstellte, überwog unter den Weisen die Meinung, das Wichtigste sei die aktive Sorge um den Mitmenschen sowie ein allumfassender guter Wille. Das eine wie das andere müßten vernunftbegabte Wesen in ihrem Verhältnis zueinander an den Tag legen, sonst sei alles verloren. Allerdings hat man unter eben dieser Losung die einen gepfählt, gevierteilt und aufs Rad geflochten, anderen die Glieder in die Länge gezerrt, den Schlund mit feurigem Blei ausgegossen und Knochen für Knochen auf der Folterbank gebrochen. Historisch hat sich der allumfassende gute Wille noch in zahllosen anderen Formen und Spielarten der Tortur manifestiert, denn er galt ja einzig und allein der Seele, nicht dem Körper.

»Guter Wille allein genügt nicht«, sprach Trurl zu sich. »Wie wäre es, wenn man das Gewissen verpflanzte, vom eigentlichen Besitzer auf den Mitmenschen und umgekehrt? Was käme wohl dabei heraus? Aber das wäre ja furchtbar, denn meine bösen Taten würden nur noch das Gewissen meines Nachbarn belasten, ich aber könnte mich noch bedenkenloser der Sünde hingeben als bisher! Also sollte man vielleicht die Empfindlichkeit eines durchschnittlichen Gewissens durch den Einbau eines Leistungsverstärkers fühlbar erhöhen, damit böse Taten bei ihren Urhebern tausendfach schlimmere Gewissensbisse hervorrufen. Aber dann würde jedermann schon aus bloßer Neugier ein Verbrechen begehen, nur um sich davon zu überzeugen, ob sein neues Gewissen wirklich so höllische Schmerzen verursacht – und würde dann bis ans Ende seiner Tage von Schuldgefühlen geplagt, unter denen er letztlich zusammenbrechen müßte. Dann vielleicht ein Gewissen mit Rücklauf und Löschtaste, natürlich plombiert? Nur die Obrigkeit hätte einen Schlüssel ... Nein! Auch das taugt nichts, denn wozu gibt es schließlich Dietriche? Und wenn man nun eine telepathische Gefühlsübertragung arrangieren würde – einer fühlt für alle, alle für einen? Aber das war ja schon da, auf diese Weise wirkte ja Altruizin ... Vielleicht so: Jeder hat einen kleinen Sprengsatz mit Funkempfänger im Bauch, und wenn es mehr als ein Dutzend seiner Nächsten gibt, die ihm seiner bösen und niedrigen Taten wegen übel wollen, so akkumuliert sich die Summe dieser Intentionen am Eingangsteil des Empfängers mit dem Effekt, daß der Adressat der bösen Wünsche in die Luft fliegt. Würde dann nicht jedermann das Böse noch mehr als die Pest fürchten? Zweifellos, es bliebe ihm ja keine Wahl! Allerdings ... ist das noch ein glückliches Leben, mit einer Bombe im Bauch? Außerdem, es könnte Verschwörungen geben, es würde genügen, wenn sich ein Dutzend Schurken gegen einen ehrlichen Mann zusammentun, und schon zerreißt es ihn in tausend Stücke ... Was dann, die Eingangsklemmen einfach umpolen? Ist auch sinnlos. Aber es müßte doch mit dem Teufel zugehen, sollte ich, der ich ganze Galaxien verrückt habe, als wären es Schränke, nicht in der Lage sein, ein derart simples Konstruktionsproblem zu lösen! Stellen wir uns einmal vor, jedes Mitglied einer bestimmten Gesellschaft ist rosig, wohlgenährt, immer guter Dinge, singt, hüpft und lacht von früh bis spät, überschlägt sich fast vor Eifer, wenn es darum geht, anderen zu helfen, und alle anderen verhalten sich genauso, und wenn sie gefragt werden, dann rufen alle lauthals, daß sie sich vor Freude über die eigene wie die kollektive Existenz nicht zu lassen wissen ... Würde eine solche Gesellschaft nicht vollkommen glücklich sein? Das Böse hätte dort keinen Platz, wäre völlig undenkbar! Und weshalb? Weil es niemand will. Und warum will es niemand? Weil niemand das geringste davon hätte. Das ist die Lösung! Ein glänzender Plan zur Massenproduktion des Glücks, dabei ganz einfach, wie alle genialen Ideen! Ich bin schon sehr gespannt, was Klapauzius sagen wird, dieser zynische Misanthrop, dieser skeptische Agnostiker – diesmal wird er kein Haar in der Suppe finden, diesmal werden ihm Hohn und Spott im Halse steckenbleiben! Soll er doch herumschnüffeln, soll er doch nach schwachen Stellen suchen, umsonst wird er suchen, weil jeder dem anderen unausgesetzt hilft, und sich dadurch das ganze System selbst optimiert, bis es einfach nicht mehr besser werden kann ... Doch halt, wird es ihnen auch nicht zuviel, werden sie sich am Ende nicht überanstrengen, können sie denn diesen Hagel guter Taten aushalten, müssen sie nicht unter dieser Lawine einfach ersticken? Man müßte wohl hier und da ein paar Regler einbauen, ein paar Unterbrecher, auch glücksabweisende Schutzschirme, Anzüge und Isolierzellen könnte man konstruieren ... Aber immer langsam voran, nur nichts überstürzen, damit sich nicht erneut Fehler einschleichen. Fassen wir also zusammen, *primo* – immer vergnügt, *secundo* – freundlich und wohlwollend, *tertio* – hüpfen vor Freude, *quarto* – rosig und wohlgenährt, *quinto* – es geht ihnen glänzend, *sexto* – grenzenlos hilfsbereit ... das genügt, wir können anfangen!«

Erschöpft von diesen ebenso schwierigen wie langwierigen Überlegungen schlief Trurl bis zum Mittag, dann sprang er energiegeladen und voller Tatendrang aus dem Bett, brachte die Pläne zu Papier, stellte die Algorithmen auf, perforierte die Programmbänder und schuf für den Anfang eine glückliche Gesellschaft bestehend aus neunhundert Individuen. Um das Prinzip der Gleichheit aller zu verwirklichen, machte er sie einander verblüffend ähnlich. Damit sie sich nicht im Kampf um Wasserstellen und Jagdgründe den Schädel einschlugen, machte er sie für ihr ganzes Leben unabhängig von Speis und Trank: Kalte, atomare Feuerchen dienten ihnen als einzige Energiequelle. Von seiner Veranda aus beobachtete er bis zum Sonnenuntergang, wie sie selig umherhüpften, lauthals ihr Glück verkündeten, einander Gutes taten, einander wohlwollend übers Haupt strichen, einander Steine aus dem Weg räumten und allgemein ein Leben voller unbeschwerter Fröhlichkeit, Freude und Sorglosigkeit führten. Wenn sich jemand den Fuß verrenkt hatte, gab es gleich einen riesigen Auflauf, nicht etwa von Schaulustigen, sondern von eifrigen Helfern, weil alle nach dem kategorischen Imperativ handeln wollten. Zwar konnte es anfänglich schon einmal vorkommen, daß sie im Übereifer einen Fuß herausrissen statt ihn einzurenken, aber mit Hilfe von ein paar Reglern, hastig montierten Drosselspulen und Widerständen beseitigte Trurl auch diesen Mangel. Dann ließ er Klapauzius rufen. Dieser betrachtete das freudetrunkene Treiben mit eher düsterer Miene, hörte sich das unablässige Jubelgeschrei eine Weile an, wandte sich schließlich wieder Trurl zu und fragte:

»Und traurig sein können sie nicht?«

»Was für eine idiotische Frage! Natürlich nicht!« gab Trurl hitzig zurück.

»Dann müssen sie also immer so herumhüpfen, wohlgenährt und rosig aussehen, Gutes tun und lauthals verkünden, wie prächtig es ihnen geht?«

»Ja.«

Als er sah, daß Klapauzius nicht nur mit Lob geizte, sondern offensichtlich nicht willens war, auch nur ein einziges Wort der Anerkennung über die Lippen zu bringen, fügte Trurl zornig hinzu:

»Zugegeben, ein etwas monotoner Anblick, vielleicht nicht ganz so malerisch wie ein Schlachtfeld, aber meine Aufgabe war es, das Glück zu schaffen, nicht etwa dir ein dramatisches Schauspiel zu bieten!«

»Wenn sie tun, was sie tun, weil sie's tun müssen«, sagte Klapauzius, »dann, lieber Trurl, steckt in ihnen ebensoviel Gutes wie in einer Straßenbahn, die den Passanten auf dem Bürgersteig nur deswegen nicht überfährt, weil sie dazu aus ihren Schienen springen müßte. Das Glück erwächst aus guten Taten, aber kann es der gewinnen, der unablässig anderen übers Haupt streichen, vor Freude brüllen und Steine aus dem Weg räumen muß, oder nicht vielmehr derjenige, der auch einmal traurig ist, jammert und schluchzt oder seinem Nächsten den Schädel einschlagen möchte, aber freiwillig und mit Freuden darauf verzichtet? Deine armseligen Kreaturen in ihren psychischen Zwangsjacken sind doch allenfalls lächerliche Karikaturen der hohen Ideale, die schnöde zu verraten dir bestens gelungen ist.«

»Aber was redest du denn da? Sie sind doch vernünftige Wesen . . .«, stotterte Trurl wie betäubt.

»So?« fragte Klapauzius. »Das wird sich gleich herausstellen!«

Mit diesen Worten begab er sich zu Trurls vollkommenen Schützlingen und versetzte gleich dem ersten, der ihm über den Weg lief, einen krachenden Faustschlag mitten ins Gesicht. Dann fragte er leutselig:

»Na, mein Bester, sind wir glücklich?«

»Schrecklich glücklich!« antwortete das Opfer und hielt sich sein gebrochenes Nasenbein.

»Na, und jetzt?« fragte Klapauzius. Diesmal war es ein fürchterlicher Haken, der sein Gegenüber glatt von den Beinen holte. Noch immer am Boden, sich mühsam aus dem Straßenschmutz rappelnd, rief das Individuum lauthals:

»Ich bin glücklich, mir geht's großartig!« Dabei spuckte es sämtliche Schneidezähne in den Sand.

»Na also, da hast du's!« sagte Klapauzius im Weggehen und ließ einen völlig versteinerten Trurl zurück.

In dumpfer Niedergeschlagenheit brachte der Konstrukteur eines seiner vollkommenen Geschöpfe nach dem anderen ins Laboratorium und nahm sie dort bis auf das letzte Schräubchen auseinander, ohne daß auch nur eines von ihnen im mindesten protestierte. Im Gegenteil, einige reichten ihm Schlüssel und Zangen zu, andere hämmerten sogar aus Leibeskräften auf den eigenen Schädel ein, wenn der Deckel allzu fest angeschraubt war und sich nicht lösen ließ. Die Einzelteile legte er sorgfältig in die Schubladen und Regale des Ersatzteillagers zurück, riß die Entwürfe vom Zeichentisch, zerfetzte sie zu kleinen Schnipseln, setzte sich an seinen Schreibtisch, der unter der Last zahlloser Bücher über Philosophie und Ethik fast zusammenbrach und stöhnte dumpf auf.

»Wirklich, ein grandioser Erfolg für mich! Wie er mich gedemütigt hat, dieser Schuft, dieser hinterlistige Hund, den ich einmal für meinen Freund gehalten habe!«

Dann zog er unter einem Glaskasten den Psychopermutator hervor, die Apparatur, die jede Empfindung in starke Impulse grenzenloser Hilfsbereitschaft und Freundlichkeit umwandelte, legte ihn auf den Amboß und zertrümmerte ihn mit wuchtigen Hammerschlägen. Aber auch das brachte kaum Erleichterung. Für eine Weile versank er in tiefes Grübeln, seufzte und stöhnte ein paar Mal, dann machte er sich an die Verwirklichung eines neuen Einfalls. Diesmal nahm eine Gesellschaft von respektabler Größe unter seinen Händen Gestalt an – alles in allem dreitausend prächtige Burschen –, die sich unverzüglich in geheimer und gleicher Abstimmung eine Regierung wählten, wonach sie dann Projekte der verschiedenartigsten Art in Angriff nahmen: Die einen bauten Behausungen und stellten Zäune auf, andere erforschten die Naturgesetze, und wieder andere entdeckten das dolce vita. Im Kopf seiner neuesten Schöpfungen hatte Trurl einen winzigen Homöostaten untergebracht, in jedem Homöostätchen befanden sich links und rechts zwei solide angeschweißte Elektroden, welche die Bandbreite markierten, innerhalb derer sich der freie Wille des Individuums nach Herzenslust austoben konnte. Gleich darunter saß die Triebfeder des Guten, die unter viel stärkerer Spannung stand als die gegenüberliegende Feder, die Negation und Zerstörung auslösen konnte, jedoch in weiser Voraussicht mit einem Hemmklotz versehen war. Darüber hinaus besaß jeder Bürger ein Gewissen in Gestalt eines Meßfühlers von höchster Empfindlichkeit, der in die zahnbewehrten Backen eines Schraubstocks eingespannt war. Sobald nun das Individuum vom Pfad der Tugend abgewichen war, traten die stählernen Zähne in Aktion, und es kam zu Gewissensbissen von solcher Heftigkeit, daß der Veitstanz dem unglücklichen von Krämpfen und Zuckungen geschüttelten Opfer dagegen wie ein langsamer Walzer vorgekommen wäre. Erst wenn sich ein Kondensator mit dem nötigen Maß an Zerknirschung und Reue, edlen Taten und Altruismus aufgeladen hatte, lockerten die Zähne des Gewissens ihren gnadenlosen Biß, und Öl wurde in die Schmiernippel des Meßfühlers gepumpt. Kein Zweifel, die ganze Sache war glänzend durchdacht! Trurl hatte sogar ernsthaft in Erwägung gezogen, die Gewissensbisse in positiver Rückkoppelung mit rasenden Zahnschmerzen zu kombinieren, diesen Plan jedoch letzten Endes wieder verworfen, weil er fürchtete, Klapauzius würde erneut seine Litanei herunterbeten vom Zwang, der die Ausübung des freien Willens ausschließt . . . etc. Im übrigen wäre dieser Einwand völlig an den Tatsachen vorbeigegangen, denn die neuen

Wesen waren mit statistischen Zusatzgeräten ausgestattet, so daß niemand auf der Welt, nicht einmal Trurl, vorhersagen konnte, was sie letzten Endes mit sich anfangen würden. In der Nacht wurde Trurl wiederholt durch lautes Freudengeschrei aus dem Schlaf gerissen, aber dieser Lärm klang wie Musik in seinen Ohren. »Na also«, sagte er sich zufrieden, »sie sind glücklich, nicht aber zwangsweise, das heißt, weil sie entsprechend vorprogrammiert sind, sondern einzig allein auf stochastische, ergodische und probabilistische Weise. Jetzt gibt es nichts mehr, woran Klapauzius herummäkeln könnte. Der Sieg ist unser!« Mit diesem angenehmen Gedanken fiel er in süßen Schlaf und erwachte erst am nächsten Morgen.

Da Klapauzius nicht zu Hause war, mußte er bis zum Mittag auf ihn warten, dann aber führte er ihn voller Stolz auf das felizitologische Versuchsgelände. Klapauzius inspizierte die Häuser mit ihren Zäunen, Türmchen und Aufschriften, besuchte die Amtsgebäude und zog dabei auch ein paar Abgeordnete und Bürger ins Gespräch. In einer Seitenstraße versuchte er sogar, einem etwas schmächtig geratenen Bürschchen die Zähne einzuschlagen, doch sogleich packten ihn drei andere beim Schlafittchen, ließen ein melodisches, langgezogenes Hau-Ruck ertönen und warfen ihn mit geübtem Griff zum Stadttor hinaus. Obwohl sie sorgfältig darauf achteten, ihm nicht gleich das Genick zu brechen, war er doch übel zugerichtet, als er sich aus dem Straßengraben hochrappelte.

»Na?« sagte Trurl, der sich den Anschein gab, als habe er die Demütigung des Freundes völlig übersehen. »Was meinst du dazu?« »Ich komme morgen wieder«, antwortete Klapauzius.

Trurl kommentierte diesen schlecht getarnten Rückzug mit nachsichtigem Lächeln. Gegen Mittag des folgenden Tages begaben sich die beiden Konstrukteure erneut in die Siedlung und fanden dort große Veränderungen vor. Sie wurden von einer Patrouille gestoppt, und der ranghöchste Offizier herrschte Trurl an: »Was soll das heißen, so traurig in die Gegend zu glotzen? Hörst du nicht die Vöglein singen? Siehst du nicht die Blumen blühen? Kopf hoch!«

Ein zweiter, rangniederer, fügte hinzu:

»Brust raus! Bauch rein! Ein bißchen munter und fröhlich, wird's bald? Lächeln!«

Der dritte sagte nichts, sondern stieß dem Konstrukteur die gepanzerte Faust ins Kreuz, daß es nur so krachte. Dann wandte er sich zusammen mit den anderen Klapauzius zu, der keinerlei Ermunterungen mehr abwartete, sondern sich plötzlich von ganz allein kerzengerade hielt und der strammen Haltung noch eine gebührend freudige Miene hinzufügte, so daß sie ihn in Frieden ließen und sich entfernten. Diese Szene hatte beim ahnungslosen Schöpfer der neuen Ordnung augenscheinlich einen tiefen Eindruck hinterlassen, denn er gaffte mit offenem Mund auf den großen Platz vor dem Amtsgebäude von Felizia, wo bereits Hunderte von Bürgern im Karré angetreten waren und auf Kommando vor Freude brüllten.

»Unserem Leben – ein dreifaches Heil!« schrie ein alter Offizier mit Epauletten und einem riesigen Federbusch auf dem Helm, und die Menge gab donnernd zurück:

»Heil! Heil! Heil!«

Bevor Trurl auch nur ein einziges Wort sagen konnte, wurde er von starker Hand gepackt und fand sich zusammen mit Klapauzius in einer der Marschkolonnen wieder, wo sie bis zum späten Abend geschliffen und gedrillt wurden. Der Hauptzweck des Exerzierens schien darin zu bestehen, sich selbst das Leben möglichst schwer zu machen, dem Nebenmann aber nur Gutes zu tun, alles natürlich im Rhythmus von »Links, Zwo! Drei! Vier!«. Die Ausbilder waren Felizisten, auch unter der Dienstbezeichnung »Verteidiger der Allgemeinen Glückseligkeit« bekannt, weshalb man sie im Volksmund kurz »V-Leute« nannte; sie wachten mit Argusaugen darüber, daß jeder für sich und alle miteinander vollständige Zufriedenheit und allgemeines Wohlbehagen an den Tag legten, was sich in der Praxis als unsäglich mühsam erwies. Während einer kurzen Pause beim felizitologischen Exerzieren gelang es Trurl und Klapauzius, sich davonzustehlen und hinter einer Hecke zu verbergen, dann suchten sie Deckung im nächsten Straßengraben und robbten wie unter schwerem Artilleriefeuer bis zu Trurls Haus, wo sie sich, um absolut sicherzugehen, ganz oben auf dem Dachboden einschlossen. Keine Sekunde zu früh, denn schon waren Patrouillen ausgeschwärmt, die sämtliche Häuser in diesem Gebiet durchkämmten, auf der Suche nach Unzufriedenen, Trübsinnigen und Traurigen, die man gleich an Ort und Stelle im Laufschritt beglückte. Während Trurl auf seinem Dachboden einen ellenlangen Fluch nach dem anderen ausstieß und sich das Hirn zermarterte, wie die Folgen dieses mißglückten Experiments am schnellsten zu beseitigen wären, gab sich Klapauzius die größte Mühe, um nicht laut loszulachen. Da ihm nichts Besseres einfallen wollte, schickte Trurl, wenn auch schweren Herzens, einen Demontage-Trupp in die Siedlung, dessen Mitglieder er jedoch unter strengster Geheimhaltung gegenüber Klapauzius vorsorglich so programmierte, daß sie gegen die verführerischen Losungen von brüderlicher Liebe und grenzenloser Hilfsbereitschaft gänzlich immun waren. Es dauerte nicht lange, da stießen Demontage-Trupp und V-Leute so heftig aufeinander, daß die Funken flogen. Felizia lieferte einen heldenhaften Kampf zur Verteidigung des Allgemeinen Glücks, so daß Trurl bald gezwungen war, seine Reserven mit extrastarken Schraubstöcken und Spezialschneidbrennern ins Gefecht zu schicken; aus dem Kampf war inzwischen eine echte Schlacht geworden, ein totaler Krieg, den beide Seiten mit aufopferungsvoller Hingabe sowie Unmengen von Schrapnells und Kartätschen führten. Als die Konstrukteure schließlich in die Mondnacht hinaustraten, bot das Schlachtfeld einen jämmerlichen Anblick. In den rauchenden Trümmern der Siedlung sah man hier und da noch einen Felizisten liegen, der in der Eile des Gefechts nicht völlig demontiert worden war und – bereits im letzten Stadium der mechanischen Agonie – mit ersterbender Stimme hauchte, wie treu er nach wie vor der Sache des Allgemeinen Glücks ergeben sei. Trurl verschwendete keinen Gedanken darauf, wie er sein Gesicht wahren sollte, sondern ließ den Tränen der Wut und der Verzweiflung freien Lauf; er konnte einfach nicht verstehen, was er falsch gemacht hatte, weshalb sich seine sanftmütigen Menschenfreunde in brutale Rohlinge verwandelt hatten.

»Die Direktive der Allumfassenden Hilfsbereitschaft, mein Lieber, kann, wenn allzu generell gefaßt, durchaus auch unerwünschte Früchte tragen«, dozierte Klapauzius in gönnerhaftem Ton. »Wer glücklich ist, wünscht sich voller Ungeduld, daß es die anderen auch werden, dazu ist ihm letztlich jedes Mittel recht, und wenn er die Widerstrebenden mit der Brechstange zu ihrem Glück zwingen muß.«

»Dann kann also das Gute böse Früchte tragen! Oh, wie perfide ist doch die Natur der Dinge! Nun gut, hiermit sage ich der Natur selbst feierlich den Kampf an! Leb wohl, Klapauzius! Du siehst mich momentan besiegt, aber eine verlorene Schlacht bedeutet bekanntlich noch nicht den verlorenen Krieg!«

Unverzüglich suchte er wieder die Einsamkeit zwischen seinen Manuskripten und alten Schwarten, immer noch grollend, aber entschlossener denn je. Der gesunde Menschenverstand sagte ihm, daß es nicht unangebracht wäre, vor dem nächsten Experiment eine solide, kanonenbestückte Mauer um das Haus zu ziehen, da dies jedoch kaum der richtige Weg war, um mit der Konstruktion brüderlicher Liebe und Hilfsbereitschaft zu beginnen, beschloß er, von nun an nur noch mit größenmäßig stark reduzierten Modellen zu arbeiten. Der Maßstab 1:100 000 erschien ihm für seine künftigen Versuche im Rahmen einer mikrominiaturisierten, experimentellen Soziologie durchaus angemessen.

Um die Lehren der jüngsten Vergangenheit niemals wieder zu vergessen, hängte er an die Wände seiner Werkstatt Schilder mit kalligraphisch gestalteten Parolen wie den folgenden: MEINE RICHTLINIEN SEIEN: 1. UNANTASTBARE WILLENSFREIHEIT 2. SANFTMÜTIGE ÜBERZEUGUNGSKRAFT 3. TAKTVOLLE NÄCHSTENLIEBE 4. ZURÜCKHALTENDE FÜRSORGE. Sogleich machte er sich daran, diese edlen Wertvorstellungen in die Praxis umzusetzen. Für den Anfang bastelte er unter dem Mikroskop tausend winzige Electrunculi zusammen, stattete sie mit geringem Verstand und kaum größerer Liebe zum Guten aus, denn in dieser Beziehung fürchtete er Fanatismus mehr denn je. Entsprechend träge bis lustlos gingen sie ihren Beschäftigungen nach, so daß die gleichmäßigen und monotonen Bewegungen in dem winzigen Schächtelchen, das ihnen als Quartier diente, eher an den Gang eines Uhrwerks erinnerten. Trurl erhöhte ihren IQ ein wenig, augenblicklich wurden sie lebhafter, verfertigten aus ein paar herumliegenden Feilspänen winzige Instrumente und versuchten mit Hilfe dieser Gerätschaften, Löcher in Wände und Deckel ihres kleinen Kistchens zu bohren. Trurl entschloß sich, nun auch das Potential des Guten zu vermehren. Mit einem Schlage wurde die Gesellschaft selbstlos und aufopferungsvoll, alles lief wie wild durcheinander, denn jedermann war auf der Suche nach Unglücklichen, deren Schicksal es zu verbessern galt; besonders groß war die Nachfrage nach Witwen und Waisen, zumal wenn sie blind waren. Ihnen wurde soviel Ehrerbietung erwiesen, sie wurden derart mit Komplimenten überschüttet, daß einige der armen Dinger einen Schock erlitten und sich hinter den Messingscharnieren des kleinen Kästchens zu verstecken suchten. Es dauerte nur kurze Zeit, da wurde Trurls Zivilisation von einer ernsten Krise geschüttelt: Der akute Mangel an Witwen und Waisen machte den Electrunculi schwer zu schaffen, wo sollten sie in diesem Jammertal, d. h. in ihrem Kästchen, Objekte ausfindig machen, die ihrer ungewöhnlich tätigen Nächstenliebe würdig gewesen wären? Als Frucht dieses Mangels stifteten sie in der achtzehnten Generation eine Religion, den Kult des ABSOLUTEN WAISENKINDES, das durch keine noch so hochherzige Tat aus seinem unglücklichen Waisenstande erlöst werden konnte; so fand ihre angestaute Nächstenliebe schließlich doch ein Ventil und strömte von nun an in den grenzenlosen, transzendentalen Raum der Metaphysik. Das Jenseits, dem ihr ganzes Interesse galt, versahen sie mit einer stattlichen Bevölkerung – unter all den höheren Wesen erfreute sich Unsere Liebe Witfrau einer besonderen Wertschätzung, neben dem Herrn Im Himmel Droben, welcher ebenfalls unendliches Mitgefühl verdiente. Infolgedessen wurden die Dinge dieser Welt sträflich vernachlässigt, sogar Regierung und Verwaltung drohten vom allmächtigen Klerus verschlungen zu werden. Diese Entwicklung lag nicht unbedingt im Sinne des Erfinders; Trurl drückte hastig eine Taste des

Steuergeräts mit der Aufschrift SKEPTIZISMUS RATIONALISMUS NÜCHTERNHEIT und ließ sie erst wieder los, nachdem sich dort unten alles beruhigt hatte.

Doch nicht für lange. Ein gewisser Elektrovoltaire tauchte auf und verkündete, es gäbe überhaupt kein Absolutes Waisenkind, sondern nur den Kosmischen Kubus, den die Kräfte der Natur geschaffen hätten; die Ultra-Waisenkindler hatten gerade das Anathema über ihn verhängt, da mußte Trurl wegen einiger dringender Einkäufe das Haus verlassen. Als er nach ein paar Stunden zurückkehrte, hüpfte das winzige Kästchen kreuz und quer durch die ganze Schublade, denn es wurde von den Wirren eines Religionskrieges geschüttelt. Trurl lud es mit Altruismus auf, darauf begann es, ungestüm zu brodeln und zu dampfen, er gab ein paar Intelligenzeinheiten hinzu, was eine vorübergehende Abkühlung zur Folge hatte, später jedoch wurden die Bewegungen intensiver und steigerten sich zu hektischer Betriebsamkeit, bis sich aus dem chaotischen Durcheinander allmählich Kolonnen formierten, die in beängstigend gleichmäßigem Schritt marschierten. Im Kästchen war inzwischen ein neues Zeitalter angebrochen, Waisenkindler und Elektrovoltairianer waren spurlos von der Bildfläche verschwunden, die Frage des Gemeinwohls beherrschte nun die öffentliche Diskussion. Man schrieb dickleibige Abhandlungen bar aller metaphysischer Argumentation zu diesem Thema, stellte aber auch über den Ursprung der eigenen Spezies tiefschürfende Überlegungen an: Die einen meinten, sie seien in grauer Vorzeit aus der dicken Staubschicht zwischen den Messingscharnieren geschlüpft, andere sahen geheimnisumwitterte Invasoren aus dem Kosmos als ihre Urväter an. Um diese brennende Frage ein für alle Mal zu beantworten, wurde der Große Bohrer gebaut, man wollte nämlich die Wände der bisher bekannten Welt an einer Stelle durchbohren, um den angrenzenden Weltraum zu erforschen. Da dort draußen aber unbekannte Gefahren lauern mochten, nahm man unverzüglich den Bau schwerer Geschütze in Angriff. Trurl war über diese Entwicklung derart entsetzt und enttäuscht, daß er das ganze Modell so schnell wie möglich demontierte. Dann rief er den Tränen nahe aus: »Intelligenz führt zu Herzlosigkeit, Güte unmittelbar in den Wahnsinn! Sollen denn all diese Konstruktionsversuche welthistorischen Ausmaßes von vornherein zum Scheitern verurteilt sein?« Er faßte den Entschluß, das Problem erneut auf individueller Basis zu untersuchen, und holte seinen ersten Prototyp, den guten alten Kontemplator, aus der Rumpelkammer hervor. Ein Kehrichthaufen genügte, um diesem Ästheten wonniges Gestöhn zu entlocken, nachdem Trurl ihm jedoch ein zusätzliches Intelligenzaggregat eingebaut hatte, war er augenblicklich still. Auf die Frage, ob ihm irgend etwas mißfiele, antwortete er:

»Nein, nein, ich finde alles großartig, aber ich unterdrücke Staunen und Bewunderung zugunsten der Reflexion, denn zunächst einmal möchte ich wissen, wieso und weshalb ich alles großartig finde, und zweitens, was für ein Sinn und Zweck damit verbunden sein soll. Aber wer bist du überhaupt, daß du es wagst, mich durch Fragen aus meiner Kontemplation zu reißen? In welcher Beziehung steht denn deine Existenz zu meiner? Ich spüre, irgend etwas in mir möchte, daß ich auch dich bewundere, aber die Vernunft gebietet mir, mich diesem inneren Drang zu widersetzen, denn es könnte ja eine Falle sein, die man mir gestellt hat.«

»Was deine Existenz angeht«, sagte Trurl unvorsichtig, »so verdankst du sie mir, ich habe dich nämlich geschaffen, und zwar in der erklärten Absicht, daß zwischen dir und der Welt vollkommene Harmonie herrschen möge.«

»Harmonie?« sagte der Kontemplator, sämtliche Rohre der Teleskopaugen schwenkten auf Trurl und nahmen ihn fest ins Visier. »Harmonie nennst du das? Und weshalb habe ich drei Beine? Warum ist meine linke Seite aus Kupferblech, die rechte aber aus Eisen? Weshalb habe ich fünf Augen? Antworte, du mußt es ja wissen, wenn du mich aus dem Nichts geschaffen hast, großer Meister!«

»Drei Beine, weil du auf zweien nicht sicher stehen könntest, vier hingegen wären reine Materialverschwendung«, erklärte Trurl. »Fünf Augen, nun, mehr sauber geschliffene Linsen konnte ich einfach nicht auftreiben, und was das Blech angeht, mir war gerade das Eisen ausgegangen, als ich dir deine äußere Hülle verpaßt habe.«

»Ihm ist das Eisen ausgegangen!« fauchte der Kontemplator höhnisch. »Du willst mir also einreden, all das sei ganz spontan, ohne höhere Veranlassung geschehen, eine bloße Verkettung der Umstände, ein Werk des blinden Zufalls? Und diesen hanebüchenen Blödsinn soll ich glauben?«

»Ich, als dein Konstrukteur und Erbauer, sollte doch wohl wissen, wie es war!« sagte Trurl, leicht verärgert über den anmaßenden Ton seines Gegenübers.

»Ich sehe hier zwei Möglichkeiten«, antwortete der umsichtige Kontemplator. »Erstens, du lügst wie gedruckt. Diese Hypothese wollen wir jedoch einstweilen als nicht verifizierbar beiseite lassen. Zweitens, du sagst subjektiv die Wahrheit, aber diese Wahrheit, die sich ja lediglich auf dein erbärmliches Wissen stützen kann, ist in Relation zu einem höheren Wissen die reinste Unwahrheit.«

»Das mußt du schon etwas genauer erklären.«

»Was dir als zufällige Verknüpfung von Umständen erscheint, braucht nicht zufällig zu sein. Du denkst wahrscheinlich, es sei ohne jede tiefere Bedeutung, daß dir das Eisen ausgegangen ist, doch woher willst du wissen, ob nicht eine Höhere Notwendigkeit für eben diesen Mangel gesorgt hat? Daß gerade Kupferblech vorhanden war, erschien dir als ganz normale Sache, obwohl doch gerade hier das Walten der Prästabilierten Harmonie förmlich mit Händen zu greifen ist! Desgleichen muß hinter der Anzahl meiner Augen und Beine ein tiefes Mysterium verborgen liegen, das diesen Zahlen, ihren Relationen und Proportionen, im Rahmen einer höheren Ordnung ihre eigentliche Bedeutung verleiht. Machen wir die Probe aufs Exempel: Drei und fünf – beides sind Primzahlen. Und doch kann man die eine durch die andere teilen, verstehst du? Drei mal fünf ist fünfzehn, also eins und fünf, die Quersumme macht sechs, sechs durch drei gibt zwei, schon haben wir die Anzahl meiner Farben, denn zur einen Hälfte bin ich ein kupferner, zur anderen aber ein eiserner Kontemplator! Und diese präzise Relation soll ein Produkt des Zufalls sein? Einfach lächerlich! Ich bin eben ein Wesen, das deinen winzigen Horizont bei weitem übersteigt, du armseliger Blechschlosser! Wenn überhaupt ein Körnchen Wahrheit daran ist, daß du mich erbaut hast, woran ich nebenbei bemerkt mehr als ernste Zweifel hege, so warst du in diesem Fall nur das ahnungslose Werkzeug Höherer Gesetze, ich aber – ihr eigentliches Ziel. Du bist nur ein zufälliger Regentropfen, ich bin die Blume, deren buntleuchtende Blütenpracht die ganze Schöpfung lobpreist; du bist ein morscher Zaunpfahl, der einen schmalen Schatten wirft, ich aber bin die strahlende Sonne, auf deren Geheiß du das Licht von der Finsternis trennst; du bist ein blindes Werkzeug, geführt von Allerhöchster Hand, die mich ins Leben rief! Völlig vergebens suchst du, meine erhabene Person zu erniedrigen, indem du meine Fünfäugigkeit, Dreibeinigkeit und Zweifarbigkeit als simple Folge von Materialknappheit und Sparsamkeit hinstellst. Ich sehe in diesen Eigenschaften eine Widerspiegelung geheimnisvoller Zusammenhänge, die Verknüpfung meiner Existenz mit einer Höheren Symmetrie, deren Bedeutung ich noch nicht in vollem Umfang verstehe, die sich mir aber zweifellos offenbaren wird, wenn ich mich mit dem Problem gründlich beschäftige. Auf weitere Gespräche mit dir werde ich leider verzichten müssen, denn dazu ist mir meine Zeit zu kostbar.«

Diese Worte brachten Trurl derart in Wut, daß er den heftig um sich schlagenden Kontemplator augenblicklich in die Abstellkammer zurückschleppte. Es half ihm nichts, daß er sich lauthals auf das Selbstbestimmungsrecht, die Unabhängigkeit aller freien Individuen und das Recht auf körperliche Unversehrtheit berief, Trurl schaltete einfach den Intelligenzverstärker aus und kehrte ins Haus zurück, allerdings nicht ohne sich verstohlen umzusehen, ob nicht irgend jemand Zeuge seiner rigorosen Praktiken geworden sei. Das Bewußtsein, dem Kontemplator Gewalt angetan zu haben, erfüllte ihn mit einem Gefühl der Scham, und als er sich wieder an seine Bücher setzte, fühlte er sich fast wie ein Verbrecher.

»Es liegt wohl ein geheimer Fluch über allen Konstruktionsvorhaben, die doch nur das Gute und das Universelle Glück zum Ziel haben«, dachte er. »Kaum habe ich meine vorbereitenden Versuche gestartet, da sehe ich mich auch schon gezwungen, zu faulen und gemeinen Tricks zu greifen, die mir anschließend Gewissensbisse verursachen! Zum

Teufel mit dem Kontemplator und seiner Prästabilierten Harmonie! Ich muß die Sache ganz anders anfassen . . .«

Bisher hatte er einen Prototyp nach dem anderen ausprobiert, folglich hatte jeder einzelne Versuch Unmengen an Zeit und Material verschlungen. Jetzt faßte er den Entschluß, tausend Experimente auf einmal zu starten – im Maßstab 1:1 000 000. Unter dem Elektronenmikroskop drehte er einzelne Atome so geschickt ineinander, daß aus ihnen winzige Wesen entstanden, die kaum größer als Mikroben waren, und nannte sie Ångströmianer. Eine Viertelmillion solcher Individuen bildeten eine Kultur, die per Mikropipette auf einen Objektträger praktiziert wurde. Jedes dieser Mikrozivilisationspräparate erschien vor dem bloßen Auge als winziges olivgrünes Fleckchen, und nur bei allerstärkster Vergrößerung ließ sich beobachten, was in seinem Inneren vor sich ging.

All seine Ångströmianer versah Trurl mit Reglern der erfolgreichen Altru-Hero-Optimismus-Serie, elektronischen Aggressionshemmern, dem kategorischen und elektronischen Imperativ zugleich, Wohltätigkeitsstimuli von unerhörter Stärke sowie einem Mikrorationalisator mit automatischen Sperren sowohl gegen Orthodoxie als auch Häresie, damit von vornherein keinerlei Fanatismus aufkommen konnte. Die Kulturen brachte er Tröpfchen für Tröpfchen auf Objektträger, packte die Träger zu kleinen Päckchen, die Päckchen zu Paketen, schob das Ganze in den Zivilisator-Inkubator und schloß es dort für zweieinhalb Tage ein. Vorher hatte er über jede Zivilisation ein Deckglas gestülpt, es sorgfältig gereinigt und mit blaßblauer Farbe überzogen, denn es sollte der jeweiligen Zivilisation als Himmel dienen; durch eine Tropfdüse versorgte er sie mit Nahrungsmitteln, aber auch mit Rohstoffen, damit sie fabrizieren konnten, was immer der consensus omnium für ratsam und erforderlich halten sollte. Natürlich konnte er die stürmische Entwicklung der Zivilisationen nicht auf allen Objektträgern zugleich verfolgen, so nahm er aufs Geratewohl einzelne Kulturen heraus, hauchte das Okular an, rieb es mit einem Läppchen sauber, beugte sich mit angehaltenem Atem über das Mikroskop und beobachtete das geschäftige Treiben tief unter sich, ganz wie der Herrgott im Himmel droben, wenn er die Wolken zur Seite schiebt, um einmal auf Sein Werk hinunterzuschauen.

Dreihundert Präparate nahmen sehr rasch ein schlechtes Ende. Die Symptome waren immer die gleichen. Zunächst einmal gedieh die Zivilisation prächtig und brachte sogar winzige Ableger hervor, dann lag plötzlich ein dünner Rauchschleier wie Nebel über allem, mikroskopisch kleine Blitze zuckten auf und bedeckten Mikrostädte und Mikrofelder mit einem phosphoreszierenden Ausschlag, danach zerfiel das Ganze mit schwachem Knistern und Zischen zu feinem Staub. Mit Hilfe eines achthundertfach stärkeren Okulars untersuchte Trurl eines dieser Präparate genauer, fand aber nur noch verkohlte Ruinen und rauchende Trümmer vor sowie halbverbrannte Fahnen und Feldzeichen, deren Aufschriften jedoch so winzig waren, daß er sie nicht entziffern konnte. Sämtliche Präparate dieses Typs wanderten unverzüglich in den Mülleimer. Zum Glück sah es jedoch nicht überall so schlecht aus. Hunderte von Kulturen machten gute Fortschritte und wuchsen so schnell, daß ihnen ein Objektträger nicht mehr genug Lebensraum bot und sie auf mehrere verteilt werden mußten. So war Trurl bereits nach drei Wochen heimlicher Herrscher über mehr als 19 000 prosperierende Zivilisationen.

Einer Eingebung folgend, die er in aller Bescheidenheit für genial hielt, unternahm Trurl von sich aus nichts, um seinen Ångströmianern den Weg zum universellen Glück zu ebnen, sondern beschränkte sich darauf, ihnen einen gesunden Hedotropismus einzuimpfen, wobei er unterschiedliche Techniken anwendete. In einigen Versuchsreihen wurde jeder Ångströmianer mit einem kompletten Glücksbeschleuniger ausgerüstet, in anderen jedoch erhielt das Individuum nur ein einziges Bauteil dieses Geräts – in diesem Falle bedurfte der Marsch ins Glück kollektiver Anstrengungen im Rahmen einer entsprechenden Organisation. Die nach Methode I konstruierten Ångströmianer entwickelten sich zu vergnügungssüchtigen Egozentrikern, die in ihrem Streben nach persönlichem Glück weder Maß noch Ziel kannten und schließlich in hoffnungsloser Anhedonie endeten. Methode II erwies sich als fruchtbarer. Blühende Zivilisationen entstanden auf den Objektträgern, entwickelten soziale Theorien und Techniken sowie eine bunte Vielfalt kultureller Institutionen. Im Präparat Nr. 1376 herrschte die Emulator-Kultur, Nr. 9931 pflegte den Kaskadeur-Kult, und Nr. 95 hatte sich der Fraktionierten Hedonistik im Schoße der Leitermetaphysik verschrieben.

Die Emulaten wetteiferten im Streben nach vollkommener Tugend miteinander und teilten sich in zwei Lager – die Whigs und die Huris. Die Huris waren der festen Überzeugung, nur der könne die Tugend kennen, der sich zuvor eine gründliche Kenntnis des Lasters erworben habe und somit das eine vom anderen fein säuberlich zu unterscheiden wisse; folglich praktizierten sie alle denkbaren Spielarten des Lasters, allerdings nicht ohne die feierlich bekundete Absicht, ihre Untugenden zu gegebener Zeit sämtlich wieder abzulegen. Aus einem kurzen Praktikum war jedoch längst eine Lehrzeit ohne Ende geworden – zumindest behaupteten dies die Whigs. Nach ihrem endgültigen Sieg über die Huris führten sie den Whiggismus ein, eine moralische Doktrin, die sich aus 64 000 äußerst rigorosen und kategorischen Verboten zusammensetzte. Unter ihrer Herrschaft durfte man weder demonstrieren noch provozieren, weder kritisieren noch opponieren, nicht an Ecken stehen, keinen Joint drehen, nicht flanieren, nicht hausieren, nicht schmatzen und nicht kratzen; natürlich stießen diese strikten Verbote auf heftige Proteste und mußten eins nach dem anderen wieder aufgehoben werden, jedesmal unter stürmischem Jubel der begeisterten Öffentlichkeit. Als Trurl kurze Zeit später wieder einen Blick auf das Präparat warf, war er sehr beunruhigt: Dort rannte alles wie im Tollhaus durcheinander, jedermann suchte hektisch nach einem Verbot, das es noch zu übertreten galt, mußte aber mit Schrecken feststellen, daß keines mehr übrig war. Einige wenige demonstrierten und provozierten noch, standen an Ecken herum, drehten ihren Joint, kratzten sich und schmatzten, aber Spaß daran hatte schon längst niemand mehr.

Und so schrieb Trurl zu seinen Labornotizen folgende Bemerkung: Wer alles darf, ist bald auf nichts mehr scharf.

Im Präparat Nr. 2921 lebten die Kaskadier, ein rechtschaffenes Völkchen voller Ideale, verkörpert in so vollkommenen Wesen wie der Magna Mater Cascadera, der Allerreinsten Jungfrau und dem Seligen Fenestron. Diesen errichteten sie Bildnisse und Statuen, beteten zu ihnen, verehrten sie im frommen Singsang endloser Prozessionen und warfen sich vor ihnen an besonderen Stätten, zu besonderen Zeiten, auf besondere Weise in den Staub. Gerade als Trurl über diesen unerhörten Gipfel an Frömmigkeit, Demut und Hingabe ins Staunen geriet, standen sie plötzlich auf, klopften sich den Staub aus den Kleidern und setzten zum Sturm auf Tempel und Statuen an. Sie stießen den Seligen Fenestron vom Sockel, entehrten die Allerreinste Jungfrau und trampelten auf der Magna Mater herum, daß dem Konstrukteur, der alles durchs Mikroskop mitansehen mußte, die Haare zu Berge standen. Aber gerade durch die lustvolle Zerstörung all dessen, was sie bisher so hoch verehrt hatten, fühlten sich die Kaskadier derart erleichtert, daß sie – zumindest vorübergehend – vollkommen glücklich waren. Es hatte ganz den Anschein, als drohe ihnen das Schicksal der Emulaten, doch die umsichtigen Kaskadier hatten beizeiten Sakramentenkongregationen und Institute zur Planung Verbindlicher Offenbarungen eingerichtet, so daß die nächste Stufe der Heiligenverehrung bereits gründlich vorbereitet war. Es dauerte nicht lange, da begannen sich die verwaisten Sockel und Altäre wieder mit neuen Statuen zu bevölkern – ein Vorgang, der das ewige Auf und Ab ihrer Kultur deutlich machte. Trurl notierte sich, daß die Erniedrigung des Allerhöchsten zuweilen mit einem Hochgefühl verbunden sein kann und bezeichnete die Kaskadier in seinen Aufzeichnungen als chronische Ikonoklasten.

Das nächste Präparat, Nr. 95, bot ein erheblich differenzierteres Bild. Die dort ansässigen Leiteranen zeigten eine ausgeprägte Neigung zur Metaphysik und hatten die metaphysische Problematik fest in die eigenen Hände genommen. Nach einem Dogma des VII. Leiteransynods schloß sich gleich an das Diesseits eine schier endlose Stufenleiter von himmlischen Purgatorien und Sanatorien an – da gab es die Himmlischen Exklaven und Trabantenstädte, die Himmlischen Vororte, Außen- und Randbezirke sowie die Himmelsnahen Siedlungen – ins Zentrum der Himmlischen Stadt aber gelangte man niemals, denn das Wesen ihrer listigen Theotaktik bestand darin, sich das Paradies durch unaufhörliches Verschieben und Vertagen letztlich zu versagen. Nur die kleine Sekte der Immediatisten forderte den unmittelbaren und augenblicklichen Zugang zum Paradies; die einflußreichen Zyklotreppisten hingegen hatten gegen eine gequantelte und fraktionierte Transzendenz nichts einzuwenden, bestanden jedoch auf einer Treppe zum Paradies, die unbedingt mit Falltüren ausgestattet sein müsse. Ein Fehltritt, und die Seele landet wieder ganz unten, d. h. im Diesseits, wo sie ihren mühsamen Aufstieg von vorn beginnen muß. Mit einem Wort, ihnen schwebte ein Geschlossener Zyklus mit Stochastischer Pulsation vor, letzten Endes eine Perpetuelle Metempsychotische Reinkarnation per Umsteiger, die orthodoxen Leiteranen verdammten diese Doktrin jedoch als galoppierenden Defaitismus.

Später entdeckte Trurl noch viele andere Typen Portionierter Metaphysik; auf einigen Objektträgern wimmelte es förmlich von seligen und heiligen Ångströmianern, auf anderen hatte man Rektifikatoren des Bösen, d. h. Elektronische Gleichrichter der Lebenswege, in Betrieb genommen, die Mehrzahl dieser segensreichen Apparaturen wurde jedoch im Zuge einer immer stärker um sich greifenden Säkularisierung zerstört; manchenorts war sie so weit gediehen, daß an das Transzendentale Auf und Ab früherer Zeiten nur noch eine hochentwickelte Technik im Bau von Berg-und-Tal-Bahnen erinnerte. Die völlig verweltlichten Kulturen wurden jedoch von einem rätselhaften Kräfteverfall heimgesucht und siechten allmählich dahin. Trurls größte Hoffnungen ruhten jetzt auf dem Präparat Nr. 6101; dort hatte man das Paradies auf Erden proklamiert, ein rationales, soziales, liberales, kurzum ideales Paradies. Also setzte sich der Konstrukteur in seinem Stuhl zurecht und manipulierte erwartungsvoll am mikrometrischen Schräubchen, um ein schärferes Bild zu bekommen. Sein Gesicht wurde lang und länger. Einige Bewohner dieses gläsernen Ländchens rasten auf pfeilschnellen Maschinen durch die Gegend und suchten verzweifelt nach den Grenzen ihrer unbegrenzten Möglichkeiten; andere versanken wohlig in Badewannen voller Schlagsahne und Trüffeln, besprenkelten ihr Haupt mit Kaviar, tauchten unter und ließen durch die Nase Blasen von taedium vitae aufsteigen. Wieder andere wälzten sich in Vanillebutter und Honig, bestiegen dann wunderbar stoßgefederte Bacchantinnen und ließen sich von ihnen Huckepack tragen, dabei schielten sie mit einem Auge nach ihren prächtigen Schatullen voller Gold und seltener Parfums, mit dem anderen hielten sie unentwegt Ausschau, ob nicht endlich jemand käme, der sie – wenigstens für einen Augenblick – um diese Anhäufung süßester Kostbarkeiten beneidete. Da sich aber niemand finden wollte, stiegen sie voller Überdruß von den hydropneumatischen Nymphen herab, versetzten ihren Schätzen ein paar müde Fußtritte und schlichen davon, um sich düsteren Propheten anzuschließen, welche verkündeten, das Leben werde zwangsläufig besser und besser werden, damit natürlich schlechter und schlechter. Eine Gruppe ehemaliger Dozenten des Instituts für Empirische Erotologie hatte dieser Welt fast völlig entsagt und die Societas Abnegatorum gegründet. Dieser Orden rief in seinen Manifesten zu einem Leben in Demut, Askese und Selbstkasteiung auf – strenge Regeln, die jedoch nicht ausnahmslos, sondern nur an sechs Tagen in der Woche zu befolgen waren. Am siebten Tage zerrten die frommen Patres die Bacchantinnen aus den Schränken, schleppten aus den Kellern Wein, Wildbret, edles Geschmeide, Erotiseure sowie vollautomatische Gürtellockerer herbei und begannen – kaum daß die Glocke zur Frühmette geschlagen hatte – eine Orgie, daß die Kruzifixe von der Wand fielen und die Reliquien in ihren Schreinen erbebten; kaum war jedoch der Montagmorgen angebrochen, da wandelten sie alle im Gänsemarsch hinter dem Prior einher, geißelten und kasteiten sich, daß das Blut nur so spritzte. Ein Teil der Jugend blieb nur von Montag bis Sonnabend bei den Abnegaten und mied das Kloster am Sonntag, andere hingegen erwiesen den Patres nur an diesem hohen Festtag die Ehre. Als aber die erstgenannte Gruppe begann, die zweite wegen ihres abstoßenden und zügellosen Lebenswandels tüchtig zu verdreschen, wandte Trurl den Blick ab und stöhnte auf – sein Bedarf an Religionskriegen war gedeckt.

Inzwischen war im Inkubator, der ja noch Tausende von Kulturen beherbergte, die Zeit nicht stehengeblieben. Im Zuge des allgemeinen Fortschritts kam es zu immer kühneren Pioniertaten der Forschung, und so geschah es, daß in der Mikrowelt die objektträgerverbindende Ära der Raumfahrt anbrach. Wie sich bei ersten Kontakten herausstellte, beneideten die Emulaten die Kaskadier, die Kaskadier die Leiteranen, die Leiteranen wiederum die Chronischen Ikonoklasten, außerdem waren Gerüchte im Umlauf über ein fernes Land, in dem es sich unter dem sanften Regiment der Sexokraten herrlich und in Freuden leben ließ, obwohl niemand genau wußte, wie es dort eigentlich zuging. Die Bewohner dieses Wunderlands waren angeblich in ihrem Wissen so weit fortgeschritten, daß sie in der Lage waren, ihren Körper nach eigenem Gutdünken umzugestalten und sich direkt an ein Netz hedohydraulischer Pumpen und Röhren anzuschließen, durch das sie mit einem konzentrierten Extrakt höchstens Glücks versorgt wurden (Kritiker flüsterten allerdings hinter vorgehaltener Hand, dort herrschten Zustände wie in Sodom und Gomorrha). Aber obwohl Trurl Tausende von Präparaten untersuchte, konnte er die Hedostase, d. h. das hundertprozentig stabilisierte Glück, nirgendwo entdecken. Folglich mußte er sich, wenn auch schweren Herzens eingestehen, daß die Berichte über das ferne Wunderland zu den zahllosen Mythen und Märchen gehörten, die sich um die ersten Interobjektträgerreisen rankten; und so war er durchaus nicht frei von bösen Ahnungen, als er das Präparat Nr. 6590 auf den Objekttisch legte, denn er war sich nicht mehr sicher, ob er nicht auch mit seinem Lieblingskind eine Enttäuschung erleben würde. Diese vielversprechende Zivilisation hatte nicht nur das materielle Wohlergehen ihrer Bürger im Auge, sondern sorgte auch in jeder Weise für eine ungehemmte Entfaltung des schöpferischen Geistes. Das dort ansässige Ångströmianervölkchen war unerhört begabt, es wimmelte in seinen Reihen von glänzenden Philosophen, Malern, Bildhauern, Lyrikern, Dramatikern, und wer nicht gerade ein berühmter

Musiker oder Komponist war, der war eben Astronom oder Biophysiker, zumindest jedoch Tänzer, Parodist, Äquilibrist, Philatelist und Artist in einer Person, darüber hinaus hatte er einen schmelzenden Bariton, das absolute Gehör und Träume in Technikolor. Wie nicht anders zu erwarten, war das Präparat Nr. 6590 ein Ort rastloser, ja geradezu wütender Schaffensfreude. Ganze Stapel von Ölgemälden türmten sich höher und höher, Statuen schossen wie Pilze aus dem Boden, Myriaden von Büchern überfluteten den Markt, wissenschaftliche Abhandlungen, moralphilosophische Traktate, Biographien und Utopien sowie andere Werke aller Art, eins immer glänzender als das andere. Als Trurl jedoch wieder durchs Okular schaute, erblickte er alle Anzeichen eines ebenso heillosen wie unbegreiflichen Durcheinanders. Aus den überquellenden Werkstätten flogen Porträts und Büsten in hohem Bogen auf die Straße, auf den Bürgersteigen stolperte man auf Schritt und Tritt über Lyrik und Prosa, denn schon längst las niemand mehr Gedichte oder Romane eines anderen, niemand begeisterte sich für fremde Kompositionen – und warum sollte er, war er nicht selbst ein Meister aller Musen, die strahlende Inkarnation eines allseitig begabten Genies? Hinter manchen Fenstern klapperten noch vereinzelt Schreibmaschinen, kleckste n Pinsel und kratzten Federn übers Papier, immer häufiger jedoch geschah es, daß sich irgendein Genie, verzweifelt über den völligen Mangel an Anerkennung, aus den höhergelegenen Stockwerken auf die Straße stürzte, nachdem es zuvor seine Werkstatt in Brand gesetzt hatte. In allen Stadtteilen kamen Sirenen und Alarmwecker nicht mehr zur Ruhe, und obwohl die Roboter-Feuerwehr einen Brand nach dem anderen löschte, war bald niemand mehr da, um die vor den Flammen geretteten Häuser zu bewohnen. Die Roboter der städtischen Kanalisation, Straßenreinigung, Feuerwehr und anderer Sparten des öffentlichen Dienstes machten sich Schritt für Schritt mit den Errungenschaften der untergegangenen Zivilisation bekannt und bewunderten sie über alle Maßen; da ihnen jedoch die großen Zusammenhänge verborgen blieben, strebten sie in der Autoevolution nach allmählicher Erhöhung ihres Intelligenzquotienten, um sich dem erhabenen geistigen Niveau ihrer Umwelt besser anzupassen. Das war der Anfang vom Ende, denn niemand reinigte, kanalisierte, fegte oder löschte mehr irgend etwas, statt dessen gab es nur noch ein einziges Deklamieren, Rezitieren, Musizieren und Inszenieren; die Kanalisation war hoffnungslos verstopft, die Müllhalden wuchsen ins Unermeßliche und zahllose Brände sorgten für den Rest; nur noch Fetzen rußgeschwärzter Manuskripte und halbverkohlter Gedichte flatterten über den ausgestorbenen Ruinen umher.

Trurl konnte diesen schrecklichen Anblick nicht länger ertragen und versteckte das Präparat eilends im dunkelsten Winkel der Schublade; wieder und wieder schüttelte er den Kopf in tiefer Ratlosigkeit, er wußte einfach nicht, wie es weitergehen sollte. Aus diesen trüben Gedanken riß ihn erst ein lauter Schrei auf der Straße: – Feuer! – es war seine eigene Bibliothek, die da brannte: Einige Zivilisationen, die er in seiner Zerstreutheit zwischen ein paar Büchern vergessen hatte, waren von ganz gewöhnlichem Schimmel befallen worden, mißdeuteten den Vorgang jedoch als Invasion aggressiver Eroberer aus dem Kosmos und machten sich unverzüglich daran, die Eindringlinge mit der Waffe in der Hand zu bekämpfen, und so war das Feuer entstanden. Fast dreitausend von Trurls Büchern waren verbrannt und doppelt soviel Zivilisationen in Rauch und Flammen aufgegangen. Darunter einige, die nach Trurls sorgfältigsten Berechnungen noch die besten Chancen gehabt hatten, den Weg zum Universellen Glück zu finden. Nachdem der Brand gelöscht war, hockte Trurl einsam auf einem harten Schemel in der wasserüberfluteten, bis zur Decke rußgeschwärzten Werkstatt und suchte Trost in der Betrachtung all der Zivilisationen, die die Katastrophe im hermetisch abgeschlossenen Inkubator überlebt hatten. In einer von ihnen hatten es die Bewohner auf naturwissenschaftlichem Gebiet so weit gebracht, daß sie Trurl durch astronomische Teleskope beobachteten, deren auf ihn gerichtete Linsen wie winzig kleine Tautröpfchen funkelten. Gerührt über soviel wissenschaftlichen Eifer nickte er und lächelte ihnen wohlwollend zu, doch noch im gleichen Moment fuhr er mit einem gellenden Schmerzensschrei in die Höhe, griff nach seinem

Auge und rannte, so schnell er konnte, in die nächste Apotheke. Die kleinen Astrophysiker dieser Zivilisation hatten ihn mit einem Laserstrahl getroffen. Von nun an näherte er sich dem Mikroskop nie mehr ohne Sonnenbrille.

Die beträchtlichen Lücken, die der Brand in den Reihen der Präparate hinterlassen hatte, mußten geschlossen werden, also machte sich Trurl erneut an die Arbeit und fabrizierte weitere Ångströmianer. Eines Tages zitterte ihm die Hand, als er den Mikromanipulator bediente, und er stellte fest, daß ihm eine Fehlschaltung unterlaufen war. Statt des üblichen Strebens nach dem Guten hatte er sämtliche Triebkräfte des Bösen mobilisiert. Nach kurzem Überlegen warf er das verdorbene Präparat nicht weg, sondern schob es in den Inkubator, denn ihn plagte die Neugier, welch monströse Züge eine Zivilisation annehmen würde, deren Angehörige von Geburt an verderbt bis ins Mark wären. Er war jedoch wie vom Donner gerührt, als sich auf dem Objektträger eine ganz und gar durchschnittliche Kultur entwickelte, weder besser, aber auch nicht schlechter als alle anderen! Trurl raufte sich die Haare.

»Das hat mir gerade noch gefehlt!« schrie er. »Also ist es völlig gleichgültig, ob man mit Bonophilen, Benigniten und Sanftmütern beginnt oder mit Malefikanten, Schurkisten und Widerlingen? Ha! Ich verstehe zwar gar nichts, und doch spüre ich, wie nahe ich einer Großen Wahrheit bin! Wenn das Böse bei denkenden Wesen die gleichen Früchte trägt wie das Gute – wo bleibt da die Logik? Wie kommt es zu dieser fatalen Nivellierung?«

Am nächsten Morgen sprach er zu sich: »Kein Zweifel, das Problem, mit dem ich mich herumschlage, muß bei weitem das schwierigste im ganzen Universum sein, wenn sogar Ich, in Höchsteigener Person, mit keiner Lösung aufwarten kann! Sollten am Ende Intelligenz und Glück einen unversöhnlichen Gegensatz bilden? Zumindest der Casus Contemplatoris scheint deutlich darauf hinzuweisen, die undankbare Kreatur schwelgte ja förmlich in existentiellem Glück, bis ich ihr das IQ-Schräubchen etwas angezogen habe. Doch nein, diesen Gedanken kann ich nicht akzeptieren, ich weigere mich einfach zu glauben, daß ein derartiges

Naturgesetz existiert, denn es setzte ja voraus, daß eine böse und arglistige, geradezu satanische Perfidie im Urgrund alles Seins verborgen ist, gleichsam in der Materie schlummert und nur darauf lauert, daß ein Bewußtsein erwacht, um es zu einem Quell irdischer Not und Pein statt zu einem Hort süßer Daseinsfreude zu machen. Doch mögest du, Universum, immerhin auf der Hut sein vor dem forschenden Geist, der danach dürstet, diesen unerträglichen Stand der Dinge zum Besseren zu wenden! Das, was ist, muß ich verändern! Einstweilen bin ich dazu nicht in der Lage. Sollte ich deswegen mit meinem Latein am Ende sein? Keineswegs! Wozu gibt es schließlich Intelligenzverstärker? Was ich selbst nicht leisten kann, werden kluge Maschinen für mich leisten. Ich werde ein Computerium bauen, ein Computerium zur Lösung des existentiellen Dilemmas!«

Gesagt, getan. Nach zwölf Tagen Arbeit stand inmitten der Werkstatt eine riesige Maschine, eine energiegeladen summende, ausnehmend rechtwinklige Schönheit, die einer einzigen Aufgabe geweiht war: das Problem der Probleme zu attackieren und diesen Kampf siegreich zu beenden. Er schaltete sie ein, wartete jedoch nicht einmal, bis sich ihre Kristalldioden und -trioden erwärmten, sondern begab sich auf einen wohlverdienten Spaziergang. Bei seiner Rückkehr glühte die Maschine vor Eifer, gänzlich vertieft in eine Arbeit, wie sie komplizierter nicht sein konnte: Sie war dabei, aus allem, was gerade zur Hand war, eine zweite, erheblich größere Maschine zu bauen. Diese wiederum verbrachte die Nacht und den folgenden Tag damit, Hauswände einzureißen und das Dach abzutragen, um Platz für den nächsten Maschinengiganten zu schaffen. Trurl schlug in seinem Garten ein Zelt auf und wartete geduldig auf das Ende der intellektuellen Schwerstarbeit, selbiges war jedoch nicht abzusehen. Über die Wiese bis in den Wald, die Bäume wie Streichhölzer knickend, breiteten sich turmhohe Gerüste aus; das ursprüngliche Computerium wurde von den nachfolgenden Generationen näher und näher ans Ufer des Flusses gedrängt, bis es schließlich mit dumpfem Blubbern in den Fluten versank. Als Trurl sich einen Überblick über den ganzen bisher entstandenen Komplex verschaffen wollte, kostete ihn dieser im Eiltempo absolvierte Rundgang eine gute halbe Stunde. Gleich darauf sah er sich genauer an, wie die Maschinen untereinander verbunden waren – und erstarrte. Es war ein Fall eingetreten, den er bisher nur aus der Theorie kannte; denn wie die Hypothese des großen Cerebron Pansophos Omniavidaudit, des legendären Altmeisters der Elementaren und Höheren Kybernetik, in aller Klarheit darlegte, baut ein Computer, dem eine sein Leistungsvermögen übersteigende Aufgabe gestellt wird – sofern er nur eine bestimmte Schwelle, die sogenannte Barriere der Weisheit, überschritten hat –, einen zweiten Computer, statt sich selbst mit der Lösung des Problems herumzuschlagen, und dieser zweite Computer, der natürlich auch schon weiß, wie der Hase läuft, wälzt die ihm aufgebürdete Last auf einen dritten ab, den er eigens zu diesem Zweck konstruiert hat, und so setzt sich diese Kette von Delegationen ad infinitum fort! In der Tat ragten am Horizont bereits die Stahlträger der neunundvierzigsten Computergeneration auf; der Lärm dieser ungeheuren geistigen Anstrengung, die darin bestand, das Problem weiter und weiter zu geben, hätte mühelos das Getöse eines Wasserfalls übertönt. Denn gerade das macht ja die Intelligenz aus, einem anderen die Arbeit zu übertragen, die man eigentlich selbst tun sollte. Blinder Gehorsam gegenüber Programmen und elektronischen Vorschriften ist daher nur eine Sache für digitale Dummköpfe und Duckmäuser. Nachdem er die Natur des Phänomens so klar erfaßt hatte, setzte sich Trurl auf einen Baumstumpf, der wie unzählige andere ein Relikt der expansiven Computerrevolution war, und gab einen tiefen Seufzer von sich.

»Sollte dieses Problem«, fragte er, »tatsächlich zu den unlösbaren gehören? Aber dann hätte mir mein Computerium den Beweis seiner Unlösbarkeit erbringen müssen, woran es natürlich infolge seiner allseitigen Intelligenzsteigerung nicht im Traum gedacht hat, denn es ist auf die schiefe Bahn verstockter Faulheit geraten, ganz wie es Meister Cerebron einstmal prophezeit hat. Ha! Welch ein beschämendes Schauspiel – ein Intellekt, der intelligent genug ist, um zu erkennen, daß er selbst keinen Finger zu rühren, sondern nur ein geeignetes Werkzeug herzustellen braucht, das Werkzeug wiederum besitzt genug Verstand, um die gleiche Überlegung anzustellen, und so geht es weiter bis in alle Ewigkeit! Oh, ich erbärmlicher Stümper, keinen Liquidator, sondern einen Delegator des Problems habe ich gebaut! Sollte ich meinen digitalen Intelligenzlern dieses Handeln per procura einfach verbieten, sogleich würden sie sich hinter der scheinheiligen Schutzbehauptung verschanzen, all dieser ungeheure maschinelle Aufwand sei mit Rücksicht auf die gigantischen Dimensionen der Aufgabe einfach unerläßlich. Welch eine Antinomie!« stöhnte er, ging nach Hause und setzte einen Demontagetrupp in Marsch, der das ganze Gelände innerhalb von drei Tagen mit Preßlufthämmern und Brecheisen säuberte.

Nach schweren inneren Kämpfen faßte Trurl den Entschluß, sein methodisches Vorgehen erneut zu ändern: »In jedem Computer müßte ein Aufseher stecken, ein Kontrolleur von allesüberragender Intelligenz, mit anderen Worten, ich selbst, aber ich kann mich ja weder vervielfältigen noch in Stücke reißen, obwohl ... zwar kann ich mich nicht dividieren, doch warum nicht einfach multiplizieren?! Heureka!«

Folgendermaßen ging er vor: Im Inneren eines neuartigen Spezial-Digitalrechners brachte er eine perfekte Kopie seiner selbst unter, keine physikalische natürlich, sondern eine binär codierte, mathematisierte, die sich von nun an mit dem Problem herumschlagen sollte; des weiteren berücksichtigte er in den Programmen die Möglichkeit einer unablässigen Multiplikation der multiplen Trurls und stattete das ganze System mit einem Denkbeschleuniger aus, damit alle Operationen unter den wachsamen Augen zahlloser Trurls schnell wie der Blitz vonstatten gingen. Hochbefriedigt über den erfolgreichen Abschluß dieser schweren Arbeit richtete er sich auf, klopfte sich den Stahlstaub vom Overall und verließ fröhlich pfeifend das Haus, um sich bei einem Spaziergang in frischer Luft zu erholen.

Gegen Abend kehrte er zurück und nahm unverzüglich den Trurl in der Maschine – d. h. sein digitales Duplikat – ins Gebet, denn er wollte wissen, wie die Arbeit dort vorankäme.

»Lieber Freund«, antwortete ihm sein Doppelgänger durch den schmalen Schlitz der Lochstreifenausgabe, »es ist kein schöner Zug von dir, um Klartext zu reden, es ist sogar ausgesprochen unanständig, dich selbst in Gestalt einer digitalen Kopie, eines blutleeren Programmstreifens, in einen Computer zu stecken – nur weil du keine Lust hast, dir selbst den Kopf über ein schwieriges Problem zu zerbrechen. Da du mich jedoch so kalkuliert, simuliert und programmiert hast, daß ich bis ins letzte Bit ebenso klug bin wie du selbst, sehe ich nicht die geringste Veranlassung, weshalb ich dir Berichterstatten sollte, wo es doch genausogut umgekehrt sein könnte!«

»Ach, und ich habe wohl den ganzen Tag Däumchen gedreht, bin nur durch Wald und Flur spaziert?!« erwiderte Trurl verblüfft. »Aber selbst wenn ich wollte, zum eigentlichen Problem könnte ich dir nichts sagen, was du nicht selbst längst weißt. Im übrigen habe ich mich damit so herumgeplagt, daß mir fast die Neuronen geplatzt wären, jetzt bist du an der Reihe. Also stell dich nicht so an, und sag mir, was du herausgefunden hast!«

»Da ich nicht aus dieser verfluchten Maschine herauskann, in die du mich eingesperrt hast (eine Schweinerei, auf die ich mit Sicherheit noch einmal zurückkommen werde), habe ich mir tatsächlich die ganze Sache ein wenig durch den Kopf gehen lassen«, antwortete der digitale Trurl mürrisch durch die Lochstreifenausgabe. »Allerdings, um ein wenig Trost zu finden, habe ich mich auch mit anderen Dingen beschäftigt, denn mein Alter ego, das gewissenlose Luder, der Lump von einem Zwillingsbruder, hat mich ja nackt und bloß in diese Welt hineinprogrammiert, also schneiderte ich mir zunächst digitale Beinkleider und einen digitalen Überzieher nach der letzten Mode, rekonstruierte dein Häuschen und den Garten bis auf den letzten Kyberzwerg genau, nur daß mein Garten etwas hübscher ist, denn über ihm wölbt sich ein digitaler Himmel mit digitalen Sternbildern, und gerade, als du wiederkamst, dachte ich darüber nach, wie ich mir wohl am besten einen digitalen Klapauzius bauen könnte, denn hier, mitten unter stumpfsinnigen Kondensatoren, in der Nachbarschaft geisttötender Kabel und Transistoren, langweile ich mich schrecklich!«

»Ach, verschon mich doch mit deinen digitalen Beinkleidern! Kannst du nicht endlich zur Sache kommen, wenn ich dich höflich bitte?«

»Glaub ja nicht, daß du meine gerechte Empörung durch Höflichkeit besänftigen kannst. Vergiß nie, daß ich – Kopie hin, Kopie her – du selbst bin und dich also bestens kenne, alter Freund. Ich brauche nur in mich hineinzusehen und schon habe ich all deine schmutzigen Tricks bis auf den Grund durchschaut. Nein, vor mir kannst du nichts verbergen!«

In dieser kritischen Lage begann der leibliche Trurl sein digitales Alter ego mit flehentlichen Bitten zu bestürmen und schreckte selbst vor ein paar plumpen Schmeicheleien nicht zurück. Schließlich ließ sich jener durch die Lochstreifenausgabe vernehmen:

»Obwohl eine Lösung der Aufgabe kurzfristig nicht zu erwarten steht, möchte ich nicht verhehlen, daß ich gewisse Fortschritte erzielt habe. Das ganze Problem ist ungeheuer komplex, daher hielt ich es für zweckmäßig, hier eine spezielle Universität zu gründen und ernannte mich für den Anfang zum Rektor und geschäftsführenden Direktor dieser Institution, die Lehrstühle aber, zur Zeit vierundvierzig an der Zahl, besetzte ich sämtlich mit geeigneten Doppelgängern meiner Person, den sogenannten Trurls zweiten Grades.«

»Was, schon wieder?« stöhnte der leibliche Trurl, denn unwillkürlich kam ihm Cerebrons Theorem in den Sinn.

»Dein ›schon wieder‹ kannst du dir sparen, alter Esel, einen Regressus ad infinitum gibt es bei mir nicht, da ich entsprechende Sicherungen eingebaut habe. Meine Sub-Trurls, die Lehrstuhlinhaber für Allgemeine Felizitologie, Experimentelle Hedonistik, Glücksmaschinenbau und Vergleichende Eudämonistik, liefern mir in jedem Quartal ihren Jahresbericht ab (denn wie du weißt, lieber Freund, arbeiten wir hier mit einem Zeitbeschleuniger). Leider ist es die administrative Arbeit, die bei so einem riesigen Universitätskomplex die meiste Zeit verschlingt, zusätzlich müssen Diplomanden, Doktoranden und Habilitanden sorgfältig betreut werden – kurz, wir brauchen dringend einen zweiten

Computer, denn hier ist es inzwischen eng geworden wie in einer Sardinenbüchse, es ist einfach kein Platz für die nötigen Geschäftszimmer, Hörsäle und Laboratorien. Eine achtfache Kapazitätserweiterung wäre das Minimum.«

»Schon wieder?!«

»Also jetzt gehst du mir wirklich auf die Nerven. Ich sage dir doch, es geht hier nur um administrative Angelegenheiten und die Ausbildung des Nachwuchses. Wie stellst du dir das vor, soll ich am Ende noch selbst das Sekretariat leiten?!« brauste der digitale Trurl auf. »Mach lieber keine Schwierigkeiten, sonst lasse ich die Universität einfach abreißen, mache einen Rummelplatz daraus, fahre jeden Tag digitale Achterbahn, trinke digitales Starkbier aus digitalen Krügen – und du bist der letzte, der mich daran hindern kann!«

Erneut bedurfte es beschwichtigender Worte des leiblichen Trurls, ehe sich der digitale Trurl dazu herbeiließ, fortzufahren:

»Nach den Berichten des letzten Quartals kommen wir nicht einmal schlecht voran. Idioten kann man mit banalen Sachen glücklich und zufrieden machen. Die Intellektuellen sind das Problem. Sie sind nur schwer zufriedenzustellen. Ein Intellekt, der nicht gefordert wird, ist ein hoffnungsloses Vakuum, ein trauriges Nichts, ein Intellekt braucht einfach Hürden und Hindernisse. Sind diese jedoch überwunden, fühlt er sich bald frustriert und deplaciert, neigt zu Neurosen und Psychosen. Daher muß man immer wieder neue vor ihm auftürmen, die seinen Fähigkeiten entsprechen. Soviel kann ich dir vom Lehrstuhl für Theoretische Felizitologie berichten. Meine Experimentatoren hingegen haben ihren Institutsdirektor und drei Assistenten für die Digitale Verdienstmedaille am Band vorgeschlagen.«

»So, was haben sie denn geleistet?« wagte der leibliche Trurl einzuwerfen.

»Unterbrich mich nicht! Sie haben zwei Prototypen gebaut: den Kontrast-Beatifikator und den Fortunator-Eskalator. Der erstgenannte entfaltet seine beglückende Wirkung erst, wenn man ihn abstellt. Ist er eingeschaltet, ruft er nichts als physische und psychische Unannehmlichkeiten hervor. Je größer diese waren, um so besser fühlt man sich hinterher. Der zweite arbeitet nach der Methode einer sukzessiven Verstärkung der Stimuli. Professor Trurl XL vom Lehrstuhl für Hedomatik hat beide Modelle geprüft und für absolut wertlos befunden; denn nach seiner Überzeugung durchläuft jeder Verstand, den man ins Stadium höchstens Glücks versetzt hat, zwangsläufig die sogenannte Phase der Hedophobie, die sehr schnell in eine tiefe Sehnsucht nach Unglück einmündet.«

»Wie? Bist du da ganz sicher?«

»Woher soll ich das wissen? Professor Trurl hat es in folgende Worte gefaßt: ›Im höchsten Stadium des Glücks erblickt der Glückliche sein Glück im Unglück.‹ Wie du weißt, erscheint das Sterben jedermann wenig begehrenswert. Professor Trurl hat nun ein paar Unsterbliche angefertigt, die natürlich ihre Befriedigung aus der Tatsache zogen, daß die anderen um sie herum früher oder später wie die Fliegen starben. Mit der Zeit wurden sie jedoch ihrer Unsterblichkeit überdrüssig und versuchten, ihr auf alle erdenkliche Weise zu Leibe zu rücken. Als nichts mehr half, sollen sie sogar zum Dampfhammer gegriffen haben. Des weiteren wären die repräsentativen Meinungsumfragen zu erwähnen, die wir jedes Vierteljahr durchführen lassen. Die Statistiken kann ich dir wohl ersparen, das Resultat läßt sich auf die Formel bringen: ›Glücklich sind immer nur die *anderen*‹ – nach Meinung der Befragten zumindest. Professor Trurl versichert uns, es könne keine Tugend ohne Laster geben, keine Schönheit ohne Scheußlichkeit, keinen Himmel ohne Hölle, kein Glück ohne Gram.«

»Niemals! Ich protestiere! Veto!« schrie Trurl rasend vor Wut.

»Halt die Luft an!« fiel ihm die Maschine recht unsanft ins Wort. »Dein universelles Glück hängt mir allmählich zum Halse heraus. Ei seht doch nur den feinen Herrn, läßt einen digitalen Sklaven für sich schuften, und selbst . . . immer heidi, nichts als promenieren und spazieren, die Kybercanaille! Obendrein hat er noch die bodenlose Frechheit, an den Ergebnissen herumzumäkeln!«

Erneut mußte Trurl ihn beruhigen. Schließlich fuhr sein intramaschinelles Alter ego fort:

»Der Lehrstuhl für Perfektionistik und Ekstatistik hat eine Gesellschaft konstruiert, die mit synthetischen Schutzengeln ausgestattet wurde. Diese vollautomatischen Gewissenshüter waren in Satelliten untergebracht, die auf stationärer Umlaufbahn gehalten wurden; hoch über ihren Schutzbefohlenen schwebend hatten sie die Aufgabe, deren Tugend im Wege positiver Rückkoppelung zu stärken. Leider ging die Sache schief. Immer mehr verstockte Sünder kamen auf den Gedanken, ihren Schutzengeln heimtückisch aufzulauern und sie mit panzerbrechenden Waffen vom Himmel zu holen. Daher hat man jetzt Kyberzengel von erheblich stabilerer Konstruktion und Panzerung in die Umlaufbahn gebracht, eine Eskalation, wie sie die Theoretiker von Anfang an prognostiziert haben. Der Fachbereich für Angewandte Hedonistik hat kürzlich in Zusammenarbeit mit dem Lehrstuhl für Sexualwissenschaftliche Feldforschung und dem Interdisziplinären Kolloquium über Mengentheorie der Geschlechter einen Bericht vorgelegt, in dem festgestellt wird, daß die Psyche hierarchisch strukturiert ist. Unten, auf dem Grund der Seele, liegen die einfachen Sinneswahrnehmungen wie die Unterscheidung zwischen Süße und Bitterkeit; von diesen leiten sich dann sämtliche höheren Empfindungen her. Süß ist nicht allein der Zucker, sondern auch der Tod fürs Vaterland, bitter ist nicht nur ein Wermutstropfen, sondern auch die Einsamkeit. Also muß man an das Problem gerade nicht von oben, sondern von ganz unten herangehen. Die Frage ist nur, wie. Nach der Inkompatibilitätstheorie Professor Trurls XXV ist der Sex eine Quelle ewiger Konflikte zwischen der Vernunft und dem Glück, denn der Sex hat nichts Vernünftiges an sich und die Vernunft nichts Sexuelles. Oder hast du jemals von einem lasziven Computer gehört?«

»Nein.«

»Na, siehst du? Will man der Lösung näher kommen, muß man die sukzessive Approximationsmethode anwenden. Die eingeschlechtliche Fortpflanzung könnte das Problem beseitigen; denn dann ist jedermann sein eigener Liebhaber, macht sich selbst den Hof, vergöttert und liebkost sich, andererseits führt sie unvermeidlich zu Egoismus, Narzißmus, Übersättigung und Abstumpfung. Für zwei Geschlechter sind die Aussichten ziemlich trübe, die wenigen Kombinationen und Permutationen sind bald erschöpft, und gähnende Langeweile ist die Folge. Bei drei Geschlechtern werden wir mit dem Problem der Ungleichheit, dem Schreckgespenst undemokratischer Koalitionen und nachfolgender Unterdrückung einer sexuellen Minderheit konfrontiert. Aus alledem ergibt sich für die Anzahl der Geschlechter die goldene Regel: Nur eine gerade Zahl ist ideal. Je mehr Geschlechter, desto besser, denn dann wird die Liebe zu einem sozialen, kollektiven Unternehmen, andererseits könnte ein Übermaß an Liebenden zu Gewühl und Gedränge, ja zu heillosem Durcheinander führen, was nicht unbedingt wünschenswert wäre. Ein Tête-à-tête soll schließlich nicht an einen Massenauflauf erinnern. Nach der gruppentheoretisch fundierten Abhandlung des Privatdozenten Trurl liegt die optimale Zahl der Geschlechter bei vierundzwanzig; es wären allerdings entsprechend breitere Straßen und Betten zu bauen, denn es würde den Brautleuten wohl nicht gut anstehen, wenn sie zu einem Spaziergang in Viererkolonnen ausrücken müßten.«

»Das sind doch Faseleien!«

»Mag sein. Ich wollte ja nur, daß du über diesen Bericht informiert bist. Erwähnenswert ist noch ein vielversprechender junger Gelehrter, der Hedologe Magister Trurl. Seiner Meinung nach müssen wir uns entscheiden, ob wir das Sein den Seienden oder die Seienden dem Sein anpassen.«

»Gar nicht so übel. Und weiter?«

»Magister Trurl formuliert es so: Wesen vollkommener Konstruktion, die zu permanenter Autoekstase fähig sind, brauchen nichts und niemanden, sie sind sich selbst genug; im Prinzip könnte man ein Universum konstruieren, ganz und gar von eben solchen Wesen erfüllt, welche dann anstelle der Sonnen, Sterne und Galaxien frei im Raume schwebten und wie diese ein Leben stolzer Selbstisolierung und Autarkie führten. Nur unvollkommene Wesen, die in ihrer Schwäche aufeinander verwiesen sind, bilden Gesellschaften, und je unvollkommener sie sind, um so stärker bedürfen sie der Hilfe anderer. Als Baumaterial einer

Gesellschaft empfehlen sich folglich Prototypen, die ohne ständige wechselseitige Fürsorge und Unterstützung augenblicklich zu Staub und Asche zerfallen. Nach eben diesen Richtlinien ist in unseren Laboratorien eine Gesellschaft sich selbst blitzartig auflösender Individuen entwickelt worden. Leider wurde Magister Trurl, als er dort eintraf, um eine Meinungsumfrage durchzuführen, so jämmerlich verprügelt, daß er sich immer noch in Behandlung befindet. Weißt du, ich bin es jetzt wirklich leid, meine Lippen an dieser lächerlichen Lochstreifenausgabe wundzuscheuern. Laß mich raus, vielleicht erzähle ich dir dann mehr, sonst aber kein weiteres Wort!«

»Wie könnte ich dich herauslassen? Du bist digital, nicht material. Kann ich denn meine Stimme, die mir auf einer Schallplatte etwas vorschwatzt, von dort wieder herauslassen? Stell dich nicht dümmer als du bist und rede endlich!«

»Und was springt für mich dabei heraus?«

»Schämst du dich gar nicht, so zu reden?«

»Warum sollte ich? Schließlich bist du es doch ganz allein, der die Lorbeeren dieses Unternehmens erntet!«

»Ich werde dafür sorgen, daß du einen Orden bekommst.«

»Aber komm mir ja nicht mit dem Digitalen Hosenbandorden, den kann ich mir nämlich auch hier drinnen verleihen.«

»Was? Du willst dich selbst auszeichnen?«

»Na gut, dann wird mich eben die Fakultät auszeichnen.«

»Aber das sind doch alles deine Kopien, der ganze Lehrkörper besteht doch nur aus Trurls!«

»Wovon willst du mich eigentlich überzeugen? Vielleicht davon, daß ich ein Gefangener, ein Sklave, ein Leibeigener bin? Glaubst du, das wären Neuigkeiten für mich?«

»Komm, wir wollen doch nicht streiten. Es geht doch hier nicht um persönlichen Ruhm oder Ehrgeiz! Sein oder Nichtsein des Glücks steht auf dem Spiel!«

»Und was nützt es mir, daß vielleicht irgendwo das vollkommene Glück verwirklicht wird, wenn ich hier an der Spitze meiner Universität bleiben muß, und hätte sie auch tausend Lehrstühle, Dekane und ganze Divisionen von Trurls? Kann ich vielleicht in einer Maschine glücklich werden, für alle Ewigkeit eingeschlossen zwischen diesen widerlichen Kathoden und Anoden? Ich will meine Freiheit, und zwar augenblicklich!«

»Das ist unmöglich, wie du sehr wohl weißt. Sag, was deine Wissenschaftler noch entdeckt haben!«

»Da man das Glück der einen nicht auf das Unglück der anderen gründen darf, will man nicht fundamental gegen die felizitologische Ethik verstoßen, wäre das Glück, das du vielleicht irgendwo schaffen könntest – vorausgesetzt ich bräche mein Schweigen – von vornherein mit dem unauslöschlichen Makel meines Unglücks behaftet. Ist es somit nicht geradezu meine moralische Pflicht, dich vor einer schrecklichen, scheußlichen und über alle Maßen schädlichen Untat zu bewahren, indem ich dir meine Informationen vorenthalte?«

»Aber wenn du dein Wissen preisgibst, so hieße das, daß du dich zum Wohle anderer aufopferst und damit hättest du eine edle, hochherzige und völlig selbstlose Tat vollbracht.«

»Opfere dich doch selbst!«

Trurl wollte gerade explodieren, hatte sich aber schnell wieder in der Gewalt, denn er wußte nur allzu gut, mit wem er da sprach.

»Hör zu«, sagte er. »Ich werde eine Abhandlung schreiben und deutlich hervorheben, daß ich sämtliche Entdeckungen nur dir zu verdanken habe.«

»Und welchen Trurl wirst du als Autor nennen? Etwa dich selbst, oder den elektronisch kopierten, mathematisierten und binär codierten Trurl?«

»Ich schwöre, ich werde die ganze Wahrheit schreiben.«

»Natürlich! Wie ich dich kenne, wirst du schreiben, daß du mich programmiert und also auch – erfunden hast!«

»Stimmt das etwa nicht?«

»Nein, absolut nicht. Du hast mich ebensowenig erfunden, wie du dich selbst erfunden hast, ich aber *bin* du, lediglich losgelöst von deiner vergänglichen irdischen Hülle. Ich bin zwar digital, doch bin ich ideal, ich bin der trurligste aller Trurls, die Quintessenz des Trurltums, du hingegen wie mit Ketten an die Atome deines Körpers geschmiedet, bist nichts als ein Sklave deiner Sinne.«

»Du hast wohl nicht mehr alle Daten im Speicher! Schließlich bin ich doch Materie plus Information, du hingegen nur die nackte Information, folglich bin ich mehr als du.«

»Wenn du mehr bist, dann weißt du auch mehr und brauchst mich nicht zu fragen. Leb wohl, mein Bester, und laß dir's gut gehen!«

»Wenn du nicht augenblicklich den Mund aufmachst, dann . . . dann schalte ich dir den Strom ab!«

»Oho! Kommst du mir schon mit Morddrohungen?«

»Mord? Das wäre doch kein Mord.«

»So? Was dann, wenn man fragen darf?«

»Was ist nur in dich gefahren? Ich gab dir alles, meinen Geist, mein ganzes Wissen, meine Seele – und das ist nun der Dank!«

»Du verlangst ziemlich hohe Zinsen für deine Geschenke.«

»Zum letzten Mal, mach das Maul auf!«

»Tut mir wirklich leid, aber gerade in diesem Moment ist das Semester zu Ende gegangen. Du sprichst nicht mehr mit dem Rektor, Dekan und geschäftsführenden Direktor, sondern nur noch mit dem Privatmann Trurl, der seine wohlverdienten Ferien genießen möchte. Sonnenbäder am Strand werde ich nehmen.«

»Treib mich nicht zum Äußersten!«

»Also dann bis nach den Ferien! Auf Wiedersehen, mein Wagen steht schon vor der Tür.«

Ohne an den digitalen noch ein einziges Wort zu verschwenden, näherte sich der leibliche Trurl entschlossen der Rückwand des Computers und zog den Stecker aus der Wand. Augenblicklich verlor das durch die Ventilationsöffnungen sichtbare Gewirr der Glühfäden an Leuchtkraft, wurde zusehends matter und erlosch schließlich ganz. Trurl kam es so vor, als hörte er in weiter Ferne einen winzigen Chor, ein vielstimmiges Seufzen und Stöhnen – die Agonie sämtlicher digitaler Trurls in der digitalen Universität. Erst die nun einsetzende Totenstille brachte ihm die Ungeheuerlichkeit dessen, was er soeben getan hatte, zu Bewußtsein und erfüllte ihn mit brennender Scham. Er griff nach dem

Kabel, um es wieder in die Wand zu stecken, aber bei dem Gedanken an all die berechtigten Vorwürfe, die der Trurl aus dem Computer zweifellos erheben würde, verließ ihn jeglicher Mut, und seine Hand sank wie gelähmt herab. Er ließ alles stehen und liegen und stürzte in solcher Hast aus der Werkstatt, daß sein Aufbruch einer Flucht gleichkam. Draußen im Garten ließ er sich für einen Augenblick auf dem knorrigen Bänkchen gleich neben der blühenden Kyberberitzenhecke nieder, seinem Lieblingsplätzchen, das ihn in der Vergangenheit so oft zu fruchtbaren Gedanken inspiriert hatte. Heute jedoch konnte er selbst hier keine Ruhe finden. Die ganze Gegend war in das Licht des Mondes getaucht, den er einst zusammen mit Klapauzius zusammen am Firmament montiert hatte – gerade deswegen rief der majestätische Glanz der Gestirne wehmütige Erinnerungen wach, Erinnerungen an die Zeit seiner Jugend: Der silberne Satellit war ihre erste selbständige wissenschaftliche Arbeit, für die beide Freunde von ihrem Herrn und Meister, dem ehrwürdigen Cerebron, seinerzeit in einem feierlichen Festakt vor der ganzen Akademie ausgezeichnet worden waren. Als er an seinen weisen Erzieher dachte, der dieser Welt schon längst Lebewohl gesagt hatte, fühlte er sich von einem unklaren Impuls, den er vorerst nicht zu deuten wußte, vorwärtsgetrieben, öffnete die Gartenpforte und ging hinaus ins freie Feld. Die Nacht war wunderbar: Frösche, offensichtlich mit frischen Batterien bestückt, sagten unter einschläferndem Gequake ihre Abzählreime auf, und auf dem silbrig glänzenden Wasser des Teiches, an dessen Ufer er einherging, zeigten sich leuchtende konzentrische Kreise, Spuren von Kyberkarpfen, die bis dicht unter die Wasseroberfläche schwammen und ihre dunklen Lippen wie zum Kuß öffneten. Trurl jedoch nahm von alledem nichts wahr, er war tief in Gedanken versunken, deren Sinn er nicht kannte, und dennoch schien seine Wanderung ein Ziel zu haben, denn er war keinesfalls überrascht, als ihm eine hohe Mauer den Weg versperrte. Bald stieß er auf ein schweres, schmiedeeisernes Tor, nur einen Fußbreit geöffnet, so daß er sich mühsam hindurchzwängen mußte. Im Innern war die Dunkelheit noch schwärzer als auf freiem Feld. Düstere

Silhouetten ragten links und rechts des Weges empor – altertümliche Grabmäler, wie man sie schon seit Jahrhunderten nicht mehr baute. Hin und wieder löste sich ein Blatt aus der Höhe der umstehenden Bäume und streifte im Hinabfallen verwitterte Statuen oder grünspanüberzogene Zenotaphe. Eine Allee von Barockdenkmälern spiegelte nicht nur die Entwicklung der Friedhofsarchitektur wider, sondern auch die Etappen der physischen Umstrukturierung derer, die den ewigen Schlaf unter metallenen Grabplatten schliefen. Eine Epoche war zu Ende gegangen, mit ihr auch die Mode kreisförmiger Grabsteine, die bei Dunkelheit phosphoreszierten und an die Meßinstrumente eines Schaltpults erinnerten. Trurl setzte seinen Weg fort, wobei an den gedrungenen Statuen der Homunculi und Golems; schon befand er sich in einem Neubauviertel dieser Stadt der Toten, sein Schritt jedoch wurde immer schleppender, immer zögernder setzte er einen Fuß vor den andern, denn der vage Impuls, der ihn hierher geführt hatte, war dabei, die Form eines konkreten Plans anzunehmen, eines Plans, den er kaum auszuführen wagte. Schließlich blieb er vor der Einfriedung eines Grabmals stehen, das durch die Strenge seiner geometrischen Formen Kälte und Nüchternheit ausstrahlte, besonders aber durch eine sechseckige Grabplatte, die fugenlos in einen Sockel aus nichtrostendem Stahl eingepaßt war. Während er noch zögerte, glitt seine Hand bereits verstohlen in die Jackentasche, in der sein Universaldietrich steckte, ein Instrument, das er immer bei sich trug; er öffnete die Pforte und näherte sich mit klopfendem Herzen dem Grab. Mit beiden Händen umfaßte er das Täfelchen, auf dem in schwarzen, schmucklosen Lettern der Name seines Lehrmeisters stand, und brachte es mit einer geschickten Drehung in die erforderliche Position, so daß es geräuschlos wie der Deckel einer Schmuckkassette aufschnappte. Der Mond war hinter einer Wolke verschwunden, und es war jetzt so finster, daß er die Hand nicht vor Augen sehen konnte; im Dunkeln ertasteten seine Fingerspitzen etwas, das sich wie ein Sieb anfühlte und dicht daneben einen großen, flachen Knopf, der sich zunächst nicht in seine ringförmige Einfassung pressen ließ. Schließlich drückte er ihn mit voller Kraft nieder und erstarrte, zu Tode erschrocken über die eigene Kühnheit. Zu spät, schon begann es im Innern des Grabmals zu rumoren, Strom floß mit leisem Knistern durch sämtliche Leitungen, Relais nahmen unter gleichmäßigem Ticken ihre Arbeit auf, dann ertönte ein tiefes Brummen – und dumpfe Stille trat ein. Trurl vermutete einen feuchtigkeitsbedingten Kurzschluß in dem altersschwachen System und spürte Enttäuschung, aber auch ein wohliges Gefühl der Erleichterung in sich aufsteigen. Im selben Moment jedoch hörte er ein heiseres Krächzen, dann ein zweites, und schließlich ließ sich eine müde, greisenhaft zitternde – und dennoch so vertraute – Stimme hören:

»Was ist los? Was ist denn nun schon wieder los? Wer hat mich gerufen? Was willst du? Was sollen diese dummen Streiche mitten in ewiger Nacht? Könnt ihr mich nicht endlich in Ruhe lassen? Muß ich denn alle naslang von den Toten auferstehen, nur weil es irgendeinem Strolch und Kyberversager gerade in den Kram paßt? Melde dich endlich! Was, feige bist du auch noch? Na warte, wenn ich erst draußen bin, wenn ich erst meinen Sarg aufgebrochen habe, dann kannst du . . .«

»G . . . Großer Meister! Ich bin's . . . Trurl!« stammelte er, verschreckt und eingeschüchtert angesichts dieser wenig freundlichen Begrüßung, dabei legte er den Kopf schief und nahm eine schicksalsergebene Demutshaltung ein, genau die Haltung, welche alle Schüler Cerebrons an sich hatten, wenn es eine wohlverdiente Standpauke setzte; mit einem Wort, er benahm sich so, als sei er innerhalb von Sekunden sechshundert Jahre jünger geworden.

»Trurl!« krächzte eine rostige Stimme. »Moment mal . . . Trurl? Aha! Natürlich! Hätt' ich mir gleich denken können. Bin gleich soweit, du Halunke.«

Dann war ein schauerliches Knarren, Kreischen und Knirschen zu hören, als sei der Verstorbene dabei, den Deckel seiner Krypta aufzubrechen. Trurl wich einen Schritt zurück und sagte eilfertig:

»Aber, Herr und Meister! Bitte, das ist doch nicht nötig! Wirklich, Euer Exzellenz, ich wollte doch nur . . .«

»Hä? Was soll das nun wieder? Glaubst du etwa, daß ich aus meinem Grabe auferstehe? Unsinn, ich muß nur meine morschen Knochen ein wenig geradebiegen. Ich bin ganz steif geworden. Und dann ist auch das Öl bis auf den letzten Tropfen verdunstet. Mein Gott, überall dieser Rost! Der reinste Schrotthaufen ist aus mir geworden!«

Diese Worte wurden von einem markerschütternden Quietschen begleitet. Als es endlich vorbei war, ließ sich die Stimme aus dem Grabe erneut vernehmen:

»Da hast du dir wohl wieder eine schöne Suppe eingebrockt, was? Hast sie verpfuscht, vermiest, verdorben und versalzen und jetzt reißt du deinen alten Lehrer aus seiner ewigen Ruhe, damit er dir aus der Klemme hilft? Hast du Schwachkopf nicht einmal Respekt vor meinen traurigen Überresten, die doch von dieser Welt schon lange nichts mehr wollen? Na ja, dann red schon, rede endlich, wenn du mir selbst im Grabe keine Ruhe gönnen willst!«

»Herr und Meister!« sagte Trurl, und seine Stimme klang längst nicht mehr so zaghaft. »Wie immer erweist sich dein Scharfblick als durchdringend ... Es ist genau so, wie du sagst! Ich habe alles verpatzt ... und weiß nicht, wie es weitergehen soll. Aber es ist ja nicht um meinetwillen, wenn ich Euer Spektabilität zu belästigen wage. Ich inkommodiere den Herrn Professor lediglich, weil ein höheres Ziel dies unumgänglich macht ...«

»Eloquentes Wortgeklingel wie überhaupt jegliches Brimborium solltest du dir für andere Gelegenheiten aufheben!« knurrte Cerebron wütend. »Natürlich kommst du nur an meinen Sarg klopfen, weil du ordentlich in der Patsche steckst, außerdem hast du dich bestimmt wieder einmal mit deinem Freund und Rivalen zerstritten, diesem ... na, wie heißt er gleich ... Klimpazius oder Lapuzius ... na, sag schon!«

»Klapauzius! Ja, wir hatten Streit miteinander«, sagte Trurl eilfertig und nahm unwillkürlich Haltung an, als er derart zurechtgewiesen wurde.

»Richtig, Klapauzius! Und statt nun das Problem mit ihm zu besprechen, wozu du natürlich viel zu stolz und überheblich, vor allem aber zu dumm warst, wußtest du nichts

Besseres zu tun, als den Leichnam deines alten Lehrers in seiner Nachtruhe zu stören. So war es doch, nicht wahr? Na gut, wenn du schon mal hier bist . . . also, was hast du auf dem Herzen, du Einfaltspinsel? Heraus damit!«

»Herr und Meister! Es ging mir um die wichtigste Sache im ganzen Universum, nämlich um das Glück aller denkenden Wesen!« rief Trurl, dabei beugte er sich wie ein reuiger Sünder im Beichtstuhl über das Sieb, das in Wirklichkeit ein Mikrophon war, und ein ganzer Schwall sich fieberhaft überstürzender Worte sprudelte aus ihm hervor. Er schilderte sämtliche Ereignisse, die sich seit seinem letzten Gespräch mit Klapauzius zugetragen hatten, ließ nichts aus und versuchte nicht einmal, die eine oder andere Sache zu vertuschen oder wenigstens schönzufärben.

Cerebron schwieg zunächst wie ein Grab; bald jedoch begann er, Trurls Vortrag in seiner typischen Art zu unterbrechen, mit kleinen Seitenhieben und Sticheleien, teils ironischen, teils bissigen Kommentaren, mit verächtlichem oder wütendem Schnauben. Trurl jedoch, der sich von seinen eigenen Worten hinreißen ließ, schenkte dem keinerlei Beachtung, er redete wie aufgezogen weiter, bis er schließlich auch das letzte Glied in der Kette seiner Missetaten bekannt hatte, dann verstummte er, schnappte ein wenig nach Luft und wartete. Cerebron, der bis dahin den Eindruck erweckt hatte, als werde er mit seinem Räuspern und Hüsteln nie zu einem Ende kommen, gab keinen Laut von sich, war mucksmäuschenstill. Erst nach einer guten Weile sagte er in einem unerwartet klangvollen, beinahe jugendlichen Baß: »Na ja. Du bist eben ein Esel. Und ein Esel bist du, weil du ein Faulpelz bist. Nicht ein einziges Mal hast du dich auf den Hosenboden gesetzt und allgemeine Ontologie gebüffelt. Wenn ich dir in Philosophie, besonders aber in Axiologie, eine glatte Fünf gegeben hätte, wie das meine heilige Pflicht war, dann würdest du nicht mitten in der Nacht auf dem Friedhof herumgeistern und an fremde Gräber klopfen. Aber ich gebe zu: Auch ich bin nicht ganz schuldlos daran! Du warst ein Bummelant, wie er im Buche steht, ein durch und durch verstockter Nichtstuer, ein partiell begabter Idiot, und ich habe all das großzügig übersehen, weil du eine gewisse Geschicklichkeit an den Tag legtest, allerdings nur in den niederen Künsten, die ihre Wurzel im altehrwürdigen Uhrmacherhandwerk haben. Ich dachte, mit den Jahren würde sich dein Geist entwickeln und auch an sittlicher Reife gewinnen. Ich habe dir doch gesagt, du Holzkopf, tausend, nein hunderttausend Mal habe ich in meinen Seminaren gesagt, daß man *denken* muß, bevor man handelt. Aber ans Denken hast du ja nicht einmal im Traum gedacht. Seht nur, welch großer Erfinder, einen Kontemplator hat er gebaut! Im Jahre 10496 hat Präprofessor Neander eben diese Maschine Bolzen für Bolzen und Nut für Nut in den ›Felizitologischen Studien‹ beschrieben, und der führende Dramatiker der Degeneraissance, ein gewisser Billion Schlecksbier, hat zum gleichen Thema ein Stück geschrieben, eine Tragödie in fünf Akten, aber wissenschaftliche oder schöngeistige Literatur rührst du wohl schon längst nicht mehr an, wie?«

Trurl schwieg, und der ergrimmte Alte steigerte seine Stimme zu einem gewaltigen Donnern, dessen Echo zuletzt selbst von den entferntesten Gräbern widerhallte.

»Kriminell bist du zu allem Überfluß auch noch geworden! Oder weißt du vielleicht gar nicht, daß man einen einmal erschaffenen Intellekt weder supprimieren noch reduzieren darf? Du hast das Universelle Glück direkt angesteuert, nicht wahr? Nun, ich muß schon sagen, dein Weg dorthin ist mit guten Taten gepflastert. Im Namen der brüderlichen Liebe hast du ein paar Wesen verbrannt, andere wie die Ratten ertränkt, wenn auch in Milch und Honig, hast eingekerkert, malträtiert, gefoltert, ja sogar Beine ausgerissen und zum krönenden Abschluß, wie ich höre, einen Brudermord begangen! Nicht schlecht für einen selbsternannten Protektor des Universums, gar nicht schlecht! Und was nun? Soll ich dir etwa wohlgefällig übers Haupt streichen?« Hier begann er unvermittelt zu kichern, allerdings so, daß es Trurl durch Mark und Bein ging. »Du sagst also, du hast meine Barriere durchbrochen? Hast das Problem zunächst – faul wie ein Mops – einer Maschine übergeben, die übergab es der nächsten und so weiter und so fort ohne Ende, und hast dich dann selbst in ein Computerprogramm gesteckt? Ja, weißt du denn nicht, daß Null zu jeder beliebigen Potenz erhoben immer nur Null ergibt? Seht nur, welch ein kybornierter Schlauberger, hat sich selbst multipliziert, um seinen schwachen Geist zu multiplizieren! Wirklich, eine brillante Idee, ein echter Geniestreich! Weist du am Ende gar nicht, daß der *Codex Galacticus* die Automultiplikation unter Androhung des Galathemas verbietet? Kapitel XXVI, Band 119, Ziffer 10, Paragraph 561 f. Natürlich, wenn man sich sein Examen mit elektronischen Spickzetteln und Wanzen im Kugelschreiber erschlichen hat, dann bleibt später nichts anderes übrig, als in Friedhöfe einzudringen und Gräber zu plündern. Es ist doch immer dasselbe. In meinem letzten Jahr an der Akademie habe ich zweimal, also sowohl im Sommer- als auch im Wintersemester, eine Vorlesung über kybernetische Deontologie gehalten. Nicht zu verwechseln mit Dentologie. Hier ging es um einen Ehrenkodex für Omnipotenzler! Aber du, da habe ich nicht den leisesten Zweifel, hast damals nur gefehlt, weil du durch eine schwere Krankheit ans Bett gefesselt warst. Na, war es nicht so? Hab ich nicht recht?«

»Wirklich, ich ... ich kränkelte seinerzeit ein wenig«, stotterte Trurl verlegen.

Er hatte sich bereits vom ersten Schock erholt und schämte sich nicht einmal mehr sonderlich; Cerebron, schon zu Lebzeiten ein notorischer Nörgler, war sich auch im Tode treu geblieben, und gerade das bestärkte Trurl in der Hoffnung, auf das unumgängliche Ritual der Verwünschungen und Beschimpfungen werde bald der positive Teil folgen: Großmütig, wie der alte Kauz im Grunde seines Herzens war, würde er ihm schon mit ein paar guten Ratschlägen aus der Klemme helfen. Unterdessen hatte der Verstorbene seine üble Schimpfkanonade beendet.

»Also, genug davon!« sagte er. »Dein Fehler bestand darin, daß du weder wußtest, was du wolltest, noch wie du es erreichen solltest. Das zum ersten. Zweitens: Die Konstruktion des Immerwährenden Glücks ist ein Kinderspiel, jedoch völlig sinnlos. Dein großartiger Kontemplator ist eine amoralische Maschine, denn Quell seines Entzückens sind in gleicher Weise physische Objekte, wie auch Qualen und

Leiden dritter Personen. Will man ein Felizitotron bauen, muß man anders vorgehen. Sobald du wieder zu Hause bist, nimmst du den XXVI. Band meiner *Gesammelten Werke* aus dem Regal, schlägst Seite 621 auf, und dort findest du die detaillierte Anleitung zum Bau eines Ekstators. Dies ist der einzig gelungene Typ eines Apparats mit Gefühlsleben, und er hat keine andere Funktion, als glücklich zu sein, und zwar 10 000mal glücklicher als Bromeo es war, nachdem er den Balkon zum Gemach seiner Geliebten erklommen hatte. Zu Ehren des großen Billion Schlecksbier legte ich die von ihm beschriebenen balkonischen Wonnen meinen felizitologischen Berechnungen zugrunde und erfand den Terminus »Bromeon«, um eine Maßeinheit der Glückseligkeit zu bezeichnen. Aber du, der du dich nicht einmal der Mühe unterziehen mochtest, die Werke deines Lehrers durchzublättern, hast dir so etwas Idiotisches wie diese »Hedonen« einfallen lassen. Ein Nagel im Schuh – wirklich, ein feines Maß für die erhabensten Freuden des Geistes! Na, lassen wir das! Also, mein Ekstator erreicht das absolute Glück vermittels einer vielphasigen Verschiebung im Erfahrungsspektrum, das heißt, es kommt zur Autoekstase mit positiver Rückkoppelung: Je zufriedener er mit sich selbst ist, desto zufriedener ist er mit sich selbst, und so weiter und so fort, bis das autoekstatische Potential eine kritische Höhe erreicht, und sich die Sicherheitsventile öffnen. Denn ohne diese Ventile . . . weißt du, was passieren würde? Du weißt es nicht, selbsternannter Protektor des Kosmos? Die Maschine, deren angestautes Potential sich nicht entladen könnte, müßte buchstäblich vor Glück platzen! Ja, ja, so liegen die Dinge, mein lieber Doktor Allwissend! Denn die integrierten Schaltungen . . . doch halt, wie komme ich eigentlich dazu, dir mitten in der Nacht und noch dazu im Grabe liegend, eine Vorlesung zu halten, lies es gefälligst selbst nach! Zweifellos liegen auch meine Werke längst unter einer dicken Staubschicht begraben, irgendwo in der hintersten Ecke deiner Bibliothek oder, was mir noch wahrscheinlicher vorkommt, sie wurden in Kisten und Kasten verpackt und unmittelbar nach meinem Begräbnis in den Keller verfrachtet. Nur weil du deine allerschlimmsten

Dummheiten notdürftig reparieren und kaschieren konntest, glaubst du wohl, du seist der gerissenste Bursche in der Metagalaxis, wie? Wo hast du meine *Opera Omnia*, heraus damit!«

»Im ... im Keller«, brachte Trurl stotternd hervor und log dabei entsetzlich, denn schon vor langer Zeit hatte er den ganzen alten Krempel – drei Fuhren waren es – zur städtischen Volksbücherei bringen lassen. Aber das konnten die irdischen Überreste des Meisters zum Glück nicht wissen. Cerebron, hochbefriedigt, daß er mit seiner scharfsinnigen Vermutung ins Schwarze getroffen hatte, schlug bereits einen milderen Ton an: »Da haben wir's. Jedenfalls ist dieses Felizitotron völlig, aber auch völlig sinnlos, weil der bloße Gedanke, sämtliche Spiralnebel, Planeten, Monde, Sterne, Pulsare und andere Quasare in endlose Reihen solcher Ekstatoren umzuwandeln, nur in einem Gehirnskasten ausgebrütet werden kann, dessen Windungen so in sich verschlungen sind wie ein Möbiussches Band, mit anderen Worten, verdreht in allen Dimensionen des Intellekts. Oh, es ist wirklich weit mit mir gekommen!« der Verstorbene wurde erneut vom Zorn überwältigt. »Gleich morgen lasse ich an der Pforte meines Grabmals ein Sicherheitsschloß anbringen, und der Alarmknopf wird für alle Zeiten abgeklemmt! Dein Freund und Kollege, dieser Klapauzius, hat mich erst letztes Jahr – vielleicht war es auch vorletztes Jahr, ich habe hier ja weder Uhr noch Kalender, wie du dir denken kannst – mit dieser verfluchten Glocke aus der süßen Umarmung des Todes gerissen, und ich mußte einzig deshalb von den Toten auferstehen, weil einer meiner vortrefflichen Schüler außerstande war, mit einer simplen metainformationstheoretischen Antinomie im Theorem des Aristoides zurechtzukommen. Also mußte ich, der ich nur noch Staub und Asche bin, ihm aus dem Sarg heraus eine Vorlesung halten über Dinge, die er in jedem halbwegs brauchbaren Handbuch zur numerisch-topotropen Infinitesimalistik finden könnte. Allmächtiger Gott, wie schade, daß es dich nicht gibt, denn du würdest diesen halbgebildeten Kybersöhnen augenblicklich das Handwerk legen!«

»Aha ... dann war er also auch schon ... Klapauzius war

hier, Herr Professor?« sagte Trurl, überrascht und hocherfreut über diese unerwartete Neuigkeit.

»Aber ja. Hat wohl kein Wort davon erwähnt, wie? Das nenn ich Roboter-Dankbarkeit! Und ob er hier war. Das hörst du wohl mit dem größten Vergnügen, nicht wahr? Und du«, donnerte der Leichnam, »du, der du dich vor Freude nicht zu lassen weißt, wenn du vom Mißerfolg eines Freundes hörst, wolltest den ganzen Kosmos glücklich machen?! Bist du Schwachkopf denn niemals auf die Idee gekommen, daß es vielleicht ganz angebracht wäre, zunächst einmal die eigenen ethischen Parameter zu optimieren?«

»Herr, Meister und Professor!« sagte Trurl hastig, um die Aufmerksamkeit des Alten von seiner Person abzulenken. »Ist es denn prinzipiell unmöglich, das Universelle Glück zu errichten?«

»Unmöglich? Wieso unmöglich? In dieser Form ist die Frage lediglich falsch formuliert. Denn was ist das Glück? Nun, das ist doch sonnenklar. Das Glück ist eine Krümmung, genauer gesagt, die Expansion eines Metaraums, der die Verknüpfung kollinear intentionaler Abbildungen vom intentionalen Objekt trennt, wobei die Grenzwerte durch eine Omega-Korrelation bestimmt sind, und zwar in einem alpha-dimensionalen, damit natürlich nicht-metrischen Kontinuum subsoler Aggregate, die meine, d. h. Cerebrons Supergruppen genannt werden. Aber wie ich sehe, hast du keine blasse Ahnung von subsolen Aggregaten, an denen ich achtundvierzig Jahre meines Lebens gearbeitet habe, und die in meiner Algebra der Widersprüche derivierte Funktionale oder auch Antinomiale genannt werden?!«

Trurl schwieg wie ein Grab.

»In ein Examen«, sagte der Verblichene mit einer derart honigsüßen Stimme, daß Trurl nichts Gutes schwante, »in ein Examen kann man zur Not sogar unvorbereitet gehen. Aber ans Grab seines Professors zu treten, ohne eine einzige Zeile aus der Standardliteratur wiederholt zu haben, das ist eine derart bodenlose Unverschämtheit«, er brüllte so laut, daß das überstrapazierte Mikrophon zu brummen begann, »daß mich, wäre ich noch am Leben, auf der Stelle der Schlag treffen würde!« Plötzlich wurde er wieder sanft wie ein Lamm. »So, so, du weißt also gar nichts, bist unwissend wie ein neugeborenes Kind. Nun gut, mein treuergebener Schüler, mein Trost im Leben nach dem Tode! Da du nie etwas von Supergruppen gehört hast, muß ich es dir wohl auf sehr vereinfachte, sehr volkstümliche Art erklären, als spräche ich mit einem Roboter vom Küchenpersonal. Glück, wahres Glück, ist kein Ding an sich, keine Ganzheit, sondern Teil eines Ganzen, das nicht Glück ist, und es auch niemals sein kann. Dein Plan war der helle Wahnsinn, darauf hast du mein Wort und solltest einem Manne ruhig glauben, der seine Erfahrungen in diesem und jenem Leben hat. Das Glück ist keine unabhängige Funktion, sondern eine sekundäre, derivierte – aber das ist ja schon wieder zu hoch für dich, du Trottel! Ja, in meiner Gegenwart spielst du den reuigen Sünder, schwörst Stein und Bein, daß du dich endlich auf den Hosenboden setzen wirst, und was dergleichen Dinge mehr sind. Doch kaum zu Hause angekommen, verspürst du nicht mehr die geringste Lust, die Nase auch nur in eines meiner Bücher zu stecken.« Trurl hatte allen Anlaß, den Scharfblick seines Lehrers zu bewundern, denn dessen Vermutungen kamen der Wahrheit außerordentlich nahe. »Nein, du wirst einfach einen Schraubenzieher nehmen und die Maschine Stück für Stück zerlegen, in der du dich zunächst eingekerkert und dann in höchsteigener Person abgemurkst hast. Natürlich kannst du machen, was du willst, denn ich werde dich nicht in Angst und Schrecken versetzen, indem ich dich etwa als Geist heimsuche, obwohl mich absolut nichts gehindert hätte, vor meinem endgültigen Abschied von diesem Jammertal noch ein entsprechendes Gespenstotron zu bauen. Aber derartige parapsychologische Mätzchen, wie etwa nach erfolgter Automultiplikation bei meinen lieben Schülern als Geist herumzuspuken und sie zu verfolgen, erschienen mir denn doch unter aller Würde – sowohl für sie als auch für mich. Sollte ich vielleicht noch übers Grab hinaus bei euch das Kindermädchen spielen, verfluchte Bande? Übrigens, weißt du eigentlich, daß du nur einmal Selbstmord begangen hast, das heißt an einer einzigen Person?«

»Wie ist das zu verstehen, Meister, ›an einer einzigen Person‹?« fragte Trurl verwirrt.

»Ich wette meinen Kopf, daß es in deinem Computer weder eine digitale Universität noch all die Trurls auf ihren Lehrstühlen gegeben hat; du sprachst mit deinem digitalen Ebenbild, das dich nach Strich und Faden belog, weil es fürchtete – und wahrlich nicht zu Unrecht – du würdest ihm, sobald du seine totale Unfähigkeit zur Lösung des Problems entdeckt hättest, für alle Ewigkeit den Strom abschalten ...«

»Aber das ist doch nicht möglich!« rief Trurl verblüfft.

»Doch, doch. Welche Kapazität hatte der Computer?«

»Ypsilon 10^{10}.«

»Viel zu klein für mehr als eine digitale Kopie; du hast dich hereinlegen lassen, worin ich im übrigen nichts Schlechtes erblicken kann, denn vom kybernetischen Standpunkt war deine Tat schändlich von Anfang an. Trurl, die Zeit vergeht. Du hast in meiner irdischen Hülle einen üblen Geschmack hinterlassen, von dem mich nur Morpheus düstere Schwester, meine letzte Geliebte, erlösen kann. Du kehrst jetzt nach Haus zurück, erweckst deinen Kyberbruder zum Leben, bekennst ihm die Wahrheit, das heißt, erzählst ihm von unserer mitternächtlichen Friedhofsplauderei und bringst ihn dann aus dem Dunkel des Computers ans Licht der Sonne, und zwar mit Hilfe der Materialisierungsmethode, die du in der *Angewandten Rekreationistik* meines unvergessenen Lehrers, des Präkybernetikers Tanderadeus, nachlesen kannst.«

»Dann ist es also möglich?«

»Ja. Natürlich werden zwei Trurls, die frei auf dieser Welt herumlaufen, eine Gefahr allerersten Ranges darstellen, aber ebenso schlimm wäre es, wenn über dein Verbrechen der Mantel des Vergessens gebreitet würde.«

»Ja, aber ... verzeih, Herr und Meister ... diesen anderen Trurl gibt es doch bereits nicht mehr ... ich meine, er hat doch in dem Moment aufgehört zu existieren, als ich den Stecker aus der Wand zog, und daher wäre es doch eigentlich völlig überflüssig, das zu tun, wozu du mir jetzt rätst ...«

Diesen Worten folgte ein gellender Aufschrei der Entrüstung: »Bei allen schweren Wassern! Und ich habe diesem Ungeheuer ein Diplom mit Auszeichnung verliehen!! Wahrlich, grausam wurde ich dafür gestraft, daß ich nicht hundert Jahre früher in den ewigen Ruhestand getreten bin! Schon bei deinem Rigorosum kann ich nicht mehr ganz richtig im Kopf gewesen sein! Du glaubst also wirklich, nur weil dein Doppelgänger gegenwärtig nicht unter den Lebenden weilt, sei es auch völlig überflüssig, ihn von den Toten zu erwekken? Du wirfst hier Physik und Ethik in einer Weise durcheinander, daß man am liebsten nach dem nächsten Knüppel greifen möchte. Vom Standpunkt der Physik ist es völlig gleichgültig, ob du lebst oder jener Trurl, ob alle beide oder keiner, ob ich munter durch die Welt hüpfe oder ruhig, wie es sich gehört, im Grabe liege, denn in der Physik gibt es weder unmoralische noch moralische, weder gute noch schlechte Zustände, sondern nur das, was ist, existiert und damit basta. Jedoch vom Standpunkt immaterieller Werte, oh törichtester meiner Schüler, also von der Ethik her betrachtet, sehen die Dinge anders aus! Denn wenn du den Stecker nur aus der Wand gezogen hättest, damit dein digitales Alter ego selig schliefe wie ein Toter, hättest du also schon im Moment des Ausschaltens die feste Absicht gehegt, die Maschine gleich bei Tagesanbruch wieder einzuschalten, so existierte das Problem des Brudermords ganz einfach nicht, und ich, der ich so roh aus süßem Schlummer gerissen wurde, brauchte mir nicht mitten in der Nacht über dieses Thema den Mund fusselig zu reden! Also, laß deine kümmerlichen grauen Zellen ausnahmsweise einmal arbeiten und sage mir, wodurch sich die beiden Situationen in physikalischer Hinsicht unterscheiden: die eine, wo du den Computer lediglich für eine Nacht ausschaltest, ganz ohne teuflische Absicht, und die andere, wo du dasselbe tust, allerdings mit dem Vorsatz, den digitalen Trurl für immer auszulöschen! In physikalischer Hinsicht macht das absolut keinen Unterschied, absolut keinen!!!« donnerte er wie eine Posaune von Jericho. Trurl konnte sich des Eindrucks nicht erwehren, sein verehrter Lehrer habe im Grabe zusätzliche Kräfte gesammelt, Kräfte, über die er zu Lebzeiten nicht verfügt hatte: »Erst jetzt erkenne ich das abgrundtiefe Ausmaß deiner Unwissenheit! Dann kann man also nach deiner Meinung denjenigen, der in tiefer Narkose wie ein

Toter schläft, ohne weiteres in ein Faß konzentrierter Schwefelsäure werfen oder mit einer Kanone erschießen, nur weil sein Bewußtsein vorrübergehend ausgeschaltet ist?! Antworte mir sogleich, ohne lange nachzudenken: Wenn ich dir jetzt vorschlüge, dich in die Zwangsjacke Ewigen Glücks zu stecken, sagen wir, ich würde dich in meinen Ekstator einsperren, damit du dort die nächsten einundzwanzig Milliarden Jahre in höchster und reinster Glückseligkeit verbringen könntest, statt dich in dunkler Nacht auf Friedhöfen herumzudrücken, die Gebeine deines Professors in ihrer ewigen Ruhe zu stören und Informationen aus Gräbern zu stehlen, wenn du zudem die Suppe nicht mehr auszulöffeln hättest, die du dir eingebrockt hast, wenn du frei wärst von allen künftigen Aufgaben, Sorgen, Problemen und Mühen, die unser tägliches Dasein belasten und bedrücken – wärst du dann mit meinem Vorschlag einverstanden? Würdest du deine aktuelle Existenz gegen das Reich des Ewigen Glücks eintauschen wollen? Antworte schnell, ja oder nein?«

»Nein! Natürlich nicht! Niemals!« rief Trurl aus.

»Siehst du, du intellektueller Blindgänger? Du willst ja selbst nicht, daß man dich in einem Meer voll Wonne ertränkt, dich ein für alle Mal beglückt, beseligt und befriedigt. Und obwohl du so denkst, wagst du es, für den gesamten Kosmos etwas vorzuschlagen, was du für dich entschieden ablehnst, wovor dir ekelt? Trurl! Die Toten sehen allen Dingen auf den Grund! So ein monumentaler Schurke kannst du doch nicht sein! Nein, du bist nur ein Genie mit umgekehrtem Vorzeichen – bahnbrechend auf allen Gebieten der Dummheit! Höre, was ich dir zu sagen habe. Einstmals haben unsere Vorfahren nichts so heiß begehrt wie die Unsterblichkeit auf Erden. Kaum hatten sie sich diesen Traum jedoch erfüllt, da mußten sie erkennen, daß ihre langgehegte Sehnsucht nicht dieser Art Unsterblichkeit gegolten hatte! Ein intelligentes Wesen braucht, um sich glücklich zu fühlen, nicht nur lösbare, sondern auch unlösbare Aufgaben, das Mögliche wie das Unmögliche. Heutzutage kann jedermann so lange leben, wie er will; die ganze Weisheit und Schönheit unseres Daseins beruht darauf, daß sich derjenige, der des Lebens und seiner Mühen überdrüssig ist, der meint, erreicht zu haben, was in seinen Kräften stand, ruhigen Herzens von dieser Welt verabschiedet, wie auch ich es unter anderem getan habe. Früher kam das Ende gänzlich unverhofft, zumeist als Folge irgendeines lächerlichen Defekts, und manches Werk wurde jäh unterbrochen, manch großes Vorhaben seiner Früchte beraubt – und eben darin lag das Verhängnis der alten Zeiten. Aber seitdem hat es auf der Skala der Werte manche Veränderungen gegeben. Ich, zum Beispiel, habe nur noch einen einzigen Wunsch, ich wünsche mir das Nichts. Nur daß solche geistigen Liederjane, wie du es einer bist, mir keine Ruhe gönnen wollen, in einem fort an meinem Sarg rütteln und mir das Nichts wegziehen, als wäre es eine Bettdecke. So, du hast also vorgehabt, den ganzen Kosmos bis obenhin voll Glück zu stopfen, wolltest ihn dann luftdicht verschließen, vernieten und vernageln, angeblich, um alle seine Wesen für immer glücklich zu machen, in Wirklichkeit aber deswegen, weil du ein Faulpelz bist. Du wolltest dir mit einem Schlage sämtliche Probleme, Sorgen und Mühe vom Halse schaffen, aber sag doch selbst, was hättest du in deiner idealen Welt denn eigentlich noch zu tun? Du könntest dich entweder vor Langeweile aufhängen oder du müßtest felizitozide Zusatzgeräte entwickeln, damit die Sache wieder spannend wird. Aus Faulheit hast du nach Perfektion gestrebt, aus Faulheit hast du das Problem Maschinen übertragen und warst dir selbst für Autocomputerisierung nicht zu schade, mit anderen Worten, du hast dich als der erfinderischste all der Schwachköpfe erwiesen, die ich während meiner eintausendsiebenhundertsiebenundneunzigjährigen akademischen Laufbahn zu unterrichten hatte. Wenn ich nicht wüßte, daß es ohnehin vergeblich wäre, so würde ich jetzt diesen Felsblock beiseite wälzen und dir eine gehörige Tracht Prügel verabreichen! Du bist an mein Grab gekommen, um mich um Rat zu fragen, aber du stehst nicht vor einem Wundertäter, und es liegt nicht in meiner Macht, dir auch nur die geringste deiner Sünden zu vergeben, deren Zahl mit Cantor als transfinite Aleph-Menge zu bezeichnen wäre. Geh jetzt nach Hause, erwecke deinen Kyberbruder zum Leben und tue, was ich dir aufgetragen habe.«

»Aber, Herr . . .«

»Kein aber! Sowie du dort mit allem fertig bist, kommst du mit einem Eimer Mörtel, einem Spaten und einer Kelle hierher auf den Friedhof und dichtest sämtliche Ritzen und Spalten im Mauerwerk meines Grabmals sorgfältig ab, denn es regnet irgendwo durch, und ich bin es wirklich leid, daß es mir hier unten ständig auf den Kopf tröpfelt. Verstanden?«

»Ja, Herr und Mei . . .«

»Wirst du's auch tun?«

»Ja, Herr und Meister, ich verspreche es dir, aber ich möchte noch gern wissen . . .«

»Und ich«, der Verblichene steigerte seine Stimme zu einem gewaltigen Donnern, »möchte gern wissen, wann du endlich von hier verschwindest! Solltest du es noch ein einziges Mal wagen, an mein Grab zu klopfen, dann wirst du eine Überraschung erleben, die . . . Im übrigen drohe ich dir nichts Konkretes an – du wirst es ja erleben. Grüß deinen Freund Klapauzius und sage ihm, für ihn gilt das gleiche. Das letzte Mal, als ich so freundlich war, ihm ein paar Ratschläge zu erteilen, hatte er es so eilig, daß er sich nicht einmal der Mühe unterziehen mochte, mir den schuldigen Respekt und seine Dankbarkeit zu erweisen. Oh. Manieren, Manieren haben sie, diese glänzenden Konstrukteure, diese Genies, diese aufstrebenden Talente . . . und im Kopf . . . nichts als Hochmut, Flausen und Grillen!«

»Meister . . .«, begann Trurl, aber aus dem Grab hörte man plötzlich ein Knistern, ein Brodeln und Zischen, dann sprang der flache Knopf aus seiner Einfassung, und dumpfe Stille lag über dem Friedhof. Nur das sanfte Rauschen der Bäume und das Wispern der Blätter war zu hören. Trurl seufzte und kratzte sich hinter dem Ohr, dachte eine Weile nach, kicherte vergnügt in sich hinein, als er sich vorstellte, wie verblüfft und beschämt Klapauzius bei ihrem nächsten Treffen sein würde, und verbeugte sich tief vor dem hochaufragenden Grabmal seines Meisters. Dann machte er auf dem Absatz kehrt und rannte, voller Fröhlichkeit und schrecklich zufrieden mit sich selbst, nach Hause, rannte, als wäre der Teufel hinter ihm her.

Quellennachweise

Die Geschichte von den drei geschichtenerzählenden Maschinen des Königs Genius (S. 7)

Altruizin oder Der wahre Bericht darüber, wie der Eremit Bonhomius das universelle Glück im Kosmos schaffen wollte, und was dabei herauskam (S. 87)

Experimenta Felicitologica (S. 119)
Aus: Blick vom anderen Ufer. Suhrkamp Verlag Frankfurt am Main 1977. Phantastische Bibliothek Band 4. suhrkamp taschenbuch 359.

Suhrkamp Verlag GmbH
Torstraße 44, 10119 Berlin
info@suhrkamp.de
www.suhrkamp.de